SCIENCE FICTION

Ein Verzeichnis aller im
Wilhelm Heyne Verlag erschienenen
Shadowrun™-Bände finden Sie
am Schluss des Bandes

STEPHEN KENSON

ZEIT IN FLAMMEN

Vierundvierzigster Band
des
SHADOWRUN™-ZYKLUS

Deutsche Erstausgabe

WILHELM HEYNE VERLAG
MÜNCHEN

HEYNE SCIENCE FICTION & FANTASY
Band 06/6144

Titel der amerikanischen Originalausgabe
THE BURNING TIME
Deutsche Übersetzung von
CHRISTIAN JENTZSCH

Umwelthinweis:
Dieses Buch wurde auf chlor- und säurefreiem Papier gedruckt.

Redaktion: Ralf Oliver Dürr

Erstausgabe bei ROC, an imprint of Dutton Signet,
a member of Penguin Putnam Inc.

http://www.heyne.de
Printed in Germany 2002
Umschlagbild: FASA Corporation
Umschlaggestaltung: Nele Schütz Design, München
Technische Betreuung: M. Spinola
Satz: Schaber Satz- und Datentechnik, Wels
Druck und Bindung: Elsnerdruck, Berlin

ISBN 3-453-19676-7

Für Chris,
weil er immer dafür sorgte,
dass ich auf dem Boden bleibe,
auch wenn ich mit
meinen Gedanken hoch oben
in den Wolken war.

NORD

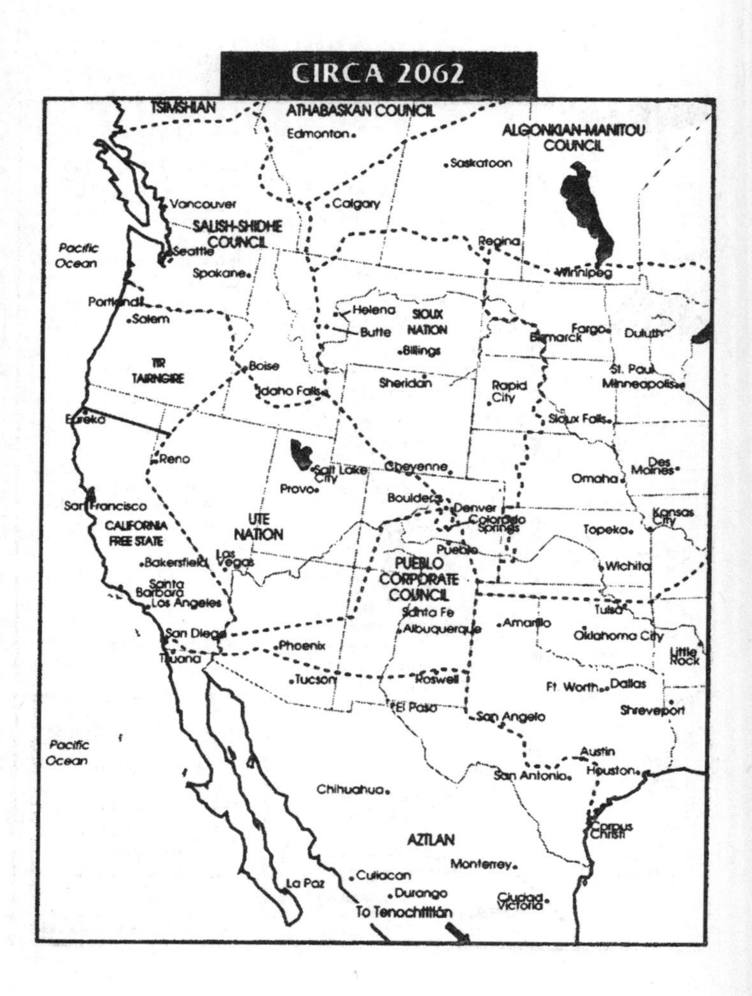

CIRCA 2062
TSIMSHIAN
ATHABASKAN COUNCIL
Edmonton
ALGONKIAN-MANITOU COUNCIL
Saskatoon
Vancouver
Calgary
SALISH-SHIDHE COUNCIL
Pacific Ocean
Seattle
Spokane
Regina
Winnipeg
Portland
Salem
Helena
Butte
SIOUX NATION
Billings
Fargo
Duluth
TIR TAIRNGIRE
Boise
Idaho Falls
Sheridan
Rapid City
St. Paul
Minneapolis
Eureka
Sioux Falls
Reno
Salt Lake City
Cheyenne
Omaha
Des Moines
Provo
Boulder
Denver
Colorado Springs
San Francisco
CALIFORNIA FREE STATE
UTE NATION
Topeka
Kansas City
Pueblo
Bakersfield
Las Vegas
PUEBLO CORPORATE COUNCIL
Wichita
Santa Barbara
Los Angeles
Tulsa
Santa Fe
Albuquerqu
Amarillo
San Dieg
Oklahoma City
Phoenix
Tijuana
Little Rock
Tucson
Roswell
Ft. Worth
Dallas
El Paso
San Angelo
Shreveport
Pacific Ocean
Austin
San Antonio
Houston
Chihuahua
Corpus Christi
AZTLAN
Monterrey
Culiacan
La Paz
Durango
Ciudad Victoria
To Tenochtitlán

AMERIKA

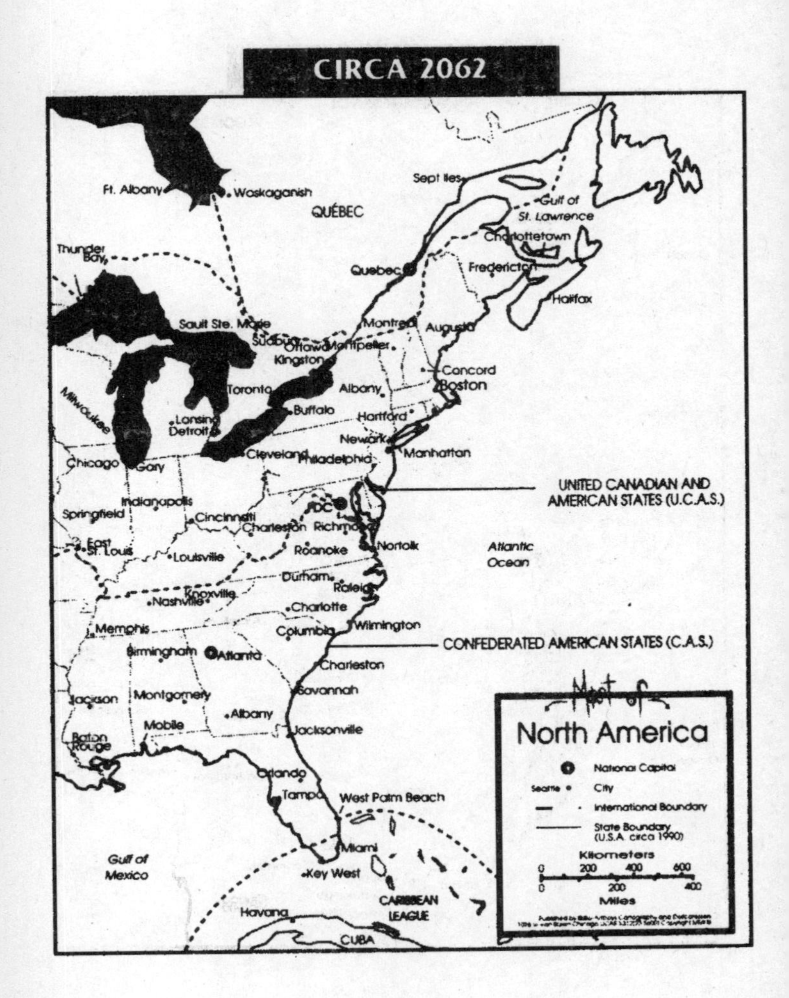
CIRCA 2062
Ft. Albany
Waskaganish
QUÉBEC
Sept Iles
Gulf of
St. Lawrence
Charlottetown
Thunder Bay
Quebec
Fredericton
Halifax
Sault Ste. Marie
Sudbury
Ottawa
Montreal
Augusta
Montpelier
Kingston
Concord
Boston
Toronto
Albany
Milwaukee
Buffalo
Hartford
Lansing
Detroit
Newark
Manhattan
Cleveland
Philadelphia
Chicago
Gary
UNITED CANADIAN AND
AMERICAN STATES (U.C.A.S.)
Indianapolis
Springfield
Cincinnati
DC
Charleston
Richmond
East
St. Louis
Louisville
Roanoke
Norfolk
Atlantic
Ocean
Durham
Raleigh
Knoxville
Nashville
Charlotte
Memphis
Wilmington
Columbia
CONFEDERATED AMERICAN STATES (C.A.S.)
Birmingham
Atlanta
Charleston
Savannah
Jackson
Montgomery
Albany
Mobile
Jacksonville
Baton Rouge
Map of
North America
National Capital
Seattle
City
International Boundary
State Boundary
(U.S.A. circa 1990)
Kilometers
0
200
400
600
0
200
400
Miles
Orlando
Tampa
West Palm Beach
Miami
Gulf of
Mexico
Key West
CARIBBEAN
LEAGUE
Havana
CUBA

1

Durch die Schwärze des Cyberspace rasen. IC-Programmen aus leuchtendem Neon ausweichen, digitalen Albträumen aus den höllischen Tiefen der Psyche eines Programmierers, die ihm das Hirn grillen konnten. Den Adrenalinschub und die Hitze in seinem fleischlichen Körper spüren, während sein Cyber-Selbst kühl und ungerührt blieb wie Glas und Chrom.

Das hätte Roy Kilaro seiner Ansicht nach tun sollen.

Seine überlegenen Fähigkeiten als Programmierer und Decker ausnutzen, um in die schwer bewachten Datenfestungen konkurrierender Konzerne einzudringen und ihre Geheimnisse zu entwenden, während er den anderen Deckern, die ihn aufhalten wollten, eine lange Nase drehte. Die Megakonzerne führten in den verborgenen Tiefen der virtuellen Realität einen geheimen Krieg, und Roy Kilaro hätte dort sein und auf der Seite der Guten kämpfen müssen.

Er hätte eigentlich ein Seraphim sein müssen, ein Mitglied des Elite-Schattenteams von Cross Applied Technologies – und nicht im Büro in Québec sitzen und die Datenübertragungsberichte und Systemprotokolle von CATs Niederlassung in New England durchsehen. Er hätte durch die Matrix jagen sollen, wo er hingehörte, anstatt in einem Labyrinth kleiner Büronischen gefangen zu sein, das sich in die Unendlichkeit zu erstrecken schien.

Wenn eine Hölle existierte, gab es dort wahrscheinlich viele Büronischen, dachte Roy mürrisch, während er die über den Bildschirm huschenden Daten betrachtete. Diese Arbeit war so geistlos. Er hätte genauso gut ein Programm schreiben können, das die Aktivitäts-Aufzeichnungen nach ungewöhnlichen Daten oder Abweichungen von den normalen Schemata durchsuchte. Tatsächlich hatte er dies seinem Boss vorgeschlagen und als Dank für seine Mühe noch mehr Datenkontrollen aufgebrummt bekommen. Cross Technologies war einer der führenden Konzerne in der Software-Entwicklung, wollte aber immer noch die ›menschliche Komponente‹ – für Roy nichts anderes als der Wunsch, eine Person parat zu haben, der man die Schuld in die Schuhe schieben konnte, falls etwas schief ging.

Um bei der Sache zu bleiben, stellte er sich vor, die Daten seien aus einem anderen Konzernsystem gestohlen und er durchsuche sie nach Informationen mit Verkaufswert auf der Straße, wovon der Konzern profitieren würde. Das half, die Langeweile ein wenig erträglicher zu machen, aber wirklich nur ein wenig.

Der Gedanke ließ ihn erkennen, wie steif er sich fühlte, und er lehnte sich auf seinem ergonomischen Stuhl zurück, um sich zu strecken. Wenn er online war, neigte er dazu, tief in seine Arbeit zu versinken, und manchmal vergaß er dabei die Bedürfnisse seines Körpers. Er krümmte den Rücken, um die Muskeln zu entspannen, dann hielt er den Datenstrom an, während er sich den Hals massierte und den Kopf kreisen ließ. Als er sich wieder an die Arbeit machte, passte sich die Tempraschaum-Polsterung automatisch den Konturen seines Körpers an.

Roy vergewisserte sich, dass mit dem Glasfaserkabel in der Buchse hinter seinem rechten Ohr alles in Ordnung war. Das Kabel hatte sich an der Armlehne seines Stuhls verfangen, und er löste es. Das Kabel war seine Lebensader, die sein Hirn mit Daten fütterte.

Weiter, befahl er dem Terminal stumm, in das er eingestöpselt war. Die Daten huschten an ihm vorbei, und sein Verstand siebte sie wie Sand, der ihm durch die Finger rann, oder als schürfe jemand in einem schlammigen

Fluss nach Gold. Immer weiter und weiter, bis er glaubte, vor Langeweile schreien zu müssen. Dann stieß er auf eine Unregelmäßigkeit. Es war so, als finde er einen harten Gegenstand im Sand oder erspähe einen Schimmer von Gold im Schlamm.

Augenblick mal, dachte er. Was war das?

Er zoomte näher an die Aktivitäts-Protokolle der Forschungsanlage Merrimack Valley im südlichen New Hampshire. Mit einem flüchtigen Gedanken verglich er Daten und rief ein Datenfenster auf, das in seinem Blickfeld Gestalt annahm. Das Fenster lieferte ihm einen Blick auf das Äußere des Gebäudes und andere firmenspezifische Informationen.

Roy erinnerte sich an die Umstände, unter denen Cross die kleine Biotech-Firma vor zwei Jahren übernommen hatte. Das ursprüngliche Kaufangebot war der Auftakt eines Biet-Wettstreits mit Novatech gewesen, bis der Konkurrenzkonzern schließlich aus unerfindlichen Gründen aufgegeben hatte. Die panikerfüllten Besitzer hatten den Preis gesenkt, und Cross hatte den Laden für einen Apfel und ein Ei bekommen. Roy war nicht der Einzige, der den Verdacht hegte, dass Schattenunternehmen wesentlich zum Gelingen des Aufkaufs beigetragen hatten.

Die MV-Anlage unterstand der in Boston ansässigen biomedizinischen Abteilung des Konzerns, also waren die Protokolle dort bereits durchgesehen worden. Jemand, der nicht sonderlich sachkundig oder aufmerksam gewesen war, musste die Anomalie übersehen haben.

Roy ging die Eintragungen erneut durch. Da war sie – nur eine kleine Umleitung, nichts allzu Gravierendes. Sie ähnelte einer der gelegentlichen Fehlfunktionen im Telekom-System, wobei es schlimmstenfalls zum Verlust von Voice- oder Video-Mails kam. Dies sah dagegen vorsätzlicher, präziser aus. Jemand hatte absichtlich Teile der Aktivitätsprotokolle gelöscht und verändert.

Sehr wahrscheinlich jemand, der eine Affäre hatte, dachte Roy. Oder vielleicht hatte sich ein einsamer Arbeitsnischensklave in einen der virtuellen Sex-Hosts eingeloggt, wo man mit ›digitalen Puppen‹ spielen konnte, die aussahen und sich anfühlten wie echte Menschen, sich aber verhielten wie die Fleisch gewordenen feuchten Träume eines Programmierers. Er sollte die Datei einfach kennzeichnen und sie seinen Vorgesetzten in der Abteilung Informationssysteme zuleiten, die dem betreffenden Angestellten einen Routinevermerk schicken würden. Aber irgendetwas riet Roy, weiter zu suchen. Wenn schon nichts anderes, so war dies zumindest ein Bruch in der Einförmigkeit, ein Vorwand, nicht wieder in das endlose Datenmeer einzutauchen, in dem er zu ertrinken drohte.

Er sah die Protokolle noch einmal durch, und diesmal fiel ihm auf, dass einige Abschnitte fehlten. Mit einem gedanklichen Befehl aktivierte er ein paar Algorithmen zur Erstellung von Vergleichsmustern.

Nichts.

Es sah immer noch wie ein Zufallsaussetzer im System aus, aber Roys Argwohn geweckt. Vielleicht war der für die Veränderungen Verantwortliche nur besonders sorgfältig gewesen, um es wie einen Zufallsaussetzer *aussehen* zu lassen. Mit einem lichtschnellen Gedankenimpuls rief er zusätzliche Daten über die MV-Anlage auf. Bei ihrer Durchsicht stellte er fest, dass für die Anlage eine Aufstockung des Sicherheitspersonals geplant war. Nach einer kurzen Überprüfung des Wartungsplans der Anlage lehnte er sich zurück und lächelte.

Es war Weihnachtszeit, und er hatte ein paar Urlaubstage vor sich. Vielleicht konnte er ein paar Tage weg, die MV-Anlage vor Ort überprüfen und, wenn er schon mal dort war, sich den Bostoner Metroplex ansehen. Er wusste, durch welche Kanäle er seine Anfrage schicken musste, welche Manager alle eingehenden Routine-Dokumente so gut wie unbesehen abstempeln würden. Binnen einer Stunde war sein Gesuch genehmigt, bei der Abteilung Informationssysteme zu hospitieren, indem er Routine-Wartungen und System-Checks der Konzernanlagen im Raum Boston vornahm.

Er kopierte alle relevanten Daten aus den Protokollen auf die Memory-Chips hinten in seinem Kopf unweit des Hirnstamms, wo er jederzeit Zugriff darauf hatte. Dann machte er sich mit erheblich besserer Laune wieder an die Durchsicht der Protokolle. Wahrscheinlich erwies sich alles nur als Rauch ohne Feuer, aber er konnte ein Abenteuer daraus machen und so tun, als sei er in eine phantastische Intrige verwickelt, wie es immer im Trid gezeigt wurde. Wenn er die Zeit dazu fand, würde er sich noch den einen oder anderen Bostoner Nachtclub von innen ansehen.

Er hatte gehört, dass es in Boston ein paar gute Clubs gab.

2

Es war eine typische hektische Nacht im *Avalon*, einem von Bostons heißesten Clubs. Die Tanzfläche war gerammelt voll mit Leuten, die sich im wilden Rhythmus wanden, der aus den Lautsprechern dröhnte. An der Decke blitzten pulsierende Lichter, und dicht über der Tanzfläche wallte dunstiger Rauch wie künstlicher Nebel. Eine abgerundete Bar zog sich etwas oberhalb der Tanzfläche an einer Wand entlang und auch dort wimmelte es von Leuten. Außerdem gab es mehrere Reihen mit kleinen Tischen und Nischen, wo die Gäste sitzen, trinken und die Tanzfläche darunter beobachten konnten.

Dan Otabi sah sich nervös um, während seine Augen sich an die Dunkelheit anpassten. Es war ein Jammer, dass er sich keine Zeiss-Ersatzaugen leisten konnte, die dunkelsmaragdgrünen mit den goldenen Sprenkeln und Lichtverstärkern, die so gut waren, dass man in der Nacht so gut wie am Tag sah. Augen, wie sie Ethan Hunt in *Shadowbreakers* hatte. Augen, die jeden Mann niederstarren und das Herz jeder Frau schmelzen konnten. Augen, wie Dan sie hatte, wenn er Ethan Hunt *war*, der furchtlose Konzernagent, der in den tiefsten Schatten des Metroplex arbeitete. Er berührte die Buchse hinter seinem Ohr und wünschte, er *wäre* Ethan Hunt oder überhaupt ein anderer – der Wunsch, der ihn ins *Avalon* geführt hatte.

Er hatte sich dem Anlass entsprechend gekleidet und dabei die Art Montur zu imitieren versucht, die Leute in den Sims trugen, aber er fühlte sich dennoch jämmerlich fehl am Platz. Leute maßen ihn von seinen kurz geschnittenen dunklen Haaren bis zu seinen Kunstlederstiefeln und taten ihn mit einem Achselzucken – oder weniger – ab, bevor sie sich wieder ihren Angelegenheiten widmeten. Er hielt beklommen Ausschau nach dem Mann, den er hier treffen wollte, und entdeckte ihn schließlich in einer Nische zwei Reihen über der Tanzfläche. Es gab einen elektrischen Augenblick des Wiedererkennens, aber Dan versuchte so ruhig und gelassen zu bleiben wie sein Kontakt.

Behutsam bahnte er sich einen Weg durch die Menge zur Treppe, wobei er sich einmal entschuldigte, als er einen Ork anrempelte. Der Metamensch, der mit seiner tonnenförmigen Brust vor Muskeln strotzte und ihn um einen halben Meter überragte, hielt nicht einmal inne. Seine violetthaarige Begleiterin, die nichts weiter als ein paar an strategisch wichtigen Stellen angebrachte Fetzen aus Body-Latex mit Glitzersprenkeln trug, beeilte sich, mit ihm Schritt zu halten.

Dan erreichte die Treppe und machte sich an den Aufstieg, wobei er den Mann in der Nische nicht aus den Augen ließ. Im Gegensatz dazu schien dieser Dan gar nicht zu beachten, da er müßig auf die Tanzfläche starrte. Erst als Dan schließlich vor der Nische stand, nahm der Mann ihn zur Kenntnis. Wiederum wünschte Dan sich Ethan Hunts stahlharte Augen.

Der Mann war ein Mensch, ein Angloamerikaner. Seine fettigen braunen Haare waren aus dem Gesicht gekämmt und im Nacken zu einem kleinen Pferdeschwanz zusammengebunden. Offenbar hatte er sich mehrere Tage nicht rasiert, aber die Bartstoppeln konnten die wulstige rote Narbe am Kinn nicht verbergen. Dan fand, dass sie wie ein Schnitt von einer Glasscherbe aussah, vielleicht ein Andenken von einer zerbrochenen Flasche. Außerdem mussten die trüben braunen Augen des Mannes natürlich sein, weil sich niemand solche Augen hätte implantieren lassen. Der Mann trug eine ramponierte Lederjacke über einem schwarzen T-Shirt und einige Silberringe an jeder Hand. Er musterte Dan mit einstudiertem Desinteresse, und da Dan nicht recht wusste, ob er sich verbeugen oder die Hand ausstrecken sollte, blieb er einfach stehen.

»Sie müssen Mr. Johnson sein«, sagte der Mann gerade so laut, dass er die plärrende Musik übertönte. Sein dünnes Lächeln besagte, dass er Johnson nicht für Dans richtigen Namen hielt. »Nehmen Sie Platz.«

Dan glitt sachte in die Nische, plötzlich hin- und hergerissen zwischen dem Grund für sein Hiersein und dem Drang, so schnell wie möglich zu verschwinden. Er hatte den Blick immer noch nicht von seinem Kontakt abgewandt.

»Haben Sie das Geld mitgebracht?«, fragte der Mann abrupt und Dan nickte.

»Lassen Sie mal sehen.«

Dan zog einen dünnen Plastikstab aus der Tasche und hielt ihn hoch. Der Mann griff danach, aber Dan zog die Hand weg. Seine Kühnheit überraschte ihn ein wenig.

»Zuerst will ich … die Ware sehen«, sagte er, wobei er

daran dachte, wie Ethan Hunt sich im Sim *Shadows of Seattle* verhielt. Er starrte den Mann weiterhin nieder, wie sehr er sich auch danach sehnte, den Blick abzuwenden. Sein Kontaktmann griff in seine Jacke und holte ein schwarzes Plastiketui heraus, das er auf den Tisch stellte. Dan sah einen einfachen Chip durch den transparenten Deckel. Er beugte sich vor, um die winzigen Buchstaben eines Aufdrucks zu lesen.

»Das ist sie«, sagte der Mann, »die Cal-Hot-Version von *Shadowbreakers VII*. Vollständig und ungeschnitten.«

Dan las den in den Chip geätzten Titel und sah ehrfürchtig auf. »Sie meinen, mit Winona Flying-Horse und, und … allem? Mit den Sauna-Szenen und …«

»Komplett«, sagte der Chip-Dealer mit einem trägen, wölfischen Lächeln.

Dan hätte beim bloßen Gedanken daran beinahe laut gelacht. Er musste den Chip haben. Er machte Anstalten, nach dem Etui zu greifen, aber der Mann hielt sein Handgelenk fest. Mit der freien Hand nahm er das Etui an sich.

»Uh-uh, erst wenn ich das Geld habe«, sagte er. »Ach, und der Preis ist gestiegen.«

»W-wie bitte?«, protestierte Dan. Sie hatten den Preis bereits ausgehandelt.

Der Mann zuckte die Achseln. »Angebot und Nachfrage. Dieses Baby ist ziemlich heiß.« Er schüttelte das Chipetui, um seinen Worten Nachdruck zu verleihen. »Ganz besonders, seit auf ›rätselhafte‹ Art so freizügige Bilder von Winnie in der Matrix aufgetaucht sind. Wenn Sie das Wahre kosten wollen – und es ist sogar besser als das Wahre –, müssen Sie dafür zahlen. Wenn Sie ein Problem damit haben, wenden Sie sich damit an die Beschwerdeabteilung.«

Er nickte in Richtung Treppe. Dan warf einen Blick dorthin und sah den Ork, den er zuvor angerempelt hatte. Er lehnte beiläufig an der Wand, seine dunkle Haut verschmolz mit den Schatten. Sein kahler Kopf war vernarbt, und zwei kleine Hauer ragten über seine Unterlippe. Er ließ langsam die Knöchel knacken, ein Hinweis darauf, dass er Dan wie einen Zweig zerbrechen konnte.

Dan wandte sich wieder an den Dealer. »Wie viel?«, fragte er.

»Fünfhundert Nuyen.«

»Aber Sie sagten dreihundertfünfzig«, platzte Dan heraus.

»Wenn Sie den Chip wollen, kostet Sie das fünfhundert. Wenn Sie natürlich nur reguläres SimSinn wollen, können Sie den Chip bei Sim-Sation für zwanzig Nuyen ausleihen. Die sind garantiert kindersicher.«

Der Mann lehnte sich mit spöttischem Lächeln zurück. Als verschwendete Dan seine Zeit mit diesem Drek. Er hatte solche Sims eingeworfen. Sie waren wie Trideo verglichen mit den Sims, die aus dem Freistaat Kalifornien stammten. Die kalifornischen Sims ließen nichts aus. Man empfand alles. Es war so, als lebe man seine Lieblingsphantasien in der Sicherheit der eigenen vier Wände aus. Er hatte gehört, die Produzenten und Programmierer veränderten sogar die Signale des Chips, um das Erlebnis zu intensivieren und die Sims sogar noch wirklicher erscheinen zu lassen als das wirkliche Leben. Nachdem Dan sie einmal ausprobiert hatte, konnte er nicht mehr genug davon bekommen. Bedauerlicherweise waren so genannte ›California-Hot‹-Chips in den Vereinigten Kanadischen und Amerikanischen Staaten illegal. Sie konnten legal weder eingeführt noch verkauft werden, und aus diesem Grund war er hier.

»Das ist kein BTL, richtig?«, fragte er.

»Natürlich nicht, Chummer. Das ist Qualitätsware. Wir reden nicht über die Hirnröster. Das hier ist pure Unterhaltung. Die beste.«

BTL-Chips – die Kurzform für ›Better Than Life‹, besser als das Leben – gingen noch weiter als Cal-Hots.

Natürlich hatte Dan von ihnen gehört, hatte aber ehrlich Angst vor ihnen. BTLs veränderten die Sim-Signale eines Chips so stark, dass der User ein Erlebnis hatte, wie es im wirklichen Leben einfach nicht möglich war. Man brauchte sich nicht einmal über eine dünne Handlung ärgern – die BTLs boten reine Empfindung.

Dem Vernehmen nach war das Einwerfen von BTL die reine Freude, eine direkte Stimulierung der Lustzentren im Hirn. Diese Erfahrung war so intensiv, dass die meisten BTL-Junkies nicht lange lebten. Sie hörten einfach auf, sich noch um etwas anderes als ihre Chip-Trips zu kümmern, bis es so schlimm wurde, dass sie sich auch nicht mehr ausstöpselten, um zu essen oder auf die Toilette zu gehen. Natürlich wollten die Händler ihre Kunden nicht zu schnell verlieren, also waren die Chips so präpariert, dass sie nach einer gewissen Zeit ausbrannten, damit die Käufer wieder zu ihnen kamen und sich Nachschub holten.

Doch früher oder später fanden die Chipheads heraus, wie sie das Ausbrennen der Chips verhindern konnten. Dann stöpselten sie sich ein und kamen nicht mehr zurück. Sie verhungerten, lagen in ihrem eigenen Unrat, bis jemand sie fand und die Polizei rief. Wenn die Organschmuggler und Ghule sie nicht zuerst fanden und ihre Körper in Ersatzteile für die illegalen Organbanken oder, noch schlimmer, in eine Mahlzeit verwandelten.

Dan schauderte bei dem Gedanken, sagte sich aber, dass er es hier nicht mit BTL zu tun hatte. Er war kein Junkie. Er gab sich nur einem harmlosen Vergnügen hin, um den Stress der Arbeit abzuschütteln. Es war nicht seine Schuld, dass die UCAS kalifornische Sim-Chips verboten hatten. Er schadete keinem.

»Na schön«, sagte er, während er den Blick für einen Moment vom Chipetui losriss. »Ich schätze, ich ...« Er hielt mitten im Satz inne, als ihm auffiel, dass der Mann ihn nicht mehr ansah. Er starrte mit einem Ausdruck entsetzter Faszination auf die Tanzfläche. Er schaute kurz zu Dan, wieder zur Tanzfläche und wieder zurück zu Dan.

»Bleiben Sie hier«, sagte er, während er sich erhob und das Etui in seine Jackentasche schob. Dan sah verblüfft zu, wie er zur Treppe schritt. Der Mann schob sich an dem großen Ork vorbei, der ihm etwas nachrief, als der Mann die Treppe hinuntereilte. Die Musik war so laut, dass Dan die Worte des Orks nicht mitbekam. Er richtete seine Aufmerksamkeit auf die Tanzfläche und fragte sich, was der Mann wohl gesehen hatte, dass er so plötzlich aufgesprungen war. Dan sah nur eine Masse vorwiegend menschlicher Leiber mit gelegentlichen Einsprengseln von Elfen, Orks und Trollen.

Dann kam ihm ein fürchterlicher Gedanke. Die Polizei! Was, wenn der Mann einen verdeckten Ermittler gesehen hatte? Oder vielleicht hatte er beschlossen, den Chip an jemanden zu verkaufen, der keine Einwände gegen den Preis erhob. Als Dan einen Blick zur Treppe warf, stand der Ork immer noch dort. Er sah hin- und hergerissen aus, als sei er unschlüssig, ob er dem anderen Burschen folgen oder zu Dan gehen solle.

Dan hatte nicht die Absicht zu warten, bis der Ork sich entschieden hatte. Er sprang auf und strebte der Treppe auf der anderen Seite der Reihe entgegen, wobei er sich um die Leute wand, die ihm den Weg versperrten.

Er stieß mit einer dunkelhaarigen Frau in einem Kunstlederoverall zusammen, der an ihren Kurven klebte wie Vita Revaks Montur in dem Klassiker *Rambo XX*. Der offene Kragen gab den Blick auf eine Menge sahnige Haut und einen Haufen Sommersprossen frei. Sie hatte lange dunkle Haare, ein reizendes Gesicht und ein bezauberndes Lächeln.

»Hey, Süßer, warum die Eile?«, fragte sie. Dan warf einen Blick über die Schulter und sah, wie der Ork sich durch die Menge drängte und näher kam.

»Kann ich dir einen Drink spendieren?«, fragte sie.

In jeder anderen Nacht wäre ein Traum wahr geworden, aber heute wollte Dan nur weg. Er stammelte eine Entschuldigung und schoss an ihr vorbei und die Treppe hinunter. Unten angekommen, bahnte er sich ungeachtet der wütenden Proteste der anderen Gäste einen Weg durch die Menge. Im Augenblick war nur wichtig, den Club zu verlassen.

*

Hammer stand oben an der Treppe und musste mit ansehen, wie Dan Otabi entkam.

»Drek«, flüsterte er, als Trouble zu ihm nach oben kam. Sie war sauer, dass sich ihr Wild abgesetzt hatte.

»Was ist passiert?«, fragte Trouble.

»Keine Ahnung«, erwiderte Boom. »Talon hat irgendwas gesehen.«

Sie hielt auf der Tanzfläche nach Talon Ausschau und erspähte ihn auf der anderen Seite des Raums. »Dort drüben«, sagte sie, während sie bereits die ersten Stufen nahm, um herauszufinden, was eigentlich los war.

Der Mann, der sich mit Dan Otabi unterhalten hatte, war verschwunden. Dessen Platz hatte jemand eingenommen, der jüngerer und sauberer war und besser aussah. Er stand am Rand der Tanzfläche und starrte blicklos auf die Masse der Leute. Die meisten Besucher des Nachtclubs hielten ihn wahrscheinlich für betrunken oder zugedröhnt, was im *Avalon* nichts Besonderes war. Seine Chummer wussten es natürlich besser. Talon war ein Magier, und seine Wahrnehmungen gingen weit über diejenigen der Normalsterblichen hinaus.

Als sie neben ihm eintrafen, sah Trouble, dass er weinte. Die Tränen strömten ungehindert über seine Wangen, während er sich forschend in dem Nachtclub umschaute.

Sie arbeitete lange genug in den Schatten, um zu wissen, dass man einen Magier bei der Arbeit nicht störte, aber seine Miene beunruhigte sie. Sie packte Talons Schulter und schüttelte ihn.

»Talon! Was ist los? Hast du irgendwas gesehen?«

Er wandte ihr sein tränennasses Gesicht zu. »Es war Jase«, übertönte er den Hintergrundlärm. »Ich habe ihn gesehen. Dort drüben auf der Tanzfläche.«

Bei seinen Worten überlief es sie kalt, doch Trouble schüttelte die Empfindung rasch ab. »Jase ist tot«, sagte sie so sanft wie möglich inmitten des Lärms. »Seit fünfzehn Jahren.«

Talon nickte. »Ich weiß, aber ich habe ihn gesehen, Trouble. Er war hier. Ich bin ganz sicher.«

3

Lass mich das mal klarstellen«, sagte Boom. »Du willst also damit sagen, du hast ein Treffen vermasselt, für dessen Zustandekommen wir Wochen gebraucht haben, und vielleicht haben wir das einzige richtige Fenster zu unserem Ziel verloren, weil du heute Nacht im Club jemanden zu sehen geglaubt hast, der wie Jason Vale aussah?«

»Ich habe nicht *geglaubt*, ihn gesehen zu haben, Boom«, sagte Talon, »ich habe ihn tatsächlich gesehen. Er war da, direkt vor mir auf der Tanzfläche, so offensichtlich für mich, wie du es jetzt bist.«

Trouble lächelte in sich hinein. Boom war ein Troll, eine fast drei Meter große Muskelmasse. Mit seiner schorfigen grünen Haut, den Widderhörnern, den vorstehenden Hauern und den von ihm bevorzugten grellen Hawaiihemden stach er deutlicher aus einer Menge hervor, als einem Menschen dies je möglich gewesen wäre.

Des äußeren Anscheins ungeachtet war er tatsächlich ein großer Teil des ›Hirns‹ ihres Unternehmens. Jeder respektierte Talons natürliche Führungsgabe, aber Boom war der Beste, wenn es um die Planung ging. Außerdem hatte er die Verbindungen und kannte die richtigen Leute, um ihnen Arbeit in den Schatten zu verschaffen. Alles, was den Ruf des Teams – oder auch seinen – schädigte, war ein Grund zur Besorgnis.

»Ich habe Otabi gesagt, er solle warten«, sagte Talon ein wenig lahm. »Ich hätte nicht gedacht, dass er einfach fliehen würde wie ein aufgescheuchter Hase.«

»Du hast nicht gedacht, Punkt«, sagte Boom. »Mitten in einer Besprechung einfach so abzuhauen – was hast du erwartet?«

»Das spielt jetzt keine Rolle mehr«, sagte Trouble, indem sie Booms gewaltigen Arm beruhigend tätschelte. »Passiert ist passiert. Wichtig ist nur noch, was wir jetzt unternehmen.«

Boom sah Trouble an, und sein Zorn schien abzuflauen. Er seufzte tief und kratzte sich hinter einem Horn, dann wandte er sich wieder an Talon. »Entschuldige, dass ich so hochgegangen bin, Chummer. Offenbar schlägt bei mir langsam der Stress dieses Runs durch.«

»Uns anderen geht es genauso«, sagte Talon mit einem schwachen Lächeln. Seine Augen hatten denselben gehetzten Ausdruck, der Trouble schon zuvor aufgefallen war, aber er kam dennoch zum Geschäft. »Ich denke, wir können noch etwas aus dem Fiasko machen. Es ist nur etwas mehr Arbeit nötig.«

»Nun ja, die Kreds sind gut«, sagte Hammer, der neben der Tür von Booms Büro saß. Der große Ork hatte eine Maschinenpistole auf dem Schoß liegen und war offenbar auf alles vorbereitet.

Ein Klopfen an der Tür ließ die Unterhaltung augenblicklich verstummen. Boom warf einen Blick auf die in die Arbeitsfläche seines breiten Schreibtischs eingelassenen Monitore. Er sah auf und nickte Hammer zu, der zur Tür ging und sie Valkyrie öffnete, dem letzten Mitglied des Teams.

Sie war wie üblich gekleidet: T-Shirt, abgetragene Jeans, deren Hosenbeine in den Schäften schwerer Lederstiefel steckten, sowie eine ramponierte Lederjacke, die mit ballistischer Panzerung gefüttert war. Ihre dunklen Haare waren »kurz und einfach« geschnitten, wie sie es ausdrückte, und ließen den Chrom der Datenbuchse hinter ihrem linken Ohr erkennen. Sie trug ein schlankes, flaches Kontrolldeck unter einem Arm und eine flache Pistole in einem Halfter an der Taille. Val schlenderte herein und ließ sich auf die Couch an der Wand fallen.

»Und?«, fragte Boom.

»Ich bin unserem Mann mit einer Drohne gefolgt«, sagte sie. »Er hat die U-Bahn genommen, also habe ich ihn im Untergrund verloren, aber ich habe seine Wohnung beobachtet. Vor ein paar Minuten ist er dort aufgetaucht. Er wäre nicht so schnell nach Hause gekommen, wenn er sich unterwegs irgendwo aufgehalten hätte.«

»Also hat er mit niemandem gesprochen und versucht, woanders zu kaufen«, sagte Talon.

Val schüttelte den Kopf. »Es sei denn, er hat sich in der U-Bahn mit jemandem getroffen. Außerdem haben wir den Burschen überprüft. Er hat keine Connections auf der Straße. Er ist ein blütenweißes, behütetes Konzernbaby. Wir sind seine einzige Verbindung.«

»Was wir zu unserem Vorteil nutzen können«, knurrte Boom. »Wir müssen nur die Schraube ein wenig anziehen, damit er zurückkommt und noch einmal nach dem Köder schnappt. Und ich glaube, ich weiß, wie wir das schaffen.«

Boom sah Talon an, der einen gedankenverlorenen Eindruck machte. »Tal, wie war das denn nun mit Jase? Was hast du gesehen?«

»Ich weiß nicht.« Talon schüttelte verwirrt den Kopf. »Ich bin nicht mehr sicher. Vielleicht hat mir das Licht oder der Rauch einen Streich gespielt. Aber ich hätte schwören können …« Er brach ab und warf in einer

Geste der Hilflosigkeit die Hände in die Luft. Es schmerzte Trouble, Talon, der sonst so selbstsicher war, so verloren und verwirrt zu sehen.

»Bist du sicher, dass du damit zurechtkommst?«, sagte Boom. »Denn andernfalls …«

»Nein, nein, es geht mir gut«, sagte Talon. »Ich bin dabei. Lasst uns überlegen, wie wir vorgehen sollen, und es dann durchziehen, okay?«

Boom nickte kurz. »Schön, ich sehe die Sache folgendermaßen.« Er skizzierte den Plan, und sie diskutierten ihn und gingen mögliche Probleme durch. Als jeder seine Aufgabe hatte, ging das Team auseinander, denn es war schon ziemlich spät.

Der Club schloss gerade, als sie Booms Büro verließen. Das *Avalon* gehörte dem Troll und war eine gute Fassade für seine Schattengeschäfte. Die letzten Gäste tröpfelten durch die Tür auf die Straßen Bostons, und die Putzkolonnen hatten bereits begonnen, das Chaos zu beseitigen, das nach den Festivitäten zurückgeblieben war.

Talon war schon die Treppe hinunter und in der Tür, als Trouble ihn einholte. Er hatte wieder diesen verlorenen Gesichtsausdruck und ging mit gesenktem Kopf und einer Hand in der Jackentasche. Sein Motorradhelm baumelte am Kinnriemen von der anderen Hand.

»Hey«, sagte sie. »Wie wär's mit einer Tasse Soykaf, bevor wir Schluss machen? Ich meine, wenn du reden willst …«

Talon bedachte sie mit einem kummervollen Blick, der Trouble in der Seele wehtat. Er schüttelte den Kopf. »Nein, danke. Ich glaube, ich muss eine Weile allein sein.«

»Okay, Chummer«, sagte sie sanft. »Bist du sicher?«

»Ja, aber trotzdem danke. Wir unterhalten uns morgen.« Er klemmte den Helm in die Armbeuge und schlug den Weg in Richtung Hintergasse ein.

Trouble sah ihm hinterher und wollte ihm nachlaufen,

wusste aber, dass sie Talons Wunsch respektieren musste. *Wenn du doch nur jemanden an dich heranließest, Talon,* dachte sie. *Wenn du mich doch nur an dich heranließest.*

*

In der Gasse wimmelte es von überquellenden Müllcontainern und Abfalltonnen, deren Umrisse in der kaum erleuchteten Dunkelheit bedrohlich wirkten. Talon hatte die Gasse kaum betreten, als er gedämpftes Gelächter aus der Dunkelheit voraus hörte. Plötzlich auf der Hut, hielt er inne, eine Hand an der unter seiner Jacke gehalfterten Pistole.

Drei Gestalten – zwei Menschen und ein Ork – traten hinter einem Müllcontainer hervor. Alle drei trugen verschlissenes, mit Chrombeschlägen und Ketten übersätes Leder, und ihre Haare waren zu Mustern rasiert, zu Stacheln gegelt und zu bizarren Regenbögen gefärbt. Sie sahen wie Teenager aus. Der Ork überragte seine Freunde um Haupteslänge, aber der offensichtliche Anführer war einer der Menschen. Er hatte hellgrüne Augen – irgendwelche Implantate –, die schwach leuchteten und keine sichtbare Iris oder Pupille aufwiesen. Die drei kicherten vor sich hin; wahrscheinlich waren sie von irgendwas high.

»Hey, Mann«, sagte der Anführer und gackerte, als habe er gerade den komischsten Witz der Welt gehört, »wohin willst du denn?« Die drei brachen augenblicklich in schallendes Gelächter aus. Talon registrierte, dass die beiden Menschen ein noch geschlossenes Klappmesser in der Hand hielten, während der Ork eine schwere Stahlkette in seinen gewaltigen Pranken schwang.

Talon seufzte schwer. »Junge, ich bin nicht in Stimmung für diesen Schwachsinn. Ihr habt genau fünf Sekunden, um mir aus dem Weg zu gehen, bevor ich die Situation als Geschenk der Götter betrachte und meiner

Frustration Luft mache, indem ich euch in eure jämmerlichen Ärsche trete.«

»Du ganz allein, alter Mann?«, sagte der Anführer mit einem gellenden Lachen.

Talon grinste boshaft. »Nee, ich würde es doch nicht ganz allein mit drei so harten, verdrahteten Burschen wie euch aufnehmen. Wahrscheinlich wird *er* mir ein wenig helfen«, sagte er, indem er mit einem Kopfnicken auf eine Stelle hinter den drei Gangmitgliedern deutete.

»Was redest du ...«, begann der Anführer und brach dann ab, als hinter ihm ein tiefes Knurren ertönte. Das Kichern verstummte, als die drei sich gleichzeitig umdrehten und einen großen Wolf mit silbernem Fell und leuchtend grünen Augen aus den Schatten treten sahen. Ein schwach silbriger Glanz, unheimlich in der Dunkelheit, hüllte seinen Körper ein. Der Anführer wandte sich wieder an Talon, der jetzt von einer Aura aus violettem Licht umgeben war.

»Heiliger Drek!«, sagte der Bursche. »Er ist ein Magier! Nichts wie weg!« Die drei machten fast gleichzeitig kehrt und rannten die Gasse entlang und an dem Wolf vorbei, wobei sie Mülltonnen umstießen und bei ihrer hektischen Flucht übereinander stolperten. Der Wolf machte Anstalten, ihnen zu folgen, aber Talon hielt ihn zurück.

»Lass sie gehen, Aracos. Sie sind die Mühe nicht wert.«

Der Wolf blieb stehen und drehte sich zu ihm um. »Hmm«, hörte Talon Aracos' Stimme in seinem Kopf. »Ich könnte sie meine Zähne spüren lassen, um ihnen eine Lektion zu erteilen, aber wahrscheinlich würden sie nicht besonders gut schmecken.«

Der Wolf lief zu Talon, und seine astrale Aura verblasste wieder zur Unsichtbarkeit. Er sah mit einer wölfischen Miene der Besorgnis zu Talon empor.

»Geht es dir gut, Boss?«, dachte Aracos.

Talon wusste, dass er seinen inneren Aufruhr nicht vor seinem Geistverbündeten verbergen konnte. Aracos konnte Talons Gefühle mit seinen astralen Sinnen, aber auch durch die psychische Verbindung zwischen den beiden lesen. Außerdem hatte Talon gar nicht erst versucht, seine Gefühle zu verschleiern.

»Es ging mir schon besser«, erwiderte Talon in Gedanken, »aber ich will jetzt nicht darüber reden. Lass uns erst mal von hier verschwinden, okay?«

Einen Moment glaubte er, Aracos werde noch etwas sagen, aber der Geist begnügte sich mit einem entschieden unwölfischen Achselzucken und fing an zu schimmern.

»Du bist der Boss.« Die silbrige Wolfsgestalt verschwamm zunächst zu einem undurchsichtigen Nebel und verfestigte sich dann zu einem schnittigen rotschwarz-chromfarbenen Motorrad japanischer Herstellung. Auf eine Seite des Rahmens waren Chromlinien in Form eines keltischen Knotens gemalt, und daneben stand in eleganten Chrombuchstaben der Name ›Aracos‹.

Der Motor der Maschine brummte bereits, als Talon sich auf den Sattel schwang. Er streifte den Helm über und die Elektronik im Visier ließ die Gasse taghell erscheinen. Er gab Gas und fuhr in Richtung Landsdown Street. Minuten später raste er South Boston entgegen, als müsse er nur schnell genug fahren, um seine beunruhigenden Visionen hinter sich zu lassen.

4

Später in jener Nacht, allein in seinem Bett, träumte Talon.

Er war wieder sechzehn und gerade von der katholischen Mission in Southie ausgerissen, wo er aufgewachsen war. Ausgerissen war er wegen der Dinge, die er sah und fühlte, Dinge, die nicht zu vereinbaren waren mit dem, was die Nonnen und Patres der Mission ihn lehrten. Er konnte die seltsamen Auren aus Licht nicht ausblenden, von denen er Leute umgeben sah, und sich auch nicht der auf ihn einstürmenden Eindrücke und Gefühle von allen Personen ringsumher auf der Straße erwehren. Es war so, als seien Schmerz, Elend und Unglück von zwanzig Generationen in den Beton und die Ziegel South Bostons gesickert und hätten alles in einen dunklen Überzug gehüllt.

Er war im Rox gelandet, was noch schlimmer war. Der Gefühlsnebel war dort so dicht, dass man ihn mit dem Messer schneiden konnte. Er war zu arm, um sich eine Datenbuchse leisten zu können, nicht einmal in einem der schmierigen Bodyshops in den Hintergassen, aber irgendwie gelang es ihm, das nötige Geld zusammenzukratzen, um sich Erleichterung von seinen Nöten in Gestalt kleiner blauer Tabletten namens ›Bliss‹ zu verschaffen. Wenn er auf Bliss war, zählte sonst nichts, aber wenn er wieder herunterkam, wurde es immer schwieriger, die Empfindungen und Visionen auszublenden.

Eines Tages kauerte er in einem leer stehenden Gebäude irgendwo im Rox und kam ohne Geld für eine weitere Dröhnung von seinem letzten Bliss-High herunter. Es war nur eine Frage der Zeit, bevor er gezwungen sein würde, seinen Körper auf der Straße zu verkaufen, um sich mehr zu beschaffen. Es war das einzig Wertvolle, was ihm noch geblieben war. Die Farben und Gefühle kehrten bereits zurück, und er spürte, wie ihm die geistige Stabilität entglitt. Er wusste nicht, wie lange er es noch ertragen konnte.

Und da hörte er das leise Kratzen und Schlurfen von etwas, das sich unten bewegte. Er erstarrte bei dem Geräusch, hielt den Atem an und lauschte angestrengt, während sein Schweiß eiskalt wurde. Jeder kannte die Geschichten über die Ghule, welche die verlassenen Gegenden im Rox auf der Suche nach Nahrung heimsuchten. Angeblich ernährten sie sich von menschlichen Leichen und trauten sich manchmal aus den Schatten, um Frischfleisch zu jagen.

Er wollte nach dem Klappmesser in der Tasche seiner zerlumpten Jeans greifen, aber seine Finger gehorchten ihm nicht. Er konnte sich nicht einmal dazu aufraffen, wegzukriechen und sich irgendwo zu verstecken. Er konnte nur daliegen und auf das Unvermeidliche warten, während ein kleiner Teil von ihm dachte, dass es vielleicht sogar besser war, wenn die Ghule ihn fanden und allem ein Ende bereiteten. Das Schlurfen kam immer näher, und das Knarren der alten Treppenstufen kündete von ihrem Kommen.

Es waren zwei. Das graue, haarlose Fleisch spannte sich straff über die Knochen, und sie trugen die zerlumpten Überreste von Kleidung, die sie vermutlich den Leichen ihrer Opfer abgenommen hatten. Ihre langen, knochigen Finger endeten in Nägeln wie spitze Krallen. Die Gesichter waren länglich und hager, die dünnlippigen Münder mit spitzen Reißzähnen gefüllt. Die weißen blinden Augen schauten ins Nichts. Sie schnüffelten wie Tiere, witterten Talons Furcht, die Ausdünstung von Beute. Als sie näher kamen, ihn beschlichen, spürte Talon ein Wimmern in sich aufsteigen. Einer der Ghule leckte sich mit grauer Zunge über die Lippen.

Dann fiel Licht in den Raum, Licht, das sogar die blinden Ghule auf irgendeine Weise sehen konnten. Sie wichen davor zurück, als eine leuchtende Gestalt auftauchte, geradewegs durch die Wand geschritten kam, als sei sie nicht vorhanden. Die Gestalt war hoch gewachsen und stattlich und in Gewänder aus Licht gekleidet; sie trug einen langen Holzstab in einer Hand. Die andere hob die Gestalt zu einer Abwehrgeste und sprach dann mit einer Stimme wie Donnerhall.

»AUFHÖREN!«, befahl sie. »Lasst ihn in Ruhe! Er steht unter meinem Schutz.«

Talon sah zu der leuchtenden Gestalt empor und dachte an die Engel, von denen die Nonnen im Waisenhaus immer erzählten. Dieses Wesen war wunderschön, und das Licht, welches es ausstrahlte, war beschützend und gütig, wenngleich die Ghule dies nicht so zu empfinden schienen.

Als sie sich von ihrem anfänglichen Schock erholt hatten, stürmten sie vorwärts und fauchten das Licht an, das sie bedrohte. Ihr Angriff ließ das Wesen kalt. Es schwang den Stab in weitem Bogen und traf einen der Ghule, der vor Schmerzen aufkreischte und zurücktaumelte. Der Stab blitzte immer wieder auf und zog leuchtende Bögen um den Mann aus Licht. Die Ghule wurden zurückgedrängt, bis sie schließlich aus dem Raum flohen. Talon hörte, wie sie sich rasch über die Treppe zurückzogen. Die Gestalt aus Licht kam näher, bückte sich und berührte ihn sanft an der Schulter. Talons Blickfeld verschwamm, und in seinem Kopf dröhnte es, als wolle etwas aus ihm ausbrechen.

»Keine Sorge«, sagte der Mann aus Licht. »Es ist alles in Ordnung. Du bist jetzt in Sicherheit.« Dann stimmte er ein seltsames, beruhigendes Lied an, und Talon döste ein …

Dann war er in einem Stuffer Shack und suchte in den Regalen nach Süßigkeiten. Der magische Unterricht, den Jase ihm erteilte, machte ihn immer hungrig. Jase lachte nur und sagte, alles mache Talon hungrig, aber das sei für einen Jungen seines Alters nur natürlich. Trotzdem kam Talon seinem Lehrer zufolge gut voran. In einem Jahr hatte er unendlich viel von dem Mann gelernt, der ihn vor den Ghulen gerettet und ihm beigebracht hatte, dass die seltsamen Visionen und Gefühle nicht der Wahnsinn, sondern das Erwachen von Talons magischen Gaben waren. Jase lehrte ihn, diese Gaben zu beherrschen und zu benutzen und noch vieles mehr. Ihre Beziehung vertiefte sich und Talon ging auf, dass das, was er für Jase empfand, mehr war als die Zuneigung des Schülers für seinen Lehrer oder Dankbarkeit für seinen Lebensretter. Er liebte Jase, und Jase liebte ihn. Sie wohnten am Rande des Rox in einer kleinen Wohnung, aber Talon konnte sich an keine Zeit erinnern, als er glücklicher oder hoffnungsvoller gewesen war. Für ihn war ein Traum wahr geworden.

Jetzt, vertieft in die Auswahl eines Snacks, grunzte Talon nur, als Jase sagte, er gehe nach draußen, um das öffentliche Telekom zu benutzen. Ein paar Minuten später hörte Talon das Dröhnen von Motorrädern und kurz darauf das Knattern von Schüssen. Er duckte sich instinktiv, als ein paar Kugeln die Frontscheiben des Stuffer Shacks zerschmetterten, während der Kassierer und die wenigen anderen Kunden sich ebenfalls auf den Boden warfen. Als er die Motorräder davonbrausen hörte, lief er nach draußen. Der Boden war mit Plastiglasscherben und zerfetzten Essenskartons übersät.

Was er sah, ließ ihn vor Schmerz aufschreien. Jase lag in einer Blutlache auf dem Asphalt. Talon lief hin, hob Jases Kopf vom Boden hoch, wiegte seinen blutbespritzten Leib in den Armen und rief immer wieder seinen Namen, doch Jase antwortete nicht. Talon schaute auf, während die Mitglieder der Motorrad-Gang lachend davonbrausten. Er rief um Hilfe, dann brach er zusammen und schluchzte über dem Leichnam des Mannes, den er mehr als das Leben liebte …

Dann war Talon in ihrer gemeinsamen Wohnung. Die Möbel hatte er an die Wand geschoben, und jetzt war er auf Händen und Knien und zeichnete mit Kreide und Farbe auf dem Fußboden. Langsam bildete sich ein Mandala aus Linien und geometrischen Mustern. Er malte einen großen Kreis, dann einen kleineren mit einem Dreieck darin, alles von Runen und Symbolen der Macht umgeben. Er nahm eine kleine Kohlenpfanne aus Messing und ein scharfes silbernes Messer aus ihrer Sammlung magischer Werkzeuge und zündete Kerzen an den vier Kardinalpunkten des Kreises an. Kurz darauf glühten Kohlen in der Pfanne, und er besprenkelte sie mit Räucherwerk. Ein süßlicher, schwerer Duft breitete sich aus und erfüllte den Raum.

Talon setzte einen schnellen scharfen Schnitt mit dem Messer in seine Handfläche. Blut quoll heraus, dunkel und rot. Drei Tropfen fielen herunter und verdampften auf den heißen Kohlen, gefolgt von drei weiteren und noch drei weiteren. Dann verband er den Schnitt mit einem Seidentuch und begann mit seinem Singsang. Er sammelte all seine Wut und seinen Kummer in sich, während das Blut mit einem stechenden metallischen Geruch verbrannte, der seine Augen tränen ließ. Er schaute in die Flammen und dachte an Jases Feuerbestattung, dann betrachtete er das Blut und dachte an Jases Blut an seinen Händen und Kleidern. Er dachte an die Asphalt Rats, die Gang, die für Jases Tod verantwortlich war, und die Flammen tosten als Antwort.

Später in dieser Nacht fand Talon die Asphalt Rats, die in einer Sackgasse in ihrem Revier im Rox eine Party feierten. Der Unmenge an Schnapsflaschen und herumliegenden Chipetuis nach zu urteilen, mussten sie kürzlich zu einigen Nuyen gekommen sein. Talon beobachtete sie dabei, wie sie feierten, tranken und lachten, nachdem sie die gütigste Person umgebracht hatten, die er je kennen gelernt hatte. Ein Schleier aus roter Wut überdeckte alles, was er sah und fühlte. Er hasste sie. Mehr als alles andere wollte er sie tot sehen. Eines der Mitglieder der Gang bemerkte Talon, aber er bekam keine Gelegenheit mehr, eine Warnung zu rufen.

Talon hob die Arme und schrie seinen Kummer heraus, ein Wutschrei, der in ein Inferno überging, dessen Flammen in die Gasse leckten wie die Feuer der Hölle. Einige Gangmitglieder versuchten zu fliehen, andere griffen nach ihren Waffen. Die meisten hatten nicht einmal aufgemerkt, als sie in eine Lohe gehüllt wurden, die ihre Haut schwarz verkohlte und ihre Haare versengte. Die Benzintanks der Motorräder explodierten wie Bomben und ließen einen schwarz-orangenen Feuerball in den Himmel steigen, der die Mauern der umliegenden Häuser mit Ruß und Asche bedeckte.

Talon stand in der Einmündung der Gasse und beobachtete alles. Er wich nicht zurück, wandte sich nicht von dem Grauen ab. Sein einziger Gedanke war, die für seinen Schmerz Verantwortlichen für ihre Tat büßen zu lassen. Die Hitze des Infernos war kühl verglichen mit seinem Zorn, während er zusah, wie die Mitglieder der Gang sich wanden und in den Flammen starben.

Binnen Sekunden war alles vorbei. Die geschwärzten und verbogenen Überreste der Motorräder brannten weiter, und aus der Gasse stieg eine Wolke aus stechendem Qualm auf. Die verkohlten Leichen lagen, wo sie gefallen waren. Die meisten Gangmitglieder erfuhren nicht, was sie erwischt hatte und warum. Tränen strömten über Talons Gesicht, als er die Ruinen anstarrte.

»Verzeiht mir«, flüsterte er, dann wandte er sich ab und ging weg, ohne sich ein einziges Mal umzudrehen. Der Schnitt in seiner Hand pochte und schmerzte, und er fühlte sich leer und erschöpft, als habe er ein Stück von seiner Seele verloren …

Dann lag er auf einem kalten Zementboden tief in den Katakomben unter Boston. Der Boden war mit arkanen, mit Farbe und Blut gemalten Diagrammen übersät, während dunkle Gestalten in den Schatten am Rande des Raums einen Sprechgesang anstimmten. Über ihm baumelte eine ausgedörrte, verschrumpelte Leiche in alten Lumpen an einer um den Hals geknüpften Schlinge von einem verrosteten Rohr herunter. Das Totenschädelgesicht sah ihn an, in seinen Augen brannte ein Feuer, und die gelben Zähne waren zu einem makabren Grinsen gebleckt. Eine knisternde Stimme flüsterte in seinen Gedanken.

Hallo, Vater, sagte sie. *Es ist sehr lange her.*

*

Talon schoss kerzengerade in die Höhe, und das Herz pochte ihm im Hals. In kalten Schweiß gebadet, schlug er das Laken zurück und setzte sich auf die Bettkante. Er beugte sich ein wenig vor, während er seine schmerzenden Schläfen rieb und das Grauen des Albtraums verblassen ließ. Es war so real.

Er hatte seit über einem Jahr nicht mehr davon geträumt. Jetzt war der Traum wieder da, so schlimm wie eh und je. Das Bestürzendste daran war das Wissen, dass er den wütenden Geist beschworen hatte, um die Asphalt Rats zu töten. Dieser Geist war immer noch irgendwo dort draußen.

Vielleicht hatte ihn der Traum abermals heimgesucht, weil Talon glaubte, Jase in der heutigen Nacht gesehen zu haben. Oder vielleicht hatte er wegen der Wellen und Fluktuationen im Mana, die es seit kurzem gab, auch nur geglaubt, Jase zu sehen. Talon teilte die allgemeine Hysterie wegen der Rückkehr des Halleyschen Kometen nicht, aber niemand konnte bestreiten, dass die Magie sich in letzter Zeit ziemlich seltsam verhielt.

Nein, sagte er sich. Ich bin sicher, dass ich ihn gesehen habe, aber warum ist Jase aufgetaucht? Das Problem magischer Fähigkeiten bestand darin, dass sie keine Gewähr dafür boten, alles, was man sah, auch interpretieren zu können.

Er ließ sich wieder aufs Kissen sinken und starrte an die Decke. Er aktivierte die Uhrzeitfunktion seiner Headware und kühle blaue Zahlen erschienen in der Ecke seines Blickfelds: 04:45:15. Er hatte kaum geschlafen. Er ließ die Zahlen erlöschen und drehte sich um, aber der Schlaf wollte nicht kommen. Als er ihn dann endlich übermannte, träumte Talon nicht, konnte aber auch nicht dem ominösen Gefühl entkommen, dass in Bälde etwas Furchtbares geschehen würde.

5

Bridget O'Rourkes Bewusstsein kehrte nur langsam zurück. Sie wehrte sich gegen den dunklen Nebel, der ihren Verstand umhüllte, und versuchte sich zu erinnern, was passiert war. Sie wusste nur noch, dass sie sich bei *Kelly's* getroffen hatten. Sie hatte einiges getrunken und war auf dem Weg zur Toilette gewesen. Sie erinnerte sich noch dunkel an starke Arme, die sie von hinten gepackt hatten, und an das Betäubungspflaster, das auf ihren Hals gedrückt worden war, direkt über der Schlagader. Sie erinnerte sich auch noch an das Gefühl, als sich das starke Beruhigungsmittel in ihrem Körper ausgebreitet und sie aller Kräfte beraubt hatte. Dann glitt sie langsam in die Dunkelheit, da noch mehr starke Arme sie weg vom Licht und vom Lärm des Pubs zerrten.

Die Erinnerungen rüttelten sie abrupt wach, und sie spürte, wie sie von denselben starken Armen an Schultern und Füßen gehalten und getragen wurde. Sie öffnete die Augen und sah im fahlen Licht, dass ihre gefesselten Knöchel von einer widerlichen Kreatur festgehalten wurden. Es war ein Ork, aber der hässlichste Ork, den sie je gesehen hatte. Seine Haut war grau, fast totenbleich, und die sichtbaren Stellen waren mit klobigen Dermalpanzerungsablagerungen bedeckt. Zwei lange gelbe Hauer wölbten sich bis über die Oberlippe, und seine Knopfaugen lagen unter extrem buschigen Augenbrauen. Er hätte mühelos beide Beine in einer seiner gewaltigen Hände tragen können. Beide zusammen hielten sie wie ein Schraubstock.

Sie legte den Kopf in den Nacken, um zu sehen, wer ihre Schultern festhielt, und erblickte einen Troll, der dem Ork in puncto Hässlichkeit in nichts nachstand. Sein Gesicht war eine scheußliche Masse aus Warzen und verdrehten Knochen, und aus seinem Kopf sprossen drei gewundene Hörner unterschiedlicher Länge.

Sie wollte sich wehren und um Hilfe rufen, musste jedoch feststellen, dass sie an Händen und Füßen mit silbergrauem Klebeband gefesselt war. Ein Streifen Klebeband verschloss ihren Mund und hinderte sie am Schreien. Sie ruckte hin und her, aber die beiden Goblins packten sie nur noch fester.

»Ey, sie ist wach«, sagte der Ork zu seinem Begleiter, während er Bridget mit einem Blick betrachtete, bei dem es sie eiskalt überlief. Der Blick verriet ihr, dass er sie hasste, ein anderer Teil von ihm sie aber auch begehrte. Entsetzen verflüssigte ihre Eingeweide. Ein panischer Drang packte sie, diesen Ungeheuern zu entkommen, aber verglichen mit deren Kraft waren ihre Versuche, sich zu wehren, lächerlich schwach.

»Meinst du, wir sollten sie wieder schlafen legen?«, fragte der Troll.

Der Ork schüttelte den Kopf. »Nee, wir sind ja gleich da.«

Bridget schaute sich um und sah, dass sie sich in einem verlassenen Tunnel mit uralten, gesprungenen Wänden befanden, in dem überall Trümmer und Schutt lagen. Durch die Risse im Mauerwerk sickerte dunkle Flüssigkeit, und an den Rändern dieser winzigen Bäche wuchsen Moos und Pilze. Hier und da ragten aus Boden und Wänden verrostete Metallstücke, deren ursprüngliche Funktion unbekannt war. Die in die Wände eingelassenen phosphoreszierenden Lampen gaben einen matt grünlichen Schein von sich, der kaum genug Helligkeit erzeugte, um darin etwas sehen zu können. Bridget war sicher, in den Schatten, gerade außer Sicht, Tiere quieken und herumhuschen zu hören.

Sie hatte Geschichten über den Untergrund gehört, dass es unter Boston buchstäblich ein Labyrinth aus alten Tunneln und Katakomben gebe. In den Tunneln hausten angeblich Leute von der Straße, Penner und sogar Ghule, die sich nachts vorwagten, um menschliches Fleisch zu jagen. Aber sie hatte die Geschichten nie wirklich geglaubt – bis jetzt.

Der Ork und der Troll blieben vor einer schweren, verrosteten Metalltür stehen, die in die Tunnelwand eingelassen war. Der Ork reichte Bridget dem Troll, der sie so mühelos übernahm, als sei sie ein Baby. Der Ork ging zur Tür und drehte das mitten auf ihr prangende Handrad mit einem lauten, im Tunnel merkwürdig hallenden Kreischen, dem ein mattes Scheppern folgte. Er schwang die Tür auf, und der Troll bückte sich, um mit Bridget hindurchzugehen.

Jenseits der Tür lag ein aus Ziegeln gemauerter Tunnel mit elektrisch betriebenen Lampen, die einen gelblichen Schein warfen. Der Troll konnte sich mit seiner Körperfülle kaum durch den engen Gang zwängen, während er Bridget zu einem schweren Samtvorhang trug, der das andere Ende des Tunnels verschloss. Er schob den Vorhang beiseite und ging hindurch. Beim Anblick des Raums dahinter weiteten sich ihre Augen.

An den Ziegelwänden der Kammer hingen schwere schwarze und dunkelviolette Wandbehänge mit goldenen Fransen und Stickereien, sodass sie mehr wie ein riesiges Zelt aussah. Der Zementboden war fast von Wand zu Wand von einem orientalischen, in leuchtenden Edelsteinfarben geknüpften Teppich bedeckt. Eine antike Couch und zwei Sessel mit Klauenfüßen waren mit demselben schweren Stoff bezogen, aus dem die Wandbehänge gefertigt waren.

Licht spendete lediglich ein Feuer, das im Marmorkamin knisterte. Die Flammen spiegelten sich auf kleinen Gegenständen aus Kristall und Messing, die überall auf Regalen und Beistelltischen standen. Es war warm und roch würzig, wie nach getrockneten Kräutern, aber über allem lag der klamme Geruch des Untergrunds. Trotz der Wärme schauderte Bridget, als der Troll sie auf der Couch absetzte. Wo war sie?

Als der Troll sich bückte, um das Klebeband um ihre Hand- und Fußgelenke zu entfernen, erwog sie, zur Tür zu rennen, während diese gerade mit laut hallendem Knall zuschlug und ins Schloss fiel. Sie hätte dem Troll ohnehin nicht davonlaufen können. Und welche Richtung hätte sie einschlagen sollen, wenn sie nicht wusste, wo sie war.

Der Troll zog das Klebeband von ihrem Mund, und Bridget stieß einen Schmerzensschrei aus. Der Schmerz schien ihren Mut anzufachen, der Gestalt zu begegnen, die vor ihr aufragte.

»Wer, zum Teufel, seid ihr zwei?«, wollte sie wütend wissen. »Wo sind wir?«

»Du bist in meinem Heim, Kind«, gurrte eine Stimme. »Willkommen.«

Sofort straffte der Troll sich wie ein Schuljunge, wenn ein Lehrer den Raum betritt. Ein Blick an ihm vorbei verriet Bridget, dass sich die schweren Wandbehänge teilten und eine alte Frau in einem bodenlangen Gewand aus schwarzem Samt den Raum betrat. Die langen, weiten Ärmel bedeckten ihre knochigen Arme bis zu den Handgelenken, sodass nur ihre dünnen, hageren Hände zu sehen waren. Um Kopf und Schultern war ein dunkelbunter Schal gewickelt, der von einer Brosche gehalten wurde. Sie stützte sich auf einen knorrigen Holzstock, der bei jedem Schritt leise auf den Teppich klopfte, als sie näher kam.

Auf ihrem Weg durch den Raum war die alte Frau im Feuerschein gut zu sehen. Sie war widerlich, eine verhutzelte alte Vettel wie eine Hexe aus dem Märchen. Sie hatte eine vorspringende Hakennase und ein spitzes, knochiges Kinn. Ihre Haut war runzlig wie eine Dörrpflaume, und ihren kleinen dunklen Augen schien nichts zu entgehen. Sie gluckste leise in sich hinein, den lippenlosen Mund zu einem dünnen Lächeln verzogen.

»Ja, willkommen in meinem bescheidenen Heim«, wiederholte die alte Frau, indem sie Bridget von Kopf bis Fuß betrachtete. »Ich habe dich erwartet.«

»Wer … wer sind Sie?«, brachte Bridget mit einiger Mühe heraus. Das Lächeln der alten Vettel ging ihr durch Mark und Bein. Ihre Zähne waren klein und spitz wie die eines Raubtiers.

»Du kannst mich Mama nennen, meine Liebe«, sagte die Frau. »Jeder nennt mich so.«

»Wir haben sie hergebracht, wie du gesagt hast, Mama«, murmelte der Troll und klang dabei so, als rede er tatsächlich mit seiner Mutter.

Konnte das sein?, fuhr es Bridget durch den Kopf. Sie konnte es sich kaum vorstellen, obwohl das Wesen vor ihr alt genug aussah, um jemandes Urgroßmutter zu sein, mindestens.

Mama reckte den Arm so hoch, wie sie konnte, um dem Troll die Wange zu tätscheln. »Das hast du sehr gut gemacht, mein süßer Kleiner«, sagte sie. »Wirklich sehr gut.«

Der Troll strahlte vor Freude. Er baute sich unweit des Eingangs auf, während Mama sich Bridget auf der Couch gegenüber auf einem Sessel niederließ. Bridget sah sich im Raum um, da sie eine Möglichkeit suchte, dem Wahnsinn zu entkommen, in den man sie gezerrt hatte.

»Lass dich mal ansehen, meine Liebe«, sagte Mama, während sich ihre Augen zu Schlitzen verengten und sie sich mit beiden Händen auf den Stock gestützt vorbeugte. Bridget spürte beinahe, wie sich die Kraft ihres

Blicks förmlich in sie bohrte. Es war, als schaue diese verrückte alte Frau direkt in ihre Seele.

Bridget versuchte vor dem Blick zurückzuweichen, konnte sich aber nicht bewegen. O Gott, hilf mir, dachte sie. Der Augenblick kam ihr wie eine Ewigkeit vor, bis die alte Vettel blinzelte und damit den Bann brach, der Bridget gelähmt zu haben schien.

»Sehr nett«, sagte Mama mehr bei sich als zu jemand anders. »Ja, du bist mehr als geeignet.«

»Wofür bin ich geeignet?«, fragte Bridget. »Was haben Sie mit mir vor?«

»Nun, du bist etwas ganz Besonderes, meine Liebe, vor allem wegen deiner neuen Freunde und deren Anliegen.«

»Ich weiß nicht, wovon Sie reden«, log Bridget verzweifelt.

»Natürlich weißt du das. Du bist einer von ihnen, einer von den Knights, und ich brauche jemanden, der ihnen nahe steht, aber nicht zu nah. Du bist neu. Sie wissen noch nicht viel über dich, und du bist jung und stark ...« Die alte Vettel streckte eine knochige Hand aus und drückte Bridgets Oberarm.

»Bitte, lassen Sie mich gehen«, flehte Bridget. »Ich habe doch nichts getan! Bitte, bitte, tun Sie mir nichts ...« Ihre Stimme verlor sich, als sie sah, dass Mama wieder lächelte.

»Dir etwas tun? O nein, mein Kind, du verstehst die Situation völlig falsch. Ich habe nicht die Absicht, dir etwas anzutun, nicht das Geringste!« Sie schüttelte den Kopf wie eine nachsichtige Großmutter, die sich mit den naiven Fragen eines Enkelkinds herumschlagen muss, als sei die bloße Vorstellung völlig absurd.

»Was wollen Sie dann ...«, sagte Bridget.

»Ich brauche dich unversehrt, meine Liebe.« Die Betonung, welche die alte Frau auf das Wort ›brauche‹ legte, weckte ein Gefühl in Bridget, als sei sie gerade als Hauptgang zum Essen eingeladen worden. Die Geschichten über Ghule und Vampire im Untergrund waren ihr plötzlich alle wieder geläufig, und sie zitterte vor Angst unter dem Blick der alten Frau. Mama schien ihr Entsetzen zu spüren und beugte sich vor, als könne sie es riechen wie einen verlockenden Duft.

»Ja«, gurrte Mama. »Du bist gut genug für uns. Nicht wahr, mein Lieber?«

Uns?, fragte sich Bridget.

Mama stützte sich auf ihren Stock und erhob sich. Sie bedeutete Bridget mit einem knochigen Finger, näher ans Feuer zu treten. »Komm und sieh«, sagte Mama.

Plötzlich loderte das Feuer auf, und Flammen züngelten aus dem Kamin. Bridget schrie auf und kroch auf der Couch vor den Flammen davon, bis sie ans entfernte Ende stieß. Dort kauerte sie sich zitternd zusammen. Aber die Flammen verbrannten nichts. Sie verdichteten sich zu einer Wolke aus Feuer, die vor dem Kamin in der Luft schwebte und den Raum in einen rötlichen Schein tauchte. Bridget glaubte fast, zwei weißglühende Augen tief in den Flammen zu erkennen, die sie mit mehr Intensität – und Hunger – als Mama betrachteten.

»Ja«, flüsterte eine Stimme wie das Knistern von Flammen, »ja, sie ist sehr gut geeignet. Ihre Angst ist der Schlüssel und das Tor für mich.« Bridget schauderte bei den Worten des Wesens und Mama lächelte.

»Gut, dann gehört sie dir, Gallow, mein Kleiner.«

Bridgets Blicke wanderten hektisch zwischen der alten Vettel und dem in der Luft schwebenden Feuerball hin und her. Sie versuchte aufzustehen, wollte sich wehren, aber die Flammen wogten ihr entgegen. Feuer loderte über ihren Körper, bevor sie auch nur einen Muskel rühren konnte. Bridget schrie und schlug um sich, wälzte sich auf den Boden, um die Flammen zu löschen.

Aber das Feuer verbrannte sie nicht, jedenfalls nicht äußerlich. Sie spürte jedoch, wie es sich in ihren Verstand, ja sogar in die Tiefen ihrer Seele brannte. Sie konnte die Berührung des Feuergeists spüren, und ihre Seele schreckte voller Entsetzen zurück, als die Flammen ihr ganzes Wesen auszufüllen schienen und ihr heiß wurde, als habe sie Fieber.

»Wer bist du?«, schrie ihr Verstand die Präsenz an, die sie dort spürte.

»Ich bin Furcht«, sagte sie. »Ich bin Entsetzen. Ich bin Zorn. Ich bin Vergeltung.«

Bei den Worten des Geistes spürte Bridget, wie Gedanken und Erinnerungen in ihr hochkamen, Dinge, die sie verdrängt hatte: dass ihre Mutter von einer Gang junger Elfen ›auf der Jagd‹ vergewaltigt und ermordet worden war; die Miene ihres Vaters auf der anschließenden Beerdigung; die Nacht, als sie im Alter von fünfzehn Jahren ihren ersten Elf getötet hatte; der überraschte und entsetzte Ausdruck auf dem Gesicht des elfischen Gangmitglieds darüber, dass so ein Winzling von einem Mädchen so gut zu kämpfen wusste; wie sehr sie sie hasste, wie gern sie alle tot sehen wollte; wie sie alle hasste.

»Sie werden leiden«, flüsterte eine Stimme in ihren Gedanken. »Sie werden alle leiden.«

Bridget O'Rourkes Verstand sank an einen dunklen Ort, und die Flammen, welche ihren Körper einhüllten, flackerten und erloschen. Die Frau, die sich vom Boden erhob, war nur noch äußerlich sie selbst. Sie strich sich mit den Händen über den Leib und schwelgte im Gefühl des Fleisches und der Stofflichkeit.

»So lange«, flüsterte Gallow mit Bridgets Stimme. »Es ist so lange her …«

»Ja«, sagte Mama. »Bist du zufrieden mit diesem kleinen Geschenk, mein Süßer?«

Gallow wandte sich an die alte Frau, und Feuer blitzte in Bridgets blauen Augen auf. Er betrachtete Mama lange und unverwandt, bevor er antwortete.

»Ja«, sagte er schließlich.

»Gut. Und jetzt könntest du etwas tun für deine Mama. Eine Kleinigkeit, aber ich glaube, du wirst Gefallen daran finden. Ich weiß, wie sehr du deinen lieben, lieben Vater vermisst.«

Bridgets Augenbrauen hoben sich ein wenig, und ihr hübscher Mund verzog sich zu einer Grimasse.

»Talon«, flüsterte Gallow und lächelte boshaft.

»Genau«, sagte Mama. »Eine gute Gelegenheit, ihn wiederzusehen und unterwegs gut zu speisen. Du musst bei Kräften bleiben, mein Süßer. Der Zeitpunkt rückt näher, und die Ereignisse sind bereits in Gang gesetzt. Hör genau zu, denn ich werde dir jetzt erklären, was du zu tun hast ...«

*

Rory MacInnis hasste den Wachdienst mehr als alles andere in seinem noch jungen Leben. Er war geistlos und langweilig und außerdem würde ohnehin niemand auftauchen und sie finden. Die Knights of the Red Branch entzogen sich den Behörden Bostons schon seit Jahrzehnten. Hier im Rox konnten sie sich weitere dreißig Jahre verstecken, bis Knight Errant oder die Bundesbullen sich die Mühe machen würden, ihnen dorthin zu folgen.

Rory wusste aber, dass sie nicht mehr lange in ihrem Versteck blieben, weil sich bald alles ändern würde. Die Knights würden ihr Heimatland zurückerobern und die verfluchten Elfen stürzen, die glaubten, sie könnten einfach einfallen und sich mir nichts dir nichts ein ganzes Land aneignen. Nun, offenbar hatten die Elfen keine Ahnung von Iren, sonst hätten sie gewusst, dass dieses Volk seine Heimat nicht kampflos aufgab.

Um die Wahrheit zu sagen, hätte Rory liebend gern mehr Kämpfe erlebt, als dies nach seinem Beitritt bisher der Fall gewesen war. Es wurde viel geplant und herumgeschlichen, und sie versteckten sich an Orten wie dieser stillgelegten Fabrik im Rox. Zusammenkünfte mit Leuten mussten arrangiert und Übereinkünfte getroffen werden. Das lag daran, dass die Knights nicht stark genug waren, um den Elfen offen gegenüberzutreten, also mussten sie sich anderer Mittel bedienen. Trotzdem wäre Rory lieber draußen gewesen, um Schädel einzuschlagen und ein paar spitze Elfenohren zu sammeln, als sich beim Wachdienstschieben die Beine in den Bauch zu stehen.

Er war so in Gedanken, dass ihm beinahe die Bewegung auf dem Monitor entgangen wäre. Er betrachtete die körnige LCD-Anzeige, die mit winzigen, auf dem Fabrikgelände angebrachten Kameras gekoppelt war. Tatsächlich, da kam jemand. Eine Frau ging schnurstracks vom verrosteten Zaun zur Tür, die Rory bewachte, als kenne sie den Weg ganz genau. Er hob seine Ingram, prüfte ihre Anzeige und vergewisserte sich, dass die Waffe geladen und schussbereit war. Dann nahm er den Kommlink, der neben dem Bildschirm lag, und sprach hinein.

»Nils, hier ist Rory. Wir bekommen Gesellschaft.«

»Verstanden, Junge. Wir sind schon unterwegs. Halt dich zurück.«

Rory ging zur Tür, behielt dabei aber den Monitor im Auge. Die Frau ging rotzfrech zur Tür und klopfte dreimal. Rory warf einen Blick durch den Spion und stieß einen Seufzer der Erleichterung aus, als er sah, wer draußen wartete. Er entriegelte rasch die Tür und öffnete sie einen Spalt, um nach draußen zu lugen.

»Jesses, Bridget!«, sagte er. »Was fällt dir ein, schnurstracks hierher zu marschieren? Komm schnell rein!«

Bridget wankte durch die Tür, und Rory konnte den Schnaps an ihr riechen. Puh! Sie musste stockbesoffen sein, dachte er, als sie beinahe auf ihn fiel.

»Entschuldige«, sagte Bridget ein wenig undeutlich. »Hab mich etwas verlaufen.«

»Kann man wohl sagen.« Rory grinste wissend. »In einer Flasche, was?«

»Nur 'n paar Drinks, um zu feiern«, sagte sie mit trüben Augen, als könne sie sein Gesicht nicht richtig erkennen.

»Na ja, ein paar Leute haben sich schon gefragt, wohin du dich verzogen hast«, sagte Rory zu ihr. Er dachte sich, dass ein so gut aussehendes Mädchen wie Bridget irgendeinen Kerl an der Hand haben musste. Jedenfalls hätte es ihm nichts ausgemacht, den Abend selbst in einem Pub zu verbringen.

»Komm«, sagte er, indem er ihren Arm nahm. »Lass uns zusehen, dass wir dich ins Bett schaffen, bevor der Kommandant dich sieht. Ich schwöre, Mädchen, eines Tages wird jemand Drek bauen, und dann müssen wir alle dafür büßen.«

6

Dan Otabi schob seinen Kredstab in das Lesegerät am Tor, wartete, bis seine Zugangsberechtigung für die Niederlassung von Cross Applied Technologies bestätigt wurde, und fuhr dann zu dem für ihn reservierten Parkplatz. Er stellte den Motor ab, legte die Hände auf das Lenkrad und ließ den Kopf in den Nacken fallen. Er hatte sich immer noch nicht vom Treffen mit dem Chip-Dealer in der letzten Nacht erholt, das ihn ziemlich erschüttert hatte.

Nachdem er das *Avalon* verlassen hatte, war er mit der U-Bahn zu der Stelle gefahren, wo er seinen Wagen geparkt hatte. Im Zug hatte er sich ständig mit der Befürchtung umgesehen, jeden Augenblick werde ihn ein verdeckter Ermittler verhaften oder einer der Spießgesellen des Dealers überfallen. Nach seiner Heimkehr waren einige Stunden Simmen nötig gewesen, um seine

Nerven zu beruhigen. Als der Chip schließlich den Geist aufgegeben hatte, war es sehr spät gewesen, aber Dan hatte dennoch nicht einschlafen können. Sein Kopf war voller Bilder von sich als Sim-Held, aber bei der Begegnung mit dem Ork im *Avalon* war er kein Ethan Hunt, sondern lediglich Dan Otabi gewesen, jemand, der es niemals mit einem starken, vercyberten Metamenschen würde aufnehmen können.

Am Morgen hatte er Schwierigkeiten mit dem Aufwachen gehabt. Der Wecker in seiner Headware hatte leise, aber unablässig geläutet und ihn langsam wieder in den Wachzustand und die harsche Realität eines kalten Montagmorgens im Dezember zurückgeführt. Etwa zum hundertsten Mal wünschte Dan, es gebe einen Chip, der seinen Körper aufstehen, essen, duschen, fahren und arbeiten ließ, während sein Verstand woanders war und sich ausruhte oder seinen Spaß hatte. Vielleicht war das der Chip, den Novatech oder Truman Systems als Nächstes entwickeln sollten. Dan würde der Erste in der Schlange sein, der ihn kaufte – immer vorausgesetzt, der Chip war nicht illegal wie der Cal-Hot-Chip, den er letzte Nacht hatte kaufen wollen. Warum war das Beste immer illegal?

Er wusste, er konnte nicht den ganzen Tag dasitzen, also stieg er aus. Er warf sich die Mappe über die Schulter, worin er seine Chips und andere Arbeitsmittel aufbewahrte. Die Mappe enthielt außerdem ein paar Chips, die nichts mit der Arbeit zu tun hatten, falls er um die Mittagszeit ein paar Minuten für eine kleine Pause erübrigen konnte.

Er schaltete die Alarmanlage seines Wagens ein. Der Firmenparkplatz wurde zwar überwacht, aber er war der Ansicht, es handle sich um eine gute Angewohnheit, die er besser beibehielt. Er strebte dem Eingang entgegen und streifte dabei die Kordel seines Plastikausweises mit geübter Leichtigkeit über den Kopf.

Der Chip im Ausweis führte ein stummes Zwiegespräch mit dem Hauptcomputersystem des Gebäudes, das Dans Identität und seine Berechtigung bestätigte, sich um diese Tageszeit in der Anlage aufzuhalten. Natürlich hatten unsichtbar weitere Sicherheitsüberprüfungen stattgefunden, bevor er die Eingangstür überhaupt erreichte. Die Eingangshalle war der Jahreszeit entsprechend mit künstlichen Plastikkränzen, Mistelzweigen, blinkenden Weihnachtskerzen sowie roten und grünen Bändern und funkelnden kleinen Verzierungen geschmückt. Für Dan sah alles so falsch aus, so schlicht, verglichen mit den Eindrücken beim Simmen. Da sah alles real aus.

»Hey, Dan, wie geht's denn? Sie sehen aus, als hätten Sie ein aufregendes Wochenende hinter sich!«

»Ja, das könnte man sagen, Lou«, sagte Dan zum Dienst habenden Wachmann. An den meisten Tagen konnte er Lou ganz gut leiden, aber heute war er nicht zu einem Schwätzchen aufgelegt. Der alte Bursche kam langsam ins Rentenalter und redete gern. Dan hatte längst alles darüber gehört, wie Lou sich als Teenager damals in den Zwanzigern in einen Ork verwandelt hatte. Anscheinend lebten die Leute, die zu Orks und Trollen goblinisiert waren, sehr viel länger als diejenigen, welche später so geboren wurden.

Er wusste, dass Lou seit über dreißig Jahren mit einer Frau seiner Rasse verheiratet war. Er war bereits Urgroßvater, und seine Kinder waren in den Dreißigern, was sie als Orks biologisch mindestens so alt wie Lou machte, wenn nicht älter. Die Chancen standen recht gut, dass Lou und seine Frau ihre Enkel überleben und noch vor ihrem Tod Ururgroßeltern würden. Dan fragte sich, wie Lou sich tagein, tagaus sein fröhliches Gemüt bewahrte. Gewiss war schon schwer genug, ein Ork zu sein, aber dass man seine Kinder und Enkel überlebte, kam Dan wirklich ungerecht vor.

»Ihr jungen Leute mit euren Partys«, sagte Lou. »Na, ich hoffe, Sie hatten viel Spaß.«

»Nicht annähernd genug«, sagte Dan mit einem schwachen Lächeln. Lou gluckste und schüttelte den Kopf, während Dan den Flur entlang zur ›Gofferfarm‹ ging.

So nannten seine Mitarbeiter das Nischen-Labyrinth, das den größten Teil der Hauptetage ausfüllte, wo er arbeitete. Die Nischen waren im üblichen Konzerngrau gehalten, und nur der blau-graue Teppichboden setzte einen farblichen Kontrast. Sie verdankten ihren Spitznamen der Angewohnheit der Angestellten, von Zeit zu Zeit den Kopf über die Trennwände zu heben, um sich zu unterhalten oder umzusehen, wie Goffer den Kopf aus ihren Löchern streckten.

Dan bog um die Ecke des Labyrinths vor seiner Arbeitsnische, die er mit Bedacht ausgewählt hatte, weil sie so gelegen war, dass Leute im Vorbeigehen nicht hineinschauen konnten. An diesem Morgen erwies sich dieses geringe Quantum an Privatsphäre jedoch als nachteilig. Er blieb wie angewurzelt im Eingang seiner Nische stehen, als er jemand anders auf seinem Stuhl sitzen sah.

Der Mann war ein Mensch, vermutlich in Dans Alter oder ein wenig jünger. Er trug ›Konzern-Freizeit‹, ein am Kragen geöffnetes dunkelgrünes Polohemd und eine Jeans aus schwarzem Kunstbaumwollstoff über schwarzen Stiefeln mit Stahlspitze. Seine roten Haare waren vorn lang und sehr sorgfältig gekämmt, hinten und an den Seiten jedoch kurz geschnitten. Ein dünnes Glasfaserkabel steckte in der Chrombuchse hinter seinem Ohr und führte über seine Schulter zum Terminal auf Dans Schreibtisch.

Der Fremde hielt in seiner Tätigkeit inne und sah Dan an, was dieser dahingehend interpretierte, dass der Fremde nicht allzu tief in die virtuelle Realität der Matrix versunken gewesen sein konnte. Der Rothaarige lächelte, wobei er perfekte weiße Zähne zeigte, und griff sich hinter das Ohr, um das Kabel auszustöpseln.

»Oh, hi«, sagte er. »Ihr Boss meinte, es wäre okay, wenn ich bis zu Ihrer Ankunft Ihr Terminal benutze. Ich bin Roy Kilaro.« Er hielt den Ausweis hoch, der ihm an einer Kordel um den Hals hing. »Ich bin von der Hauptniederlassung in Montreal und gehöre zur Abteilung Informationssysteme. Sie sind Dan« – er blinzelte auf Dans Ausweis – »Otabi, richtig?«

Dan nickte. »Was machen Sie hier?«, fragte er.

Wenn Kilaro Anstoß an Dans Schroffheit nahm, ließ er sich nichts anmerken. »Routinemäßige Wartungsprüfung der Datenverkehrssysteme«, sagte er mit einem Abwinken. »Nichts Großes, nur einige Sachen, welche die hohen Tiere überprüft haben wollen.«

Dan empfand einen Stich der Furcht, zwang sich aber zu äußerlicher Gelassenheit. »Was für Sachen?«

»Tut mir Leid. Streng geheim.« Kilaro zwinkerte, als sei die ganze Sache nichts weiter als ein Scherz, aber Dan glaubte nicht daran. Kilaro ließ das Datenkabel geschickt in die dafür vorgesehene Öffnung neben dem Terminal schnellen und schob seinen Stuhl von Dans Schreibtisch zurück. »Ich bin hier fertig, also können Sie Ihre Nische zurückhaben. Nochmals Entschuldigung, dass ich so ohne Vorankündigung hier hereingeplatzt bin.«

»Keine Ursache«, murmelte Dan, während Kilaro sich erhob und nach dem Trageriemen eines flachen schwarzen Koffers griff, der auf dem Boden zu seinen Füßen lag. Dan konnte sich denken, was er enthielt. Nur ausgewiesene Spezialisten für Computersysteme trugen ein Cyberdeck mit sich herum.

Als Kilaro sich den Riemen um die Schulter schlang, fiel Dan das Ende einer Tätowierung auf, die sich über den Arm bis zum Handgelenk schlängelte. Sie sah wie ein asiatischer Drache aus.

»Tolle Tätowierung«, sagte er in dem Bemühen, Kilaro zum Reden zu veranlassen. Vielleicht konnte er auf diese Weise mehr darüber erfahren, wonach er suchte.

Kilaro lächelte und zog den Ärmel ein wenig weiter herauf. »Ein Andenken an meine vergeudete Jugend. Damals waren Tätowierungen total angesagt«, erwiderte er. »Aber ich will nicht noch mehr von Ihrer Zeit in Anspruch nehmen, Dan, und ich habe selbst noch eine Menge zu tun, also …«

»Oh! Natürlich.« Dan und trat beiseite, um Kilaro vorbeizulassen.

»Noch einen schönen Tag«, sagte Kilaro über die Schulter, als er aus der Nische schlenderte.

»Ja, Ihnen auch«, rief Dan ihm hinterher, während er ihm nachschaute und sich fragte, was Kilaro wirklich von Montreal hierher geführt hatte. Er fürchtete, er wusste, worum es ging.

Er trat zu seinem Terminal und setzte sich. Er nahm das Glasfaserkabel, dann blieb er einen Moment einfach so sitzen und versuchte sich zu beruhigen. Schließlich nahm er das Ende und stöpselte es in seine Datenbuchse. Er meldete sich im System an und aktivierte eine Startroutine, wobei er sich immer noch fragte, was Kilaro eigentlich gewollt hatte.

*

Roy Kilaro erreichte die Eingangshalle, wo er am Sicherheitspult innehielt.

»Alles geregelt, Mr. Kilaro?«, fragte der Ork-Wachmann ihn.

»Einstweilen, Lou.« Roy zog seine Ausweiskarte durch das Lesegerät, um sich aus dem System abzumelden. »Vielleicht komme ich noch mal zurück, um ein paar andere Dinge zu überprüfen.«

»Also werden Sie noch ein paar Tage in der Stadt sein?«

»Schon möglich. Warum?«

Der alte Ork grinste. »Heutzutage ist so viel los. Die Leute feiern schon das ganze Jahr den fünfzigsten Geburtstag des Erwachens. Salem ist in dieser Hinsicht besonders aktiv. Da lebt meine Enkelin. Habe ich Ihnen schon erzählt, dass sie eine Hexe ist? In der Beziehung schlägt sie wohl ihrer Großmutter nach.« Lou gluckste über seinen eigenen Witz.

Roy antwortete mit einem kurzen Lachen. Der Geburtstag bedeutete ihm nicht viel, aber er hatte die Mischung aus Rummel und Panik in Verbindung mit dem neuerlichen Erscheinen des Halleyschen Kometen mit einigem Interesse verfolgt. »Danke für den Tipp, Lou. Vielleicht habe ich ein wenig Zeit, wenn ich hier fertig bin. Vorerst gibt es keine Ruhe für die Gottlosen.« Er stemmte seinen Cyberdeckkoffer, um anzudeuten, dass er wieder an die Arbeit musste.

Der Ork nickte. »Hab's vernommen. Machen Sie's gut.«

»Sie auch«, sagte Roy und verließ das Gebäude durch die Schiebetüren des Eingangs. Der Himmel hatte sich seit seiner Ankunft an diesem Morgen mit Wolken zugezogen, und er fragte sich, ob es wohl schneien werde.

Er hatte den ganzen Morgen in den Computersystemen der Anlage herumgestöbert, ohne dabei auf etwas Konkretes zu stoßen. Dan Otabis plötzliches Auftauchen war jedoch aufschlussreich gewesen. Roy hatte ihm angemerkt, dass er nervös war, vielleicht sogar ein wenig verängstigt, und das war verdächtig.

Er erreichte seinen Wagen und befahl seiner Headware, mit dem winzigen Funksender in seinem Schädel das verschlüsselte Aufsperrsignal zu senden. Das Alarmsystem summte zweimal, und die Scheinwerfer blinkten ihm einen Gruß zu, als er die Tür öffnete und hinter das Steuer des gemieteten Chrysler-Nissan Spirit glitt. Er legte den Koffer neben sich auf den Beifahrersitz.

Ja, Otabis plötzliches Auftauchen war interessant gewesen. Natürlich hatte Roy absichtlich seine Nische gewählt. Ein Gespräch mit Otabis Chef hatte Roy auf die Tendenzen der Ungeselligkeit und Zurückgezogenheit des Mannes aufmerksam gemacht, die ihn zu einem Spitzenkandidaten für denjenigen machte, welcher an den Telekom-Protokollen des Systems herumgedoktert hatte. Hinzu kam, dass Otabi ein Spezialist für Datenmanagement war und die entsprechenden Fähigkeiten besaß. Otabi hin oder her, unglücklicherweise hatte der Eindringling keine Fingerabdrücke im System hinterlassen, die Roy finden konnte.

Er dachte wieder über Otabis Miene nach, als er Roy an seinem Terminal hatte sitzen sehen. Er hatte schuldbewusst dreingeschaut, aber das würde niemand als Beweis für etwaige Missetaten anerkennen. Wenn Roy sich irrte oder der Bursche einfach auf stur schaltete und alles abstritt, würde Roy selbst Probleme bekommen, bevor der Fall geklärt war. Wenn er Punkte bei den großen Bossen in Québec sammeln wollte, musste er die ganze Sache hübsch als Weihnachtsgeschenk verpackt abliefern und damit zeigen, wie er ganz allein einer Bedrohung für CAT Herr geworden war.

Er gab den Code für das Anlassen des Motors in die Tastatur im Lenkrad ein. Finden wir also heraus, wo Mr. Otabi wohnt, dachte er, als er den Firmenparkplatz verließ. Während er durch das Tor auf die Straße fuhr, rief Roy die Personalakten auf, die er in seine Headware kopiert hatte.

Er gab Dan Otabis Privatadresse in das Bordsystem des Wagens ein, der sofort die Richtung zu dem Highway einschlug, der ihn dorthin bringen würde.

7

Talon trank den rasch abkühlenden Soykaf aus einem Pappbecher und beschwor die biochemischen Wirkstoffe darin, seinen Körper in Schwung zu bringen. Er war müde und schlapp nach einer Nacht unruhigen Schlafs und zur Abwechslung einmal dankbar für das wenn auch wässrig-graue Licht eines bewölkten Tages. Der kühle Dezemberwind hatte eine ganze Reihe von Leuten ins *Java-Hut* getrieben, um etwas Warmes zu trinken. Oder eher etwas Lauwarmes, wie die Dinge lagen, dachte Talon, indem er den Soykaf im Mund herumspülte, bevor er ihn herunterschluckte. Irgendwas bewirkte, dass Soykaf Wärme schneller an seine Umgebung verlor als jede andere bekannte Substanz.

Die Tür öffnete sich und ließ einen Schwall eisiger Luft und einen Neuankömmling in Gestalt Troubles ein, auf die Talon wartete. In Wirklichkeit hieß sie Ariel Tyson, aber der Straßenname passte zu ihr. Sie und Talon hatten sich über den Lauf eines Predator kennen gelernt, den sie auf ihn richtete. Jemand hatte sie angeworben, um in seiner Vergangenheit zu schnüffeln, jemand, der ihn von DeeCee nach Boston hatte locken wollen, wo er als Shadowrunner im Team von Assets Incorporated arbeitete. Trouble war der Köder und mit dem Ziel präpariert, ihn nach Boston zu locken. Als alles vorbei war, hatte Talon beschlossen, in Boston zu bleiben. Seitdem hatte er Trouble besser kennen gelernt, als Freund wie auch als Teamgefährte.

Sie trug ihre übliche Lederjacke, enge Jeans, Stiefel und ein T-Shirt, das heute dunkelblau war. Ihr Cyberdeckkoffer hing an einem Trageriemen über einer Schulter, aber Talon wusste, dass sie eine Pistole in einem Schulterhalfter trug, das ihre Jacke verbarg.

Trouble war ganz aufs Geschäftliche konzentriert. Sie trug niemals Schmuck und verbarg ihre grünen Augen hinter einer dunklen Sonnenbrille. Ihre langen dunklen Haare wurden im Nacken von einer Spange in Gestalt eines silbernen keltischen Knotens zusammengehalten. Silbern glänzte außerdem die Datenbuchse hinter einem Ohr.

Sie glitt auf den Sitz gegenüber von Talon, ohne an der Theke innezuhalten, um etwas zu bestellen. Er selbst saß natürlich mit dem Rücken zur Rückwand des *Java-Hut*. So konnte er die Türen im Auge behalten und gegebenenfalls schnell durch die Hintertür verschwinden. Trouble wusste, dass er ihr ebenfalls Rückendeckung gab.

»Ich habe deine Nachricht erhalten«, sagte Trouble. »Wie geht es dir?«

»Ich bin fast wach.« Er nahm noch einen Schluck aus seinem Becher. »Willst du irgendwas?«, fragte er mit einem Nicken in Richtung Theke.

Sie schüttelte den Kopf. »Ich bin bereit, wenn du es bist.«

Talon kippte den Rest seines Soykafs hinunter und knüllte den Becher zusammen.

»Okay, dann lass uns gehen.« Auf dem Weg nach draußen warf er den Becher in den Abfallbehälter. Ihr Bestimmungsort war die Wohnung von Dan Otabi.

Er folgte Trouble zu ihrem Wagen, einem dunkelgrünen Honda ZX Turbo, glitt auf den Beifahrersitz und wurde augenblicklich vom Sicherheitsgeschirr angeschnallt. Trouble, die hinter dem Steuer saß, zog ein dünnes Kabel aus dem Armaturenbrett und stöpselte sich in den Autopilot des Wagens ein, was ihr die direkte Kontrolle über den Bordcomputer des Hondas gab. Es war nicht der vollständige Zugriff eines Kontrollrigs, wie Val eines benutzte, aber für Fahrten im Gebiet von Boston reichte es.

Eine Weile fuhren sie schweigend, dann sah Trouble ihn mit einiger Besorgnis an. »Hast du letzte Nacht nicht geschlafen?«

Talon lachte kurz. »Sieht man es so deutlich?«

Sie nickte. »Ja, ziemlich.«

»Trouble, ich habe ein ganz schlechtes Gefühl.«

»In Bezug auf den Run?«

»Ich weiß nicht, eher ganz allgemein. Irgendwas geht vor.«

»Du glaubst wirklich, dass du letzte Nacht Jase gesehen hast, nicht wahr?«

»Du nicht?«, fragte er.

Sie zuckte die Achseln. »Ich weiß es nicht. Ich bin kein Magier. Ich arbeite mit Daten, mit Dingen, die einen Sinn ergeben. Du bist derjenige, der mit Geistern und Zaubern zu tun hat. Bist du sicher, dass er es war?«

»Ja, ich bin sicher.«

»Sicher, dass *er* es war – oder sicher, dass es etwas war, das ihm ähnlich gesehen hat?«

Talon dachte darüber einen Moment nach. »Ich weiß es nicht, Trouble. Es ging alles so schnell. Ich meine, ich bin sicher, dass es wie er ausgesehen hat, aber die ganze Sache ging ungeheuer schnell.«

»Hey, Talon, versteh mich nicht falsch«, sagte Trouble, indem sie eine Hand auf seine legte. »Ich glaube, dass du etwas gesehen hast. Ich sage nur, dass es vielleicht nicht das war, wofür du es hältst. Vielleicht spielt dir jemand einen Streich.«

»Mag sein«, sagte Talon. »Ich werde es herausfinden.«

»Wie?«

»Indem ich die Astralebenen besuche, um festzustellen, ob Jase Kontakt mit mir aufzunehmen versucht oder ob es etwas anderes ist.«

»Wann?«

»Nach dem Run. Ich will zuerst das Geschäftliche regeln.«

»Falls jemand versuchen sollte, sich mit dir anzulegen«, sagte Trouble, »helfen wir dir.«

»Ich weiß. Das bereitet mir keine Sorgen. Was ist, wenn Jase mich irgendwie erreichen will?«

Darauf wusste Trouble keine Antwort, und den Rest der Fahrt zu dem Wohnkomplex, in dem Dan Otabi lebte, verbrachten sie schweigend. Schließlich hielten sie am Tor der Anlage. Trouble zog ein Paar Lederhandschuhe an und ließ dann mit einem geistigen Befehl ihr Seitenfenster herunter.

»Hallo und willkommen in den Arlington Park Apartments«, sagte eine glatte, synthetisierte Stimme aus einem verborgenen Lautsprecher. »Bitte geben Sie Ihren Mietercode oder die Wohnungsnummer der Person ein, die Sie besuchen wollen.«

Trouble tippte ein paar Zahlen in die kleine Tastatur. Ein Ton drang aus dem Lautsprecher, und die Stimme sagte: »Vielen Dank. Mr. Otabis Wohnung ist die 308 im zweiten Gebäude auf der linken Seite. Wir wünschen Ihnen einen angenehmen Aufenthalt.« Das Tor glitt auf, und Trouble fuhr direkt zu einem numerierten Parkplatz vor einem der Eingänge des Komplexes.

»Nicht schlecht«, sann Talon, als er sich umsah. Arlington Park war nicht so vornehm wie andere Wohnkomplexe, die er schon gesehen hatte, aber doch feudal genug für einen Lohnsklaven wie Dan Otabi. Er lebte allein, was ihnen entgegenkam.

Trouble parkte den Wagen. »Bist du bereit?«, fragte sie.

»Ja, bis auf das letzte i-Tüpfelchen.« Talon bewegte die Hände in der Luft und beschrieb mystische Gesten von der Stirn bis zu den Füßen, dann drehte er sich und wiederholte die Gesten noch einmal für Trouble. Als er damit fertig war, schloss er die Augen und konzentrierte sich, die Finger vor der Brust verschränkt. Schließlich klatschte er in die Hände und blinzelte ein paarmal, als erwache er aus einer Trance.

»Was hast du gemacht?«, fragte Trouble.

»Einen Tarnzauber gewirkt«, sagte Talon. »Falls uns jemand sieht.«

»Gute Idee. Wir dürften keine Probleme mit der elektronischen Sicherheit haben. Sie glaubt, wir seien reguläre ›Gäste‹ von Mr. Otabi. Das Frame, das ich im System des Komplexes hinterlassen habe, wird alle Aufzeichnungen unseres kleinen Besuchs löschen, bevor es sich selbst löscht. Also los.«

In der Eingangshalle nahmen sie einen Aufzug in die dritte Etage, wo Otabi wohnte. Beim Aussteigen begegneten sie einer Menschenfrau und einem jüngeren Elf, die einen Ork und einen Menschen Anfang zwanzig sahen. Der junge Elf betrachtete den ›Ork‹ – Talon – mit offensichtlicher Abneigung und machte einen so großen Bogen um sie, wie dies im Flur möglich war.

Gut, dachte Talon. Der Elf würde sich mit Sicherheit an ein Paar schmuddelige Metamenschen um diese Tageszeit in der Nähe von Otabis Wohnung erinnern.

»Hier ist es«, sagte Trouble, als sie die Nummer 308 erreichten. Sie schob einen Magnetschlüssel in das Lesegerät im Türschloss. Sofort klickte es, und das Kontrolllämpchen wechselte von Rot auf Grün, als der Schlüssel die Systeme des Magnetschlosses zerhackte. Talon schob die Tür auf, dann gingen sie hinein.

Otabis Wohnung war die etwas ordentlichere, erwachsenere Ausgabe eines Apartments in einem Studentenwohnheim. Es gab eine kleine Kochnische mit einer Sammlung von Geschirr, das sich im Umkreis des Spülbeckens stapelte. An die Kochnische schloss sich ein Wohnzimmer mit vom Boden bis zur Decke reichenden Fenstern an sowie ein Balkon mit Blick auf die Gegend rings um das Gebäude. Eine Unterhaltungskonsole mit Trideo, Stereoanlage und anderen Bestandteilen nahm eine Wand ein. Der Konsole gegenüber stand ein großes Sofa mit einem niedrigen Tisch im japanischen Stil davor.

Talon bückte sich, um sich einige auf dem Tisch verstreut liegende Gegenstände genauer anzusehen, während Trouble rasch die anderen Zimmer überprüfte.

»Alles klar«, sagte sie.

Talon zeigte auf die Gegenstände auf dem Tisch. »Es ist alles da.« Ein SimSinn-Spielgerät vom Typ Novatech Sandman und eine Hand voll Chips in ihren Plastikhüllen lagen auf dem Tisch. Das Spielgerät sah wie das neuste Modell der Firma aus, und es gab mindestens ein Dutzend Chips.

»Im Schlafzimmer sind noch viel mehr Chips«, sagte Trouble.

Talon nahm den Sandman und verstaute ihn in seiner Tragetasche. »Sieh nach, ob es noch mehr Hardware gibt«, sagte er. Eine rasche Suche förderte einen älteren, von Novatechs Vorgänger Fuchi gefertigten Chip-Spieler zutage, der dem Sandman zusammen mit Otabis Chips in die Tasche folgte.

»Warum mogeln wir unseren Chip nicht einfach unter die anderen oder tauschen das Spielgerät aus?«, fragte Trouble.

Talon schüttelte den Kopf. »Das würde zu lange dauern. Wir müssen sicher sein, dass Otabi den Chip auch benutzt. Ohne eine Unmenge Beinarbeit, für die wir keine Zeit haben, können wir aber nicht wissen, welches seine Lieblingschips sind. Außerdem wissen wir nicht, ob er eine Fälschung womöglich erkennen würde. Wir müssen dafür sorgen, dass er zu uns kommt. Hast du alles andere?«

»Ja, Trideochips und ähnlichen Drek. Nichts Bedeutendes.«

»Okay, dann lass uns verschwinden. Lass die Tür einen Spalt offen. Das müsste jemandes Aufmerksamkeit erregen.«

Als sie die Wohnung verließen und durch den Flur gingen, begegnete ihnen ein anderer Mann, der gerade aus dem Aufzug stieg. Er war ein rothaariger Mensch, der aussah wie ein Konzerntyp an seinem freien Tag. Der Mann bedachte Talon und Trouble mit einem langen, durchdringenden Blick und Talon konnte nicht widerstehen, den Blick, in seiner Ork-Gestalt mit einem breiten Grinsen zu erwidern, als er und Trouble die Fahrstuhlkabine betraten.

*

Roy Kilaro ging an den beiden Metamenschen vorbei, die in den Fahrstuhl stiegen, mit dem er in die dritte Etage gefahren war. An einem Ort wie diesem hatten sie gewiss nichts verloren, daher betrachtete er sie neugierig. Er ging den Flur entlang zu Dan Otabis Wohnung und blieb dann wie angewurzelt stehen, als er sah, dass die Tür nur angelehnt war. Die Leuchtanzeige über dem Magnetschloss wechselte zwischen Rot und Grün hin und her und zeigte an, dass die Elektronik in Unordnung war, vermutlich von einem Nachschlüssel zerhackt.

Roy warf einen Blick zurück auf die Fahrstühle. Es sah ganz so aus, als sei ihm jemand zuvorgekommen. Er hatte die Absicht gehabt, Otabis Bude zu durchsuchen und mit seinen Nachbarn zu reden, aber die offene Tür veränderte alles. Er konnte nicht riskieren, mit dem Einbruch in Verbindung gebracht zu werden, weil das Otabi zu denken geben würde. Otabi verbarg etwas, und Roy Kilaro würde herausfinden, worum es sich dabei handelte.

8

Als Trouble mit Talon in den Wagen stieg und losfuhr, fiel ihr auf, dass es aufgeklart hatte und funkelnde Sterne und der zunehmende Mond zu sehen waren.

»Also warten wir jetzt ab, ob Otabi Kontakt mit dir aufnimmt?«, fragte sie.

Talon nickte. »Genau. Er wird seine SimSinn-Spielzeuge schnell vermissen und sich nach seinem nächsten Kick sehnen, und der einzige Dealer, den er kennt, bin ich. Seine Sucht wird ihn ziemlich schnell vergessen lassen, was gestern Abend im Avalon gelaufen ist.«

»Vielleicht geht er einfach ins nächste Warez, Etc. und kauft sich ein neues Simdeck.«

»Das glaube ich nicht. Er hat die härteren Sachen probiert. Mit weniger ist er nicht länger zufrieden. Die normalen Sims reichen ihm nicht mehr. Selbst wenn er beschließt, sich ein neues Deck und ein paar Chips zu kaufen, können wir immer noch das eine oder andere unternehmen.«

»Das heißt aber, dass wir ihm den nächsten Zug überlassen«, sagte Trouble. »Val wird Otabi im Auge behalten, aber wir können nichts tun, bis er nach dem Köder schnappt. Sollen wir einen Happen essen?«

Talon schüttelte den Kopf. »Ich glaube, ich gehe besser in meine Wohnung und versuche etwas Schlaf nachzuholen.«

»Soll ich dich nach Hause fahren?«

Talon zuckte die Achseln. »Ich könnte Aracos nehmen ...«

»Du kannst dich kaum noch auf den Beinen halten, Talon. Lass mich dich fahren. Es ist keine große Sache.«

»Okay«, sagte er und lehnte sich zurück. Eine Weile herrschte Schweigen, während Trouble die Fahrbahnen wechselte und mit Leichtigkeit durch das Labyrinth der Bostoner Straßen navigierte.

»Kann ich dich etwas fragen?«, sagte sie schließlich.

Talon bedachte sie mit einem Seitenblick aus halb geschlossenen Augen. »Sicher.«

»Warst du seit Jase mit jemand anderem zusammen?«

»Du meinst in romantischer Hinsicht?«

»Ja.«

Talon holte tief Luft und ließ sie in einem langen Seufzer entweichen. »Nicht richtig – ich meine, ich war nach Jases Tod mit anderen Jungens zusammen. Auf dem College und auch in den Schatten gibt es viel mehr solche

Jungens, als die Leute meinen.« Er lächelte schief. »Aber bei den meisten war es nur eine kurze Begegnung oder ein Sich-Austoben. Ich habe nie jemanden wie Jase kennen gelernt, jemanden, in den ich wirklich verliebt war. Ich glaube, ein paarmal ist es mir gelungen, mich davon zu überzeugen, dass es Liebe ist, aber es hat nie funktioniert. Was die Liebe betrifft, bin ich wohl ein ebenso hoffnungsloser Fall wie unser Freund Otabi. Aber ich sollte mich wohl von SimSinn fern halten. Ich kann verstehen, dass es süchtig macht, sich in ein perfektes Phantasieleben einzustöpseln, wo man alles hat, was man sich je erträumt hat.«

»Ja«, sagte Trouble.

»Was ist mit dir?«, fragte er. »Hat es nach Ian jemanden gegeben?«

Trouble sah Talon kurz an und dann wieder auf die Straße. Der Verkehr war durch eine Reihe von Ampeln ins Stocken geraten, und gerade hatten sie angehalten.

»Eigentlich nicht. In dieser Hinsicht sind wir uns wohl sehr ähnlich. Ian war meine erste große Liebe. Im Rückblick muss ich sagen, dass ich damals ziemlich naiv war. Seitdem hatte ich hier und da eine Verabredung, aber das war's auch schon.«

»Unser Beruf bietet nicht gerade viele Gelegenheiten, die richtigen Leute kennen zu lernen, nicht wahr?«, sagte Talon.

»Nein. Wie stehen schon die Chancen, dass man dem Richtigen begegnet? Solchen Leuten läuft man nicht jeden Tag über den Weg.«

»Tut es dir Leid, dass du mit Ian Schluss gemacht hast?«, fragte Talon. »Ich hatte damals einfach keine Wahl, aber …«

»Meistens nicht«, sagte Trouble. »Ihm lag so viel daran, die Iren zu befreien, dass ihm das mehr zu bedeuten schien. Ich nehme an, ich wollte ihn nicht mit einer Sache teilen.«

»Ja, das kann ich verstehen.«

Die Wagen setzten sich erneut in Bewegung, und sie verfielen wieder in Schweigen, während Trouble durch die Stadt nach South Boston fuhr.

Schließlich ging Talon den Run mit ihr durch. Sie stimmten überein, dass sie ihn mit Leichtigkeit sollten durchziehen können, wenn mit Otabi alles wie geplant lief.

»Das Einzige, was mir Sorgen bereitet, ist die Tatsache, dass wir im Grunde nichts über den Johnson wissen«, sagte Talon. Das störte auch Trouble. Die meisten Auftraggeber legten Wert auf Anonymität. Shadowrunner wussten hingegen gern, für wen sie arbeiteten, falls ihr Johnson versuchte, sie vor irgendeinen Karren zu spannen. Abgesehen davon, dass seine Kreds gut waren, wussten sie über ihren gegenwärtigen Auftraggeber so gut wie nichts.

»Ich werde sehen, ob ich etwas ausgraben kann«, sagte Trouble, als sie vor Talons Wohnhaus an den Randstein fuhr.

Er stieg aus. »Gut. Ich rufe dich an, wenn das Treffen vereinbart ist.«

»Okay.« Sie sah ihm nach, bis er die Treppe erklommen hatte und in der Haustür verschwunden war, bevor sie den ZX wieder in Gang setzte. Am nächsten Stoppschild sah sie sich noch einmal um, bevor sie weiterfuhr.

Sei nicht dumm, sagte sie sich, aber eigentlich lag es nicht in ihrer Hand. Verliebte machten immer dumme Sachen, oder etwa nicht? Sie bog um die Ecke, fuhr aber nicht nach Hause, um sich auf die Suche nach Informationen über ihren Mr. Johnson zu begeben. Sie fuhr zum Rox, einem Teil des Bostoner Plex, den die meisten Leute mieden, wenn sie konnten.

Sie war unterwegs zu ›Doc's Klinik‹, wie die Ortsansässigen den Laden nannten. Er hatte keinen offiziellen Namen, weil die meisten Orte und Leute im Rox offiziell gar nicht existierten. Bei der Bildung der Metroplex-Verwaltung hatte man beschlossen, das südliche Roxbury und die Lowell-Lawrence-Zone abzuschreiben. Seitdem war der einzige Markt im Rox oder in der LL-Zone der Schwarzmarkt. Das schloss medizinische Dienstleistungen ein, und Doc's Klinik war einer von mehreren Läden, in dem die Bewohner des Rox sich für eine angemessene Gebühr und ohne Fragen beantworten zu müssen behandeln lassen konnten.

Genau dieser Politik verdankte die Klinik auch bei Leuten ihre Beliebtheit, die es aus verschiedenen Gründen vorzogen, keine regulären Krankenhäuser und Ärzte aufzusuchen. Abgesehen davon, dass man zusammengeflickt wurde und Medikamente gegen etwaige Beschwerden bekam, konnte man in Doc's Klinik auch gewisse Modifikationen bekommen, wenn der Preis stimmte und das, was man wollte, vorrätig war. Die Modifikationen beinhalteten alles von einer Cyber-Ersatzhand über neue Augen bis zu einem neuen Gesicht, das bei den Behörden nicht ganz so bekannt war.

›Doc‹ war Dr. Daniel MacArthur, ein ehemaliger Feldarzt von Ares Macrotechnology. Nach seiner Entlassung aus dem UCAS-Militär hatte er eine Zeit lang in den Wüstenkriegen gedient. Danach hatte er für Ares gearbeitet und war nebenbei als ›Berater‹ tätig gewesen, bis seine Chefs ihm auf die Schliche gekommen waren. Ares hatte ihn gefeuert und dafür gesorgt, dass ihm die Approbation entzogen wurde. Im Rox nannte ihn trotzdem jeder Doc, und niemand störte sich an der fehlenden Approbation, weil er wusste, was er tat. Es gab nicht viele Straßendocs, die so gut waren wie Doktor Mac.

Die erste Person, die Trouble bei ihrem Eintreten sah, war Hilda, Docs Sprechstundenhilfe, Empfangsdame und Rausschmeißer in einem. Hilda wusste, wie man einen gebrochenen Knochen schiente, Blut abnahm, einen Verband anlegte und viele andere Dinge, die in einer Arztpraxis tagtäglich anfielen. Sie kümmerte sich um die Computerdateien der Klinik und sorgte dafür, dass alle Krankenblätter auf dem Laufenden blieben (und gewisse Dinge niemals eingetragen wurden). Als Troll war Hilda außerdem in der Lage, mit allen Gefahren fertig zu werden, sei es ein Punk auf Chips oder ein unzufriedener Patient, der Krach schlagen wollte.

Sie wechselte gerade einen Verband am Arm eines Bane-Sidhe, Mitglied einer hiesigen Gang. Trouble kannte sie gut, hauptsächlich irisch-stämmige Jugendliche, Kinder irischer Einwanderer wie sie selbst. Der Bursche, den Hilda versorgte, war ein Ork, und Trouble fragte sich, ob seine Eltern wohl ebenfalls Orks waren. Viele Metamenschen hatten sich im neuen ›Paradies‹ der Sidhe ganz entschieden unwillkommen gefühlt und waren in die UCAS ausgewandert. Zwei seiner Chummer standen daneben und sahen sich die Prozedur mit gelangweilter Miene an.

»Hey, Trouble«, sagte Hilda und sah kurz auf. »Setz dich irgendwohin, ich bin gleich bei dir, Schätzchen.« Ein paar Minuten später war sie mit dem Jungen fertig, nahm den Kredstab, den er ihr reichte, und verabschiedete die drei Gang-Mitglieder.

»Die Geschäfte scheinen ganz gut zu laufen«, sagte Trouble.

»Das tun sie immer«, erwiderte Hilda mit einem Seufzer. »Wir wären besser daran, wenn wir unsere Zeit nicht damit verschwenden müssten, die Gangs zusammenzuflicken, aber dank ihres Geldes können wir andere Leute behandeln, die keines haben. Du würdest nicht glauben, was wir hier schon für seltsame Fälle hatten, seit diese RGE begonnen hat. Ich hoffe nur, dass es keine neue Krankheit ist, welche die Runde macht. Wie dem auch sei, was können wir heute für dich tun, Trouble? Fühlst du dich nicht wohl?«

»Nein, damit hat es nichts zu tun«, sagte Trouble. »Ich will nur mit Mac reden, wenn er Zeit hat.«

»Sicher. Warte hier.« Hilda verschwand in einen Flur und kehrte ein paar Minuten später mit Dr. MacArthur im Schlepptau zurück. Mit seinem zurückweichenden Haaransatz und den tiefen Gesichtsfalten sah Doc älter aus als die siebenunddreißig Jahre, die er war. Aber er war immer noch ziemlich fit und hielt sich wie ein Soldat. Er trug blutbefleckten Krankenhausdrillich – dem Aufdruck nach eine ›Spende‹ des Boston General – und bedachte Trouble mit einem müden Lächeln.

»Wir können uns in meinem Büro unterhalten«, sagte er, während Hilda zu ihrem Schreibtisch ging und sich an der Tastatur ihres Computers zu schaffen machte.

Trouble folgte Dr. Mac in dessen Büro und hockte sich nervös auf die Kante eines Stuhls. Dr. Mac lehnte sich gegen seinen Schreibtisch und betrachtete sie ein wenig besorgt.

»Was kann ich für Sie tun?«, fragte er.

Trouble zögerte, da sie nicht wusste, wie sie es in Worte fassen sollte. »Ich stelle Ihnen eine medizinische Frage, ein hypothetisches Problem.«

Mac nickte. »Nur zu.«

»Wie … wie kompliziert ist eine Geschlechtsumwandlung?«

Die Runzeln auf Macs Stirn wurden noch tiefer. »Von Frau zu Mann?«, fragte er. Trouble nickte und biss sich auf die Unterlippe.

»Nun, die kann ziemlich kompliziert sein. Umwandlungen von Frau zu Mann sind schwieriger, weil wir ein künstliches Y-Chromosom für den Klon-Vorgang konstruieren müssen. Dann müssen alle nötigen Organe gezüchtet werden, darunter auch Hauttransplantate, und schließlich wären da noch mehrere chirurgische Eingriffe und eine ausgedehnte Hormontherapie. Der ganze Vorgang kann mehrere Monate dauern und kostet einen ordentlichen fünfstelligen Betrag. Und natürlich gibt es immer noch keine Garantie für ein hundertprozentiges Gelingen. Ich kann nicht behaupten, dass diese Operation in meiner Praxis sehr gefragt ist. Kosmetische Arbeiten, gewiss, aber keine Geschlechtsumwandlungen.«

»Ich verstehe«, sagte Trouble leise.

»Ich weiß, es geht mich nichts an«, fuhr er fort, »und ich könnte auch verstehen, wenn Sie es mir nicht sagen wollen, aber darf ich fragen, warum Sie das interessiert?«

»Es ist etwas Persönliches, nichts Geschäftliches«, sagte Trouble.

»Also gut, dann ziehe ich die Frage zurück. Aber wenn Sie über irgendwas reden wollen …«

»Nein, aber vielen Dank für die Information, Doc«, sagte Trouble, indem sie sich erhob.

»Gern geschehen«, erwiderte er und öffnete ihr die Tür. »Passen Sie auf sich auf.«

Trouble lächelte schwach. »Ich werd's versuchen.«

Sie verabschiedete sich von Hilda und ging zu ihrem Wagen. Ein paar Minuten blieb sie einfach nur sitzen, den Kopf auf das Lenkrad gestützt, und dachte über ihr Gefühlsdilemma nach. Sie war nicht bereit, nach Hause zu fahren, doch sie kannte einen Ort, wo sie tatsächlich etwas unternehmen konnte.

Eine Stunde später saß Trouble in einer Bar in South Boston und trank den Rest ihres Scotch on the Rocks. Sie stellte das Glas mit Nachdruck auf die Bar zurück und gab dem Barmann ein Zeichen, während sie mit den Eiswürfeln in ihrem Glas klirrte.

»Noch einen«, sagte sie, während sie eine Banknote über den Tresen schob. Der Barmann goss nach und ließ das Geld in seiner Tasche verschwinden. Trouble nippte an ihrem Drink und genoss das Brennen des Alkohols in ihrer Kehle und das anschließende Gefühl der Taubheit.

Diese Taubheit suchte sie, eine Möglichkeit, ihre Gefühle zu ersticken und alles zu vergessen, was damit zusammenhing – wenigstens für eine Weile.

Sie schalt sich immer noch, töricht zu sein. Sicher, sie fand Talon seit ihrer ersten Begegnung anziehend, tatsächlich sogar sehr anziehend. Aber als sie herausfand, dass daraus niemals etwas werden konnte, hatte sie versucht, ihre romantischen Gefühle zu verdrängen, sodass sie einfach nur Freunde sein konnten.

Das hatte sich als viel schwieriger erwiesen, als sie sich vorgestellt hatte, vor allem deswegen, weil sie ständig miteinander arbeiteten. Trotzdem war sie der Ansicht, gut damit zurechtgekommen zu sein. Dann glaubte Talon, er habe den Geist der schon lange toten Liebe seines Lebens gesehen. War das möglich?

Drek, sagte sie bei sich, wenn all die magischen Dinge, die Talon bewirken konnte, möglich waren, warum nicht auch das? Schließlich war er ein Zauberer. Universitäten boten Studiengänge in angewandter Magie an, ihre Eltern hatten ein von Elfen regiertes Irland verlassen, und der Barmann, der sie bediente, sah wie ein Wesen aus einem Märchen aus, mit dem man kleine Kinder erschreckte. Wenn sie all das akzeptieren konnte, warum dann nicht auch Geister?

Die Antwort war offensichtlich. Es lag an der Identität dieses besonderen Geists und der Gefühle, die er in Talon geweckt hatte. Er litt. Jeder konnte ihm das ansehen. Sie wusste, dass Talon glaubte, den Schmerz seines Kummers endlich begraben zu haben, aber kam man wirklich jemals über den Verlust einer Person hinweg, die man so sehr geliebt hatte?

Sie schaute in ihr Glas und schwenkte die Eiswürfel. Vielleicht weil sie noch nie gesehen hatte, dass Talon sich ernsthaft mit jemand anderem einließ, hatte sie sich dazu hinreißen lassen, an die Möglichkeit zu glauben, eines Tages werde er die Kurve kriegen und sehen, was direkt vor ihm lag. Jetzt war sein Geliebter von den Toten auferstanden.

Gott, ich bin eifersüchtig auf einen Geist, dachte sie verbittert. *Wie erbärmlich ist das?* Sie konnte nicht glauben, dass sie zu Dr. Mac gegangen war, um sich nach der Möglichkeit zu erkundigen, sich in jemanden zu verwandeln, den Talon so lieben konnte, wie sie ihn liebte. Die ganze Sache war irrsinnig. Sie wollte kein Mann sein, aber Talon würde sie niemals als Frau begehren …

»Zum Teufel mit ihm«, murmelte sie und nahm einen großen Schluck Scotch. Zum Teufel mit ihm, weil er so nett, so ignorant und so verdammt unerreichbar war. Sie stellte das Glas auf den Tresen und wünschte, etwas zum Dreinschlagen zu haben.

»Ariel?«, sagte jemand hinter ihr, und sie erkannte sofort die Stimme als auch den Akzent.

Sie erstarrte für eine Sekunde, dann drehte sie sich langsam um. Jetzt war sie diejenige, welche Geister sah.

»Ian?«, murmelte sie.

Vor ihr stand Ian O'Donnel und schien sich seit ihrer letzten Begegnung vor zehn Jahren kaum verändert zu haben. Obwohl er mittlerweile über vierzig sein musste, sah er so fit aus wie ein viel jüngerer Mann. Seine Haare hatten noch denselben rötlichbraunen Farbton, aber mit etwas mehr Grau, als Trouble in Erinnerung hatte. Er hatte dasselbe warme Lächeln und denselben ordentlich gestutzten Bart und kleidete sich immer noch so, als gehöre er in den alten Westen und nicht ins Boston des einundzwanzigsten Jahrhunderts. Heute Abend trug er verschlissene Jeans, ein Oberhemd, Militärstiefel und einen langen Duster, der allem Anschein nach gepanzert war.

»Ariel Tyson, wie sie leibt und lebt«, sagte er. Er hatte weder seinen irischen Akzent noch das Funkeln in seinen Augen verloren, das sie immer so anziehend gefunden hatte.

»Ian, was machst du denn hier?«

»Nun, dies ist ein halbwegs freies Land«, sagte er, »und ich wollte eigentlich etwas trinken. Darf ich?« Er deutete auf den Barhocker neben ihr, und als Trouble nickte, setzte er sich und stützte die Ellbogen auf den Tresen.

»Sieht so aus, als wärst du mir um einiges voraus«, sagte er, indem er auf ihr leeres Glas zeigte. Er wandte sich an den Barmann. »Scotch pur und noch einen Drink für die Dame.«

Als ihre Drinks eintrafen, hob Ian sein Glas. »Auf alte Zeiten«, sagte er, indem er sein Glas leicht gegen ihres stieß.

»Komisch, dass du das sagst«, erwiderte Trouble. »Ich habe vor kurzem mit jemandem über dich geredet.«

»Mit deinem Freund?«, fragte er, indem er eine Augenbraue hochzog.

Ariel musste unwillkürlich schmunzeln. »Nein.« Sie senkte den Blick. »Nur mit einem Bekannten.«

»Und hast du deinem Bekannten auch erzählt, wie sehr es mir das Herz gebrochen hat, dich gehen zu sehen?«

»Ian, ich ...«

Er legte eine Hand auf ihre. »Entschuldige, ich hätte das nicht sagen sollen. Es ist nur ... es ist so lange her und ... na ja, ich habe nie aufgehört, an dich zu denken.«

»Willst du damit sagen, es gibt derzeit keine Frau in Ian O'Donnels Leben?«

Ian zuckte die Achseln und nippte an seinem Scotch. Er stellte das Glas ab und starrte einen Augenblick hinein.

»Es gibt nicht viele Frauen, die es mit meinesgleichen aushalten, Ariel. Tatsächlich fällt mir nur eine ein.« Er sah Trouble in die Augen und lächelte.

»Schmeichler«, sagte sie.

»Es ist nur die Wahrheit. Aber es ist schon seltsam,

dass wir uns nach all den Jahren einfach so begegnen. Ich habe erst heute an dich gedacht und mich gefragt, wie es dir wohl geht, und jetzt bist du hier.«

Trouble stellte ihr Glas auf die Bar. »Ich sollte besser gehen«, sagte sie. Die ganze Sache machte sie nervös.

Ian ließ ihre Hand nicht los. »Ich wünschte, du würdest es nicht tun. Kannst du nicht noch etwas bleiben? Ich meine, was ist so wichtig, dass du nicht etwas Zeit mit einem alten Freund verbringen kannst?«

Sie lächelte. Er hatte Recht. Nichts, was sie zu tun hatte, war so dringend. Ihre Nachforschungen konnten noch ein paar Stunden warten, und niemand würde sie heute Nacht vermissen.

»Also gut, Ian«, sagte sie. »Warum nicht?« Trouble wusste nicht, ob es der Scotch war, der dieses Gefühl der Wärme und Behaglichkeit in ihr weckte, oder Ians Anwesenheit und sein sanftes Lächeln.

Bei näherer Betrachtung war es ihr eigentlich ziemlich egal.

9

Am nächsten Tag fuhr Talon auf Aracos zum *Avalon*. Die Landsdown Street lag noch im Tiefschlaf und würde erst gegen Abend erwachen, wenn die Nachtschwärmer die Straßen säumten und versuchen würden, in die angesagtesten und beliebtesten Clubs zu gelangen. An diesem Nachmittag war die Straße leer bis auf vereinzelte Passanten und den Pennern, die in Hauseingängen schliefen, bis jemand sie fortjagte.

Talon stieg von Aracos ab, und das schnittige Motorrad flimmerte und löste sich auf. Aracos war jedoch immer noch da, in der physikalischen Welt unsichtbar und unstofflich, falls Talon ihn brauchen sollte.

»Es wird langsam zur Gewohnheit, dass du tagsüber

arbeitest«, sagte Aracos in Talons Gedanken. »Willst du dein Leben als Nachtschwärmer aufgeben?«

»Nicht, solange ich in diesem Geschäft bin«, dachte Talon seine Antwort. »Aber für das Team ist es sicherer, sich zu treffen, wenn der Club geschlossen hat, und wir haben einiges an Planungsarbeit vor uns. Außerdem schläfst du nicht.«

»Wohl wahr«, sagte der Geist, »aber ich finde es hier nachts interessanter.«

»Du meinst, du findest es leichter, ein paar Drinks zu bekommen.«

»Das auch.«

Talon ging durch die Hintertür des *Avalon*. Der größte Teil des Personals wusste, dass Talon ein Shadowrunner und ein Magier war, was seinen Status in ihren Augen erhöhte. Da er dazu neigte, ein Geheimnis aus seinen Fähigkeiten zu machen, und überdies bekannt war, dass ihm ein Familiar überallhin folgte, trug ebenfalls dazu bei.

Er nahm die Treppe zu Booms Büro. Oben angekommen, meldete Aracos sich wieder in seinen Gedanken: »Alles klar, Boss.«

Aracos eilte Talon immer voraus, um sich zu vergewissern, dass keine Gefahr bestand. Selbst an einem Ort, den Talon als zweites Zuhause betrachtete, war es klüger, kein Risiko einzugehen. Derartige Vorsicht hatte ihm bereits einige Male das Leben gerettet. Er klopfte zweimal an die Tür von Booms Büro, wartete kurz und klopfte erneut. Einen Augenblick später öffnete Val die Tür und ließ ihn ein.

Boom saß hinter seinem gewaltigen Schreibtisch. Er unterhielt sich mit Hammer, während er hin und wieder einen Blick auf die Daten warf, die über die in die durchsichtige Schreibtischplatte eingelassene Anzeige flackerten. Hammer, der eine weite Khakihose und ein enges T-Shirt aus ballistischem Stoff trug, saß auf einem Stuhl neben dem Schreibtisch. Seine Pistole steckte in einem Schulterhalfter unter dem Arm, und seine Lederjacke hing über der Stuhllehne. Nicht zu sehen war das Kampfmesser, das er an der Wade in einem der ramponierten Militärstiefel festgeschnallt hatte.

Val schloss die Tür und ging zur Couch an der Wand. Schwarze Jeans, bauchfreies T-Shirt und Stiefel deuteten an, dass sie ebenfalls auf Arbeit eingestellt war. Ihre ramponierte Jacke lag auf einer der Armlehnen des Sofas.

Talon sah sich um. »Wo ist Trouble?«

Val und Hammer zuckten beide die Achseln, während Boom den Magier zu einem der freien Stühle bedeutete. »Sie ist noch nicht da«, sagte er. »Sie hat vorhin angerufen und bestätigt, dass sie die Nachricht erhalten hat, aber sie wird sich etwas verspäten.«

Talon nickte und setzte sich, obwohl er neugierig war. Es sah Trouble nicht ähnlich, sich zu verspäten, aber er fragte Boom nicht nach Einzelheiten. Wenn der Troll nicht mehr sagen wollte, ging es Talon nichts an.

»Also«, kam er gleich zur Sache, »hat er angebissen?«

Boom grinste und nickte. »Letzte Nacht.«

»Tja, das hat nicht lange gedauert«, sagte Hammer.

»Was hast du erwartet?«, fragte Val. »Diesen Pinkel hat es schlimm erwischt. Wenn man so an den Sims hängt, kommt man nicht mehr als ein paar Stunden ohne sie aus.«

Talon wusste, dass Val aus persönlicher Erfahrung sprach. Als Jugendliche war sie voll auf SimSinn abgefahren. Nur der gleichermaßen süchtig machende Kick des Riggens hatte sie ihre Abhängigkeit überwinden lassen. Talon dachte oft, dass er wohl ebenfalls süchtig geworden wäre, hätte er damals, als seine Magie sich bemerkbar machte, die Nuyen für eine Datenbuchse gehabt. Alles hätte passieren können, hätte Jase ihn nicht gefunden und ihm gezeigt, dass er nicht verrückt wurde und keine Angst vor seinen Fähigkeiten zu haben brauchte.

»Talon, bist du noch da?« Boom lenkte Talons Aufmerksamkeit wieder auf das laufende Gespräch.

»Was? Oh, ja, entschuldigt.«

»Ich dachte schon, du wärst im Astralraum.«

Talon lachte. »Nein, ich hab nur nachgedacht. Also, wo waren wir gerade?«

Der Troll hob eine Augenbraue. »Ich habe ihm gesagt, ich wüsste nicht, ob ich dich erreichen könnte, aber ich würde mein Bestes versuchen und mich wieder bei ihm melden.«

»Du hast ihn in der Luft hängen lassen?«, fragte Hammer. »Was ist, wenn er beschließt, sich an jemand anders zu wenden?«

Boom schüttelte den Kopf. »Das wird er nicht tun. Zunächst einmal hat dieser Bursche keine Ahnung, wie man an die Hardcore-Sims kommt. Er hat uns nur gefunden, weil wir ihm eine Spur gelegt haben, der er nur zu folgen brauchte. Ohne seine tägliche Dröhnung wird er vermutlich nicht geradeaus denken können. Er hat Angst davor, dabei erwischt zu werden, etwas Verbotenes zu tun, und je mehr Leute er kontaktiert, desto größer die Gefahr, dass genau das passiert. Nein, es wird noch eine ganze Weile dauern, bis er so verzweifelt ist, sich einen anderen Lieferanten zu suchen. Die Warterei wird ihn nur noch gieriger auf das machen, was wir für ihn haben, was es wiederum wahrscheinlich macht, dass er es gleich einwirft, sobald er es bekommt.«

»Und dann haben wir ihn«, sagte Talon erleichtert.

Es klopfte zweimal an die Tür und nach einer kurzen Pause noch zweimal. Talon stand auf und öffnete.

»Hey«, sagte Trouble.

»Hey«, erwiderte er.

»Entschuldigt die Verspätung.« Sie ging an Talon vorbei und in das Büro.

Ihm fiel auf, dass Trouble dieselbe Kleidung wie am Tag zuvor trug, als sie Otabis Wohnung einen Besuch abgestattet hatten. Sie hatte noch nie sonderlich großen Wert auf ihre Kleidung gelegt, aber er konnte sich auch nicht erinnern, dass sie jemals in ihrer Kleidung geschlafen hatte, wenn es sich vermeiden ließ. Das bedeutete, dass sie letzte Nacht nicht nach Hause gegangen war. Er war neugieriger denn je, fragte aber nicht.

Er schloss die Tür, während sie sich neben Val auf die Couch setzte.

»Du hast nicht viel verpasst«, sagte Val. »Boom hat von Otabi gehört, ihn aber noch nicht zurückgerufen.«

In diesem Augenblick drang ein elektronisches Klingelzeichen aus dem Schreibtisch des Trolls. Boom warf einen Blick auf die Nummer des Anrufers.

»Ah, wenn man vom Teufel spricht«, sagte er. »Sieht so aus, als würde jemand ungeduldig.« Boom tippte mit einem seiner dicken Finger auf eine Taste und legte den Anruf auf das in seinen Schädel eingebaute und direkt mit seinem Sprach- und Hörzentrum verdrahtete Mobiltelefon um. Außerdem ließ er den Ton über die winzigen Lautsprecher im Schreibtisch laufen, damit die anderen das Gespräch mithören konnten.

»Hallo?« Der Stimme gelang es, mit nur zwei Silben Nervosität und Verzweiflung zu vermitteln.

»Hallo, Mr. Otabi«, sagte Boom ins Leere. Seine Stimme wurde vom Mikrofon in seinem Kopf übertragen. »Was kann ich für Sie tun?«

»Ich … äh … wollte mich erkundigen, ob es Fortschritte hinsichtlich … dessen gibt, worüber wir gesprochen haben.«

»In der Tat, ja«, sagte Boom, ein Auge auf Talon gerichtet. »Ich wollte Sie gerade anrufen. Ich habe ein weiteres Treffen für heute Abend arrangiert. Um elf Uhr, hier im Club. Ist das für Sie akzeptabel?«

»Könnte … könnte es nicht etwas früher sein?«

»Ich werde sehen, was sich machen lässt«, sagte Boom. »Warum kommen Sie nicht einfach um zehn vorbei, dann sehen wir weiter.«

»In Ordnung«, sagte Otabi. »Was ist mit dem Preis?«

»Viertausend Nuyen. Dieser Preis schließt das nach Ihren Angaben modifizierte Deck ein. Zahlbar mit einem beglaubigten Kredstab.«

Am anderen Ende der Leitung trat eine längere Pause ein.

»Also gut. Wir sehen uns um zehn.«

»Exakt«, sagte Boom und Otabi legte auf. Boom rieb sich voller Vorfreude die Hände. »Das müsste es gewesen sein. Unser Mann hängt am Haken. Wir brauchen ihn nur noch einzuholen.«

»Ist die Hardware fertig?«, fragte Talon.

Boom nickte. »Den Simchip haben wir noch. Außerdem habe ich ein paar gewöhnliche Chips und ein modifiziertes Deck von einem Chummer erworben, der ein ganzes Lagerhaus mit altem Fuchi-Kram hat, Sachen, die nach dem Zusammenbruch des Konzerns spottbillig verramscht worden sind. Er hat es ziemlich gut drauf, die richtigen Veränderungen vorzunehmen, ohne irgendwelche Fragen zu stellen.«

»Sahne«, sagte Talon. »Dann brauchen wir nur noch darauf zu warten, dass Otabi auftaucht und das Geschäft abgewickelt wird. Diesmal wird es keine Probleme geben.« Niemand rieb ihm unter die Nase, dass er das letzte Treffen vermasselt hatte.

»Unser Zeitplan ist etwas durcheinander geraten«, sagte Hammer. »Vielleicht sollten wir uns vergewissern, dass alles noch an Ort und Stelle ist, damit alles so läuft, wie wir es geplant haben.«

»Ist das machbar?«, fragte Talon Trouble.

Sie schrak zusammen, als habe sie an etwas anderes gedacht. »Hmm, ja, sicher. Ich kann nicht allzu tief in das System eindringen, ohne der Sicherheit zu verraten, dass etwas im Busch ist, aber es dürfte kein Problem sein, die Daten zu bekommen, die wir brauchen.«

»Gut«, sagte Talon, »dann ist alles geregelt.«

Er rief seine Zeitanzeige auf. Bis zum Treffen mit Otabi hatten sie noch einige Stunden Zeit. »Wer will einen Happen essen? Ich bin am Verhungern.« Hammer und Boom, beide für ihren enormen Appetit bekannt, nickten. Val erklärte ebenfalls, sie sei dabei.

»Ich passe«, sagte Trouble, indem sie sich ihre Jacke über die Schulter warf. »Ich muss ein paar Dinge regeln. Braucht ihr mich heute Abend?«

»Nein, wahrscheinlich nicht«, sagte Talon.

»Gut, dann mache ich mich an die Matrix-Überwachung. Ruf mich an, wenn wir so weit sind.« Ohne weitere Umschweife ging sie zur Tür.

»Wird …«, sagte Talon, während die Tür sich öffnete und wieder schloss, »… gemacht.« Er richtete einen fragenden Blick an die anderen, die nur die Achseln zuckten. Zumindest war er nicht der Einzige, der keinen Schimmer hatte, was mit Trouble los war.

Kurze Zeit später saßen die Runner in einem Restaurant in Chinatown und genossen ihr Essen. Es war eines ihrer Lieblingslokale, aber es war ungewöhnlich, dass sie zur Abendessenszeit dort waren. Sonst kamen sie spät in der Nacht nach einem Run. Die meisten Lokale in Chinatown hatten die ganze Nacht geöffnet.

Talon stocherte mit den Stäbchen in seinem Lo Mein herum. »Troubles Verhalten war ziemlich merkwürdig«, sagte er. Der Hintergrundlärm im Restaurant war laut genug, um beiläufige Unterhaltungen zu übertönen, und er hatte Aracos beauftragt, auf verdächtige Dinge zu achten.

»Eigentlich nicht«, sagte Hammer, während er einem Hähnchenflügel den Garaus machte. Er warf die Knochen auf den Teller vor sich. »Sie neigt dazu, sich in Sachen zu verbeißen, weißt du?«

»Du meinst, sie entwickelt eine gewisse Besessenheit«, sagte Val mit einem Lächeln.

Hammer lächelte ebenfalls. »So würde ich es nicht ausdrücken ... na ja, jedenfalls nicht in ihrer Gegenwart. Es ist eben nur so, wenn sie sich in etwas reinkniet, dann richtig, weißt du? Sie verwendet ihre gesamte Zeit und Energie darauf, besonders wenn es ein Run ist. Wahrscheinlich will sie nur ganz sicher sein, dass alles bereit ist, wenn der Run über die Bühne geht.«

»Ja, aber bei diesem Run hat sie nicht besonders viel zu tun«, sagte Talon. »Sie hat die Recherchen übernommen und die Info über Otabi ausgegraben. Hinzu kommt ein wenig Überwachung, aber der Rest liegt bei uns.«

»Vielleicht liegt es daran«, sagte Boom. »Sie hat nicht viel zu tun, also will sie dafür sorgen, dass alles perfekt ist.«

»Oder sie kommt sich überflüssig vor«, spekulierte Val, während sie sich noch etwas Reis nahm. »Ich meine, das kommt vor, wenn man keine große Rolle spielt.«

»Ja, aber das passiert jedem von uns«, sagte Talon. »Hat sie irgendein Problem?«

»Du bist der Magier«, sagte Hammer mit vollem Mund. »Kannst du es nicht sagen?«

»Wahrscheinlich könnte ich es, wenn ich wollte«, sagte Talon. »Aber ich laufe nicht herum und sehe mir jedermanns Aura an, und bis mir auffiel, dass sie sich komisch verhielt, war sie wieder verschwunden. Außerdem fände ich es nicht richtig, in der Aura meiner Freunde zu lesen, ohne deren Erlaubnis zu haben.«

Hammer nickte. »Das weiß ich zu schätzen, Chummer.« Dann wandte er sich an Val. »Weißt du noch, wie Geist das ständig gemacht hat? Einen ansehen, als sehe er durch einen hindurch? Mann, war das unheimlich.«

»O ja«, sagte sie lachend. »Und du wolltest nicht in seiner Nähe sein. Jemand, der ständig weiß, was man empfindet – manchmal sogar eher als man selbst –, kann ziemlich nervtötend sein.«

»Tatsächlich?«, sagte Talon. »Ich dachte, die meisten Frauen würden auf so einen Kerl stehen.«

»Na ja, es gibt sensibel und zu sensibel«, sagte Val, indem sie mit einem Finger über den Rand ihres Wasserglases strich.

Sie bedachte Talon mit einem boshaften Lächeln. »Ich schätze, du bist gerade unsensibel genug, Talon.«

10

Roy Kilaro gelangte zu der Überzeugung, dass Dan Otabi der Mann war, den er suchte, und er beschloss, ihn nicht mehr aus den Augen zu lassen. Früher oder später würde Otabi einen Fehler machen, der ihn verriet, und dann konnte Roy der Firma triumphierend die Gefahr enthüllen.

Vielleicht war sogar eine Beförderung drin, dachte er, womöglich ein Sicherheitsjob. Unter Umständen sogar eine Chance, für den Seraphim zu arbeiten, der berühmten (oder berüchtigten, je nachdem, wen man fragte) Abteilung für Gegenspionage innerhalb des Konzerns.

Roy beschloss, ein paar Programme einzurichten, die ihn auf alle ungewöhnlichen Aktivitäten in der Anlage von Cross Bio-Medical Merrimack Valley aufmerksam machen würden, insbesondere was Otabi betraf. Der einzige Grund, warum er sich Otabi überhaupt vorgestellt hatte, war seine Hoffnung, ihn so zu erschrecken, dass er einen Fehler beging.

Als seine Überwachungsprogramme eingerichtet waren, kaufte er eine Funkwanze im nächsten Warez, Etc.-Geschäft. Es war die Art Spionageausrüstung, wie Eltern sie kauften, um über den Verbleib der Kinder im Bilde zu sein, wenn sie sich den Familienwagen ausgeliehen hatten. Die Reichweite war nicht sonderlich groß, musste aber genügen.

Von dort fuhr Roy zu Cross MV. Er machte Otabis Wagen ausfindig und heftete den kleinen magnetischen Sender unter die Stoßstange. Dann kehrte er zu seinem in der Nähe geparkten Wagen zurück und sah sich jeden an, der das Firmengelände betrat oder verließ.

Es war später Nachmittag, als Otabi aus dem Gebäude kam und in seinem Wagen davonfuhr. Roy aktivierte den winzigen Sender und folgte in diskretem Abstand, wobei er immer wieder das Navigationssystem im Armaturenbrett zu Rate zog, um zu sehen, wohin Otabi fuhr.

Vielleicht einen Kilometer von seinem Büro entfernt hielt Otabi an einem öffentlichen Telekom und machte einen Anruf. Roy beobachtete ihn aus geringer Entfernung und bedauerte, keine Überwachungsausrüstung gekauft zu haben, mit der er das Gespräch hätte mithören oder den Angerufenen hätte identifizieren können, aber er hatte nicht daran gedacht. Otabis Anruf war kurz. Eine Minute später saß er wieder in seinem Wagen und fuhr ins Büro zurück. Roy erwog kurz, das öffentliche Telekom aufzubrechen und sich Zugang zu dessen Speicher zu verschaffen, kam aber zu dem Schluss, dass dies zu riskant wäre. Besser, er blieb Otabi auf den Fersen und wartete ab, was der Mann weiterhin unternahm.

Er folgte Otabi zu einem nahe gelegenen Kreuzweg und verbarg den Chrysler-Nissan Spirit hinter einem großen Titan-Laster, während Otabi in eine Bank marschierte und kurz darauf wieder herauskam. Sein letzter Halt war der nächste McHugh's Drive-In, um etwas zu essen zu holen, dann kehrte er zur Cross-Niederlassung zurück.

Roy sah ihn erst eine ganze Weile nach Büroschluss wieder. Otabi fuhr zu seiner Wohnung, hielt es aber anscheinend nicht für nötig, die Polizei über den Einbruch zu informieren, weil keine Polizei auftauchte. Roy hielt das für eine Bestätigung dafür, dass Otabi etwas zu verbergen hatte. Er hatte an diesem Tag gereizt und nervös ausgesehen, als warte er darauf, dass etwas geschehe, möglicherweise etwas, das mit dem Anruf in Zusammenhang stand, den er an dem öffentlichen Telekom erledigt hatte.

Roy wartete in seinem Wagen auf der Straßenseite gegenüber von Otabis Wohnkomplex und trank lauwarmen McHughes-Soykaf aus einem Pappbecher.

Es war halb zehn, als Otabi wieder auftauchte, zu seinem Wagen ging und losfuhr. Roy wartete ein paar Sekunden, bis er ihm folgte, um etwas Abstand zwischen sich und Otabi zu legen. Der Sender funktionierte noch, also brauchte er nicht so dicht aufzufahren, dass er sich womöglich verriet. Otabi fuhr zur Brücke in die Innenstadt. Roy folgte ihm.

Am Fenway-Park-Stadion fuhr Otabi in ein Parkhaus. Das Stadion war dunkel, also schien er nicht die Absicht zu haben, ein Spiel zu besuchen. Nachdem er einmal um den Block gefahren war, ohne einen freien Parkplatz zu finden, fuhr Roy ebenfalls in das Parkhaus. Er hoffte, dass Otabi ihn noch nicht gesehen hatte. Glücklicherweise wurde gleich auf der ersten Ebene gerade ein Platz frei, und Roy fuhr seinen Wagen in die Box. Er stellte den Motor ab, schaltete das Licht aus und wartete darauf, dass Otabi das Parkhaus verließ.

Er musste auf einer der oberen Ebenen geparkt haben, weil er ein paar Minuten später aus dem Treppenhaus kam. Roy hielt den Kopf gesenkt und beobachtete im Rückspiegel, wie Otabi die Hände in die Jackentaschen stopfte und das Parkhaus zu Fuß verließ. Roy stieg aus seinem Wagen und folgte ihm, sorgfältig darauf bedacht, Abstand zu wahren. Otabi folgte der Straße ein kurzes Stück und ging dann zur Landsdown Street.

In der Straße wimmelte es von Nachtclubs, und Otabi

blieb vor einem stehen, der, wie große Neon-Leuchtbuchstaben verkündeten, *The Avalon* hieß. Roy wartete, bis Otabi in dem Laden verschwunden war, bevor er sich an die kurze Schlange vor dem Eingang anstellte. Ein paar Minuten später hatte er den Eintritt bezahlt und folgte Otabi in den Club.

Er zog seine Jacke nicht aus, da er der Ansicht war, ihre ballistische Fütterung werde sich als praktisch erweisen, falls es hitzig wurde. Er war sich schmerzhaft bewusst, dass er unbewaffnet er war. Falls es tatsächlich ungemütlich wurde, hatte er lediglich die Möglichkeit zu fliehen. Natürlich trugen die meisten Clubbesucher in seiner Umgebung noch erheblich weniger, obwohl manche von ihnen ihren spärlich bekleideten Leib in einen langen Mantel gehüllt hatten.

Es war noch früh und nicht besonders voll, aber die Musik lief bereits auf vollen Touren. Roy konnte den hämmernden Bass noch tief in den Knochen spüren. Bunte Lichtstrahlen schnitten wie Laserschwerter durch das dunkle, verräucherte Innere und schillerten auf der Tanzfläche. Er hielt sich dicht an den Wänden und versuchte sich unauffällig zu verhalten, während er in den Hauptsaal wanderte und sich aufmerksam umsah.

Er entdeckte Otabi sofort, aber nicht auf der Tanzfläche. Der Lohnsklave saß an einem Tisch in einem der Ränge, welche die Hauptetage umgaben, und unterhielt sich mit jemandem. Der andere Bursche sah wie ein Anglo aus und war wie die meisten Gäste gekleidet, aber das war auch alles, was Roy aus der Ferne ausmachen konnte. Er sah, dass etwas auf dem Tisch zwischen Otabi und dessen Gesprächspartner lag, konnte aber nicht erkennen, worum es sich handelte. Roy dachte darüber nach, ob er versuchen sollte, sich ihnen zu nähern, kam dann aber zu dem Schluss, dass es klüger war, sich nicht zu weit vom Eingang zu entfernen.

Er beobachtete, wie Otabi einen schlanken Plastikstab

aus der Jackentasche zog – den er sich vermutlich bei seinem Bankbesuch früher am Tag besorgt hatte – und ihn seinem Begleiter gab. Der andere Mann schob das Päckchen über den Tisch Otabi zu, der es rasch an sich nahm und sich dann zum Gehen erhob.

Roy entfernte sich ein paar Schritte vom Eingang, sodass Otabi ihn beim Verlassen des Clubs nicht sah. Er wartete einen Moment und folgte Otabi dann nach draußen, ohne dem oben am Tisch sitzenden Mann noch einen Blick zuzuwerfen oder sonst ein Interesse an der Situation erkennen zu lassen.

Otabi fuhr mit dem Päckchen, das er von dem anderen Mann im *Avalon* bekommen hatte, ohne Umwege nach Hause. Roy vermutete, dass es keine Drogen, sondern Chips waren. Otabi war einfach nicht der Typ für organisches Zeug. Wahrscheinlich war er auf Sims, vielleicht sogar Beetles. Roy wusste, dass BTL-Missbrauch im hoch technisierten Hochdruck-Umfeld der Konzerne nur allzu verbreitet war. Natürlich mochte das Päckchen auch etwas anderes enthalten. Roy konnte es nur in Erfahrung bringen, wenn er Otabi direkt zur Rede stellte, und dazu war er noch nicht bereit.

Er konnte Knight Errant anrufen – natürlich anonym –, was zur Entsendung eines Beamten führen mochte oder auch nicht, aber mehr als vernehmen würde er Otabi nicht. Roy konnte sich nicht vorstellen, dass sie aufgrund eines anonymen Tipps einen Durchsuchungsbefehl erhielten.

Mit dem Gedanken, dass er es für heute gut sein lassen sollte, ließ er den Spirit an und fuhr zu seinem Hotel zurück. Unterwegs beschäftigte er sich mit der Frage, was er als Nächstes unternehmen sollte. Er hatte keine Ahnung, dass er ebenfalls verfolgt wurde.

11

Als Dan Otabi und nach ihm Roy Kilaro das *Avalon* verließen, bemerkte keiner von beiden den kleinen Gegenstand von den Ausmaßen eines Mülltonnendeckels, der dicht unterhalb des Gebäudedachs schwebte. Mattschwarz lackiert, verschmolz er mit den Schatten hinter den Neolux-Lichtern des Clubs. Doch für die kleinen Linsen an seiner Unterseite war die nächtliche Straße so hell wie der Tag. Sie nahmen alles auf, vom Schweiß auf Dan Otabis Stirn bis zum nervösen Flackern auf dem Gesicht des Mannes, der ihn in vorsichtigem Abstand verfolgte.

Valkyrie ließ die Rotodrohne langsam vorwärts schweben, beließ sie dabei aber stets in der Nähe der Dächer, während die beiden Männer die Straße entlang gingen, Otabi ein beträchtliches Stück voraus. Sie hielt Schritt mit dem Mann, der ihn verfolgte, und sein Profil wuchs, bis es ihr Blickfeld ausfüllte, als sie mit den Kameras der Drohne näher heranzoomte. Val saß in Booms Büro und war in ein Fernsteuerdeck eingestöpselt. Sie erweckte den Eindruck, als schlafe sie, aber ihre Sinne und Nerven waren mit den Systemen der Drohne gekoppelt, sodass sie sah, was die Systeme sahen, und sie die Drohne mit einem Gedanken steuern konnte.

Sie huschte über die Dächer und an anderen Clubs vorbei, während die beiden Männer zum Parkhaus gingen. Val riskierte die Entdeckung, als sie mit der Drohne über die Straße jagte und dicht neben dem Parkhaus verhielt. Niemand schien die dunkle Drohne zu bemerken, die in einiger Höhe dahinflog.

Sie sah den zweiten Mann in einen Wagen steigen und zoomte auf die Zulassung. Sie mochte sich später als nützlich erweisen. Als er das Parkhaus verließ, drückte Val auf die Tube und folgte ihm. Der Verkehr war typisch für Boston bei Nacht, also war sie sicher, Schritt halten zu können.

*

»Wir haben vielleicht ein Problem«, sagte Boom, als Talon in sein Büro kam.

»Ja, ich habe ihn gesehen«, sagte Talon. »Irgendeine Ahnung, wer er ist?«

»Val ist ihm auf den Fersen«, erwiderte der Troll und deutete auf Val, die auf der Couch hockte und gegen die Wand gesunken war. Ein kleines Fernsteuerdeck lag in ihrem Schoß, und ein dünnes Kabel verband es mit der Chrombuchse hinter ihrem Ohr. Sie hatte die Augen verdreht, sodass die Iris nicht mehr zu sehen war, während ihr Verstand in der virtuellen Welt der Maschine lebte. Talon wusste, dass Val jede Information aufzeichnete, welche die Drohne sammelte, sodass sie später alles durchgehen konnten.

»Der Run ist vielleicht kompromittiert«, gab Hammer zu bedenken.

Talon nickte. Das war eine Sorge, die sie alle teilten. »Mag sein, aber lasst uns nicht in Panik verfallen, bevor wir mehr über diesen Burschen und seine Gründe wissen, warum er Otabi verfolgt.«

»So viele Gründe gibt es nicht«, sagte Hammer.

»Ich kann mir einige vorstellen«, warf Boom ein. »Er könnte ein Cop sein, der den Einbruch in Otabis Wohnung untersucht und deswegen misstrauisch geworden ist. Das hängt davon ab, ob Otabi den Einbruch Knight Errant gemeldet hat. Er könnte ein Freund sein, den Otabi gebeten hat, mitzukommen und die Augen offen zu halten ...«

»Oder er könnte zur Konzernsicherheit gehören und Otabi beobachten, weil er ein mögliches Risiko darstellt«, schloss Talon.

»Ja, das ist am wahrscheinlichsten«, sagte Boom.

»Doch da wir es mit Cross zu tun haben, gibt es noch eine weitere Möglichkeit«, sagte Talon. »Er könnte ein Seraphim sein.« Die Seraphim waren in den Schatten bestens bekannt für ihre rücksichtslose Tüchtigkeit bei der Wahrung der Interessen ihres Arbeitgebers.

»Das glaube ich nicht«, sagte Boom. »Wir sind mühelos auf ihn aufmerksam geworden. Nach allem, was wir gesehen haben, ist er für einen Seraphim zu amateurhaft. Wenn Otabi von einem Seraphim beschattet würde, dann wesentlich unauffälliger.«

»Du hast Recht«, sagte Talon, »aber das schließt nicht die Möglichkeit aus, dass er in irgendeiner Form zur Konzernsicherheit gehört. Hast du die Sicherheitsaufzeichnungen?«

Der Troll nickte und tippte auf seinen Schreibtisch, während Talon und Hammer zu ihm kamen und sich zu beiden Seiten von ihm aufbauten. Das dunkle Glas der Schreibtischplatte zeigte vier Bilder des Mannes, der Otabi beschattet hatte, digitale Aufnahmen von Sicherheitskameras, die überall im Club angebracht waren. Boom machte sich an den Kontrollen zu schaffen und zoomte näher an die Bilder heran, während die Auflösung entsprechend korrigiert wurde. Der Mann war ein Mensch und Angloamerikaner, jedenfalls sah er wie einer aus. Wahrscheinlich Mitte zwanzig mit einem Schopf kurzer, kupferroter Haare. Er trug eine dunkle Lederjacke über unauffällig nichtssagender Straßenkleidung.

»Ich erkenne ihn nicht wieder«, sagte Talon. »Ich glaube nicht, dass ich sein Bild in einer der Personalakten gesehen habe, die Trouble aus dem System von Cross MV geholt hat.«

Boom startete ein Bildvergleichsprogramm. »Nein, keine Übereinstimmung. Er ist nicht in den Personalakten der Anlage.«

»Könnte er irgendeine Verkleidung tragen?«, fragte

Hammer. »Nicht notwendigerweise Schminke oder eine Maske, sondern irgendeinen Zauber?«

Talon zuckte die Achseln. »Möglich. Ich konnte es nicht riskieren, ihn astral zu überprüfen. Falls er über Magie verfügt, hätte er mich bemerkt. Aber Aracos ist vielleicht etwas aufgefallen. Aracos?«, sagte er ins Leere. Plötzlich entstand ein Flimmern wie über heißem Asphalt, und ein golden gefiederter Falke materialisierte sich und ließ sich auf Talons Schulter nieder.

»Aracos, ist dir dieser Bursche aufgefallen?« Talon zeigte auf die Bilder auf Booms Schreibtisch.

»Ja«, sagte der Geist, dessen Gedankenstimme jetzt für jedermann im Raum zu vernehmen war. »Er ist ein Normalsterblicher und hatte auch keine Magie an sich, wenigstens habe ich keine bemerkt. Er war ganz eindeutig interessiert an dem, was zwischen dir und Otabi vorging – neugierig, fasziniert und auch ein wenig beklommen.«

»Was ist mit Cyberware?«, fragte Talon. »Hatte er welche?«

»Nicht viel«, sagte Aracos. »Einige Implantate, die meisten im Kopf, wie deine.«

Boom tippte auf das Glas, und die Perspektive der Bilder veränderte sich. »Man kann die Buchse erkennen«, sagte er. »Also wird es nur etwas Headware sein.«

»Klingt nicht nach Konzernsicherheit«, sagte Hammer. »Er erweckt auch nicht den Eindruck, als sei er bewaffnet, obwohl sich das aufgrund dieser Bilder nur schwer feststellen lässt. Er könnte etwas unter der Jacke verborgen haben, aber normalerweise erkenne ich, wenn jemand bewaffnet ist.«

»Mit wem haben wir es also zu tun?«, sagte Talon. »Mit einem Freund? Einem Amateuer? Vielleicht sogar einem Privatdetektiv?«

»Keine Ahnung«, sagte Boom. »Wir brauchen mehr Informationen.«

»Ich werde Trouble anrufen«, sagte Talon. Er aktivierte

mental das Menü seines Headkoms und wählte Troubles mobile Nummer an. Ein kleines Glocken-Icon blinkte beim Wählen in einer Ecke seines Gesichtsfelds. Es klickte leise, als die Verbindung hergestellt war, dann hörte er Troubles Stimme über die subdermalen Lautsprecher. »Hi, hinterlassen Sie mir eine Nachricht …« Es war die Beantworter-Funktion ihres Mobilkoms.

»Hey«, sagte er, »hier ist Talon. Ich bin im Club. Ruf mich zurück.« Dann unterbrach er die Verbindung.

»Sie hat den Anruf nicht entgegengenommen? Das sieht ihr gar nicht ähnlich«, sagte Hammer mit einem Unterton der Besorgnis. Er kannte Trouble am längsten.

»Sie hat ihr Kom aus einem ganz bestimmten Grund abgeschaltet«, sagte Talon. »Wir müssen warten, bis sie zurückruft.«

Sie sahen sich noch ein paar Aufnahmen der Überwachungskameras an und versuchten es mit einer gründlicheren Durchsicht der Personalakten, die Trouble aus der Forschungsanlage entwendet hatte, jedoch ohne Erfolg. Dann rührte sich Val, zog das Kabel aus ihrer Buchse und ließ es in ihr Fernsteuerdeck zurückspulen. Sie krümmte den Rücken und hob die Arme mit verschränkten Fingern hoch über den Kopf.

»Die Drohne ist auf dem Rückweg.« Sie nahm das Deck und setzte sich näher an Booms Schreibtisch. »Ich habe den Burschen zu Otabis Wohnkomplex verfolgt. Er hat Otabi bei der Heimkehr beobachtet und ist dann zum Westin Inn an der Route 2 gefahren. Ich habe Bilder von ihm und seinem Wagen, auch von dessen Kennzeichen. Trouble kann sie sich vornehmen, vielleicht kommt irgendwas dabei heraus. Noch etwas«, fuhr Val fort. »Nach der Art und Weise zu urteilen, wie er Otabi hierher und wieder zurück verfolgt hat, würde ich sagen, dass er einen Sender an seinem Wagen befestigt hat. Er hat reichlich Abstand gehalten und darauf geachtet, nicht gesehen zu werden.«

»Klingt nach einem Profi«, sagte Hammer, aber Val schüttelte den Kopf.

»Da bin ich nicht so sicher«, erwiderte sie. »Ich meine, er war vorsichtig, aber es sah nicht so aus, als arbeite er mit Rückendeckung. Vermutlich hatte er keinen anderen Plan als den, Otabi zu folgen, um festzustellen, wohin er geht.«

»Und das bringt uns wieder zurück zum Ausgangspunkt, dass wir nicht genug über ihn wissen«, sagte Talon. »Val, lass uns die Aufzeichnungen der Drohne herunterladen und sehen, ob sie uns irgendwas verraten.« Die Drohne war zurückgekehrt und auf dem Dach des Clubs gelandet. Val kopierte die Daten auf Chips, die sie in Booms Schreibtischcomputer einlegten. Bedauerlicherweise enthüllten die Aufzeichnungen nicht viel mehr, als sie bereits wussten. Als sie schließlich alle durchgegangen waren, summte Booms Schreibtischkom.

»Vielleicht ist das Trouble«, sagte Talon, während Boom das Gespräch mit einem Tastendruck entgegennahm. Die Stimme, die aus den Schreibtischlautsprechern hallte, gehörte nicht Trouble, war aber vertraut.

»Chummers, hier ist Ethan. Ich kann nicht lange reden, aber wir sind im grünen Bereich. Ich habe die Information, die wir brauchen, jedenfalls so gut wie. Alles wird planmäßig bereit sein, also macht weiter wie gehabt. Hunt Ende.«

Es klickte, als der Anrufer auflegte, und die Leitung war tot. Boom schaltete das Kom mit einem Tastendruck ab.

»Mann«, sagte Val, »der ist ja noch viel heftiger drauf, als ich dachte.«

»Ja, das Personafix-Programm hat schnell funktioniert«, sagte Talon. Er wandte sich an Boom. »Besteht die Möglichkeit, dass er nur so tut als ob? Dass ihm der Bursche, der ihn verfolgt hat, einen Tipp gegeben hat?«

Boom dachte kurz nach, bevor er den Kopf schüttelte.

»Nein, du hast gesehen, wie Otabi reagierte, als er den Chip bekam. Wenn er nicht der beste Schauspieler auf der ganzen Welt ist, kann er unmöglich nur so tun als ob, selbst wenn er wüsste, was der Chip bewirken soll. Der Bursche, der mir das Programm verkauft hat, versprach Resultate, und er ist gut. Solange Otabi den Chip eingeworfen hat, hält er sich für Ethan Hunt, Konzernagent, der verdeckt ermittelt, um einen Ring von Konzernspionen auffliegen zu lassen, das Mädchen zu kriegen und die Welt zu retten, all das in ein paar Stunden plus Werbespots. Außerdem deutet nichts in Vals Aufnahmen darauf hin, dass Otabis Schatten mit ihm geredet hat.«

»Dann sieht es also so aus, als hätten wir grünes Licht«, sagte Talon. »Solange nichts geschieht, was Otabi zwischenzeitlich kompromittiert. Wir müssen alles genau verfolgen, aber wir machen morgen Nacht wie geplant weiter. Mit etwas Glück können wir die Tatsache, dass jemand Otabi verdächtigt, vielleicht sogar zu unserem Vorteil nutzen. War's das fürs Erste?«

Boom nickte.

»Dann sehen wir uns morgen«, sagte Talon, indem er zur Tür ging. »Boom, wenn Trouble anruft, erklär ihr alles und sag ihr, sie soll so viel wie möglich über unseren geheimnisvollen Schattenmann herausfinden. Ich wüsste zumindest gern seinen Namen und Arbeitgeber, bevor der Run richtig in Schwung kommt. Und sag ihr, sie soll mich anrufen, okay?«

*

Trouble drehte sich um und betrachtete innerlich seufzend die kühlen blauen Ziffern auf der Uhr: 23:24. Sie wollte eigentlich nicht aufstehen, aber ihr Pflichtgefühl überwog ihr Bedürfnis, im Bett zu bleiben. Sie nahm ihr Handy, um ihre Nachrichten durchzugehen, die über den winzigen Schirm liefen. Als sie damit fertig war, richtete sie sich auf und schaltete das Handy aus.

»Hmm?«, ertönte eine Stimme von der anderen Seite des Betts.

»Ian, ich muss gehen«, sagte sie leise. Plötzlich war er hellwach. Er richtete sich auf, und das Laken fiel von seiner nackten Brust. Seine meerblauen Augen waren voller Besorgnis.

»Gehen? Warum? Ist irgendwas?«

»Nein, nur Arbeit«, sagte sie.

»Kann die nicht noch ein wenig warten?« Er legte ihr einen Arm um die Schultern und zog sie spielerisch zu sich zurück.

Trouble seufzte. »Ich wünschte, es wäre so, aber dieser Job ist bald vorbei.« Sie beugte sich zu ihm und drückte ihm einen Kuss auf die Lippen. »Wenn der Job gelaufen ist, habe ich viel freie Zeit.«

»Dann sieh zu, dass du bald damit fertig wirst«, sagte er mit einem Lächeln. Er küsste sie wieder und machte Anstalten, selbst aufzustehen.

»Du kannst bleiben, wenn du willst«, sagte Trouble rasch. »Ich werfe dich nicht hinaus.«

»Ich sollte mich auf den Weg machen. Ich habe noch einiges zu erledigen.«

Er sagte nicht, was, aber Trouble wusste, dass es sich um die terroristischen Knights of the Red Branch handelte. Sie suchte sich ihre Kleider aus dem auf dem Boden verstreuten Stapel und reichte Ian seine. Kurz darauf waren beide angekleidet. Trouble nahm die Schultertasche mit ihrem Deck, während Ian das Schulterhalfter mit dem schweren Ares Predator anlegte, den er bevorzugte. Es war die Sorte Kanone, deren Gebrauch er Trouble beigebracht hatte und die sie immer noch trug. Er zog seinen langen Mantel darüber, um das Halfter zu verbergen.

»Ich bringe dich nach unten«, sagte er galant an der

Tür. Trouble vergewisserte sich, dass das Magnetschloss einrastete, bevor sie den Flur entlang zu den Fahrstühlen gingen.

»Wie lange wird dieser Job noch dauern?«, fragte Ian, als sie in den Aufzug stiegen.

Trouble drückte die Knöpfe für Lobby und Tiefgarage. »Er ist bald vorbei.«

»Gut.« Er nahm einen Chip aus der Manteltasche und drückte ihn ihr in die Hand. »Rufst du mich an, wenn alles erledigt ist?«

Sie schaute ihm in die Augen. »Das werde ich.«

Der Fahrstuhl läutete, als die Türen sich öffneten. Ian verließ die Kabine mit einem Ausdruck des Bedauerns. »Dann sehen wir uns später«, sagte er, und die Türen schlossen sich hinter ihm.

Auf ihrem Weg in die Tiefgarage zückte Trouble ihr Handy und hielt es ans Ohr.

»*Avalon*«, sagte sie in das Mikro, und das Gerät wählte automatisch die Privatnummer von Booms Büro. Nachdem es ein paarmal geklingelt hatte, nahm Boom ab.

»Boom, hier ist Trouble. Ich habe eine Nachricht von Talon erhalten. Worum geht es?«

12

In der Gasse gegenüber der Straße des Wohnhauses wartete Gallow ungeduldig. Keines der tief im Herzen des Geistes brodelnden Gefühle spiegelte sich auf Bridget O'Rileys Gesicht, wenn man von einer gewissen Gespanntheit um die Mundwinkel absah. Seit er sich den Knights of the Red Branch angeschlossen hatte, waren ihm einige simple Hilfsdienste aufgetragen worden. Einer davon bestand darin, Wache für den Anführer der Knights zu halten, während dieser mit seiner Tändelei mit einem von Gallows Feinden beschäftigt war. Wie gern er einfach in das Haus marschiert wäre, es bis auf die Grundmauern niedergebrannt und die hilflosen Wesen darin abgeschlachtet hätte, während sie um Gnade winselten. Wie gern Gallow Talons Freundin das Herz herausgerissen und es Talon zum Geschenk gemacht hätte, bevor er ihm die Seele herausriss und sie verschlang.

Aber Gallow konnte nichts dergleichen tun. Er war an Mama Iaga gebunden, die seinen wahren Namen kannte und ihn zwang, ihr zu gehorchen. Und einstweilen waren ihre Befehle eindeutig. Gallow musste die Knights of the Red Branch unterwandern und den richtigen Moment abwarten, um loszuschlagen, obwohl ihn das Warten vermutlich verrückt machen würde. Er tröstete sich damit, dass Mama versprochen hatte, ihm zu geben, was er begehrte – Rache an Talon, bevor er dem Magier das Leben nahm und in dessen Körper schlüpfte. Wäre doch nur nicht diese endlose Warterei gewesen.

Eine Bewegung in der Eingangshalle des Wohnhauses erregte Gallows Aufmerksamkeit. Sich stets im Schatten der Gasse haltend, sah er O'Donnel durch die Eingangstür des Gebäudes kommen, die Hände tief in den Taschen seines langen Mantels vergraben. Er beobachtete, wie O'Donnel zu seinem geparkten Wagen ging. Die Straße war buchstäblich verlassen, und es gab keinerlei Anzeichen für irgendeine Bedrohung. Wie angewiesen, holte Gallow den kleinen Kommlink aus der Tasche und sprach hinein.

»Beobachter an Basis. Der Hund ist auf dem Heimweg. Over.« Was nichts anderes besagte, als dass O'Donnel unterwegs zum Hauptquartier der Knights war.

Das winzige Mikro in Bridgets Ohr knisterte. »Roger, Beobachter. Melde dich zurück.«

»Verstanden«, sagte Gallow und schaltete den Kommlink aus. Jetzt, da O'Donnel endlich wieder ins Hauptquartier der Knights zurückkehrte, würde der Geist Zeit haben, sich um ein paar andere Dinge zu kümmern. Er ging zu dem ramponierten Motorrad, das er am Ende der Gasse versteckt hatte, und betätigte den Kickstarter der Maschine. Mittlerweile genoss er die röhrende Kraft derartiger Maschinen, die in mancherlei Hinsicht große Ähnlichkeit mit ihm selbst hatten. Es hätte ihn sehr verärgert zu erfahren, dass er in dieser Hinsicht genauso war wie Talon. Gallow fuhr zum Ende der Gasse und hielt einen Augenblick inne.

Ein vertrauter Wagen kam aus der Tiefgarage des Hauses. Es war der Wagen der Frau, die Trouble genannt wurde. Der Wagen bog in die Straße und fuhr weiter in Richtung Stadt, wie O'Donnel ein paar Minuten zuvor.

Gallow wusste, dass die beiden etwas miteinander hatten, aber menschliche Gefühle waren ihm mehr oder weniger ein Rätsel. Für ihn war Sex nur eines von vielen Werkzeugen, um Leute dazu zu bringen, das zu tun, was er wollte, sie unter Ausnutzung einer der schwächsten Stellen ihrer Psyche in ihr Verderben zu locken. Er hatte keine Ahnung, wie tief die Verbindung zwischen O'Donnel und Trouble war. Aber es stand ihm nicht zu, zu fragen, dachte Gallow verbittert, nur zu gehorchen. Er würde Mama Iaga davon in Kenntnis setzen, was er gesehen hatte, und sie würde wie immer so tun, als habe sie die ganze Zeit bereits gewusst, was geschehen würde. Gallow war das egal, solange er am Ende das bekam, was er wollte. Vielleicht würde Mama Iaga dann herausfinden, wie gefährlich es war, in einem so mächtigen Geist nichts weiter als einen Dienstboten zu sehen.

Das Motorrad fuhr die Straße entlang, da Gallow mit seiner Suche begann. Er musste eine Zwischenstation einlegen, bevor er ins KRB-Hauptquartier zurückkehrte. Glücklicherweise boten die Straßen des Metroplex im Überfluss, was er brauchte.

Er sah eine kleine Gruppe von drei Frauen, die an

einer Straßenecke standen, und Bridgets Lippen kräuselten sich zu einem Lächeln. Er hielt das Motorrad an der Straßenecke an, wobei er näher heranfuhr, als die Kurve erforderte. Es herrschte wenig Verkehr, der einfach das Motorrad umfuhr und die Geschehnisse an der Straßenecke schlicht ignorierte.

»Meine Damen«, sagte Gallow mit einem Nicken. Die drei Frauen sahen einander an, dann zuckte eine von ihnen die Achseln und trat vor.

»Hallo«, sagte sie. »Willst du Spaß haben?« Sie war jung und trug einen Latexbody, der kaum etwas der Phantasie überließ. Um ihre Hüfte waren Chromringe gereiht wie Piercings durch ihre Zweithaut. Die Haare waren dunkel, hier und da aber in einem Blauton hervorgehoben, der zu ihren Augen passte. Gallow bezweifelte, dass irgendetwas davon natürlich war.

»Ja«, sagte er und zog dabei auf provokante Art einen Kredstab halb aus der Gürtelscheide. Die Augen der Frau leuchteten auf, und Gallow hätte beinahe laut über den Hunger gelacht, den er in ihr schmecken konnte. »Reichen dreihundert?«, fragte er, und die Aura der Frau leuchtete vor Vergnügen und einem Anflug von Resignation.

»Ist normalerweise nicht mein Ding«, sagte sie, »aber warum nicht?«

»Dann steig auf«, sagte Gallow und deutete auf den Sozius der Maschine. Die Frau trat näher, schwang ein Bein über den Sattel und schlang die Arme um Bridgets Hüfte. Sie kuschelte sich an, als Gallow Gas gab und sich vom Randstein löste. Augenblicke später waren sie unterwegs.

Sie waren erst ein kurzes Stück gefahren, als Gallow eine geeignete Gasse erspähte und hineinfuhr, wobei er langsamer wurde, als er einen Müllcontainer passierte, wo etwas ob des Lärms quiekte und kreischte. Am Ende der Sackgasse stellte Gallow den Motor ab.

»Hier?«, sagte die Frau mit überraschter Miene.

Gallow antwortete nicht. Er stieg von der Maschine und zog das Mädchen mit der übernatürlichen Kraft mit, die Bridgets schlanke Gestalt erfüllte. Der Geist drückte sie an die Wand und presste Bridgets Körper gegen ihren, wobei er die Bewegung von Fleisch auf Fleisch spürte. Welche Empfindungen die physikalische Welt doch zu bieten hatte!

Er fuhr mit Bridgets Fingern in den engen Ausschnitt des Latexbodys und riss ihn vorn auf. Das Latex platzte förmlich auf und enthüllte die weiße Haut darunter. Die Frau stöhnte, obwohl Gallow kein Feuer, keine Leidenschaft in ihr brennen sah. Das würde sich jedoch bald ändern. Er drückte Bridgets Hand auf die entblößte Haut.

»Du bist so heiß«, flüsterte die Frau Bridget ins Ohr. »Ich … auuu!«, schrie sie auf, während sie sich von der anderen Hand loszureißen versuchte, die sie wie ein Schraubstock festhielt. Gallow zog Bridgets Hand weg, und die Frau starrte voller Entsetzen auf den Handabdruck, der wie ein Brandzeichen in ihre Haut gebrannt war. Die Schmerzen trieben ihr Tränen in die Augen.

»O Gott«, flüsterte sie, als sie Bridget in die Augen sah, und die Furcht sprudelte aus ihr wie aus einem Geysir. Gallow keuchte und sog sie auf, den köstlichsten Nektar, den man sich vorstellen konnte. Er hob Bridgets freie Hand, die plötzlich in Flammen aufging, was die Frau zu einem entsetzten Kreischen und einem neuerlichen Aufwallen starker Furcht veranlasste. Gallow wollte den Augenblick auskosten, aber er hatte nicht viel Zeit.

»Bitte, bitte, töte mich nicht!«, flehte sie schluchzend.

Die brennende Hand griff nach ihrem Gesicht. Sie kreischte und versuchte sich loszureißen, bevor Gallow ihr die Hand über den Mund legte und damit ihre Schreie dämpfte, während ein knisterndes Zischen ertönte und die Luft vom Gestank verbrannten Fleisches erfüllt war. Der Geist warf den Kopf in den Nacken, da er die Lebenskraft der Frau bis auf das letzte Fünkchen aufsog. Ihr Leib schrumpfte unter seiner Berührung und wurde trocken, spröde und leicht entzündlich. Als Gallow sie losließ und zurücktrat, war von ihrem Gesicht nichts mehr übrig als ein geschwärzter Schädel. Die Leiche kippte vorwärts und fiel zu Boden, Flammen leckten über das tote Fleisch. Binnen Sekunden brannte die Leiche lichterloh, und bald würden nur noch Knochenfragmente und Asche übrig sein.

Gallow drehte sich um, ging zurück zum Motorrad, ließ es an und fuhr aus der Gasse. Er spürte, wie ihn die Lebenskraft seines Opfers durchpulste und wie er das Gefühl genoss. Aber dies war nur ein schwacher Abklatsch dessen, was er wirklich begehrte – Talons Freunden dasselbe anzutun und jedes Fünkchen seiner Furcht zu genießen, bevor er die Seele des Magiers verschlang und seinen Körper als neue Hülle in Besitz nahm, in der er die Jagd fortsetzen konnte.

Bald, dachte er. *Sehr bald, Vater, werde ich dich wiedersehen.*

13

Okay, Talon, wir sind an Ort und Stelle«, sagte Val, als sie den Motor des Vans abstellte. »An Ort und Stelle« war in diesem Fall ein öffentliches Parkhaus unweit der Anlage von Merrimack Valley Bio-Medical auf der Amherst Street. Weniger als vierundzwanzig Stunden waren vergangen, seit sie Dan Otabi den Personafix-Chip zugespielt hatten, und jetzt konnte der Run beginnen.

Das Parkhaus war fast leer. Die Büropendler waren mittlerweile auf dem Heimweg, und die meisten verbliebenen Wagen gehörten Angestellten, die Überstunden machten oder Spätschicht hatten. Ganz oben auf der höchsten Ebene parkten noch weniger Wagen.

»In Ordnung«, sagte Talon. Er öffnete eine Kommunikationsleitung mit seiner Headware. »Trouble, wir sind an Ort und Stelle und bereit.«

»Hier ist alles klar«, ertönte die Antwort in seinem Kopf. »Du brauchst nur das Zeichen zu geben.«

»Bleib in Bereitschaft. Boom, was macht unser ›Freund‹?«

»Er ist noch in der Anlage«, sagte der Troll, »und sein Schatten Kilaro wartet draußen.«

Trouble war in die Systemdateien der Autovermietung eingedrungen, und es war ihr gelungen, Name und Systemidentifikationsnummer des rätselhaften Schattenmannes herauszufinden. Mit diesen Informationen war es kein Problem gewesen, in Erfahrung zu bringen, dass er Systemanalytiker bei CAT war und in Montreal lebte. Sie waren immer noch nicht sicher, was er in Boston wollte, hatten aber beschlossen, das Risiko einzugehen, den Run wie geplant fortzusetzen.

»Sorg dafür, dass beide dort bleiben«, sagte Talon. »Sollte Kilaro aktiv werden, gib Trouble Bescheid. Ich übertrage dir die Koordination, Trouble, halte von jetzt an Funkstille ein. Es geht los.«

Er schaltete den Kommlink aus und seine Headware vollständig ab. Bei dem, was jetzt kam, konnte er keine Ablenkungen gebrauchen.

»Fertig?«, fragte er Val, die auf dem Beifahrersitz des Vans kauerte. Sie drehte sich um und zeigte ihm den hochgereckten Daumen.

Talon wandte sich an Hammer, der hinter dem Lenkrad saß. »Vergiss nicht, wenn irgendwas schief geht, verpass mir eine anständige Ohrfeige, dann weiß ich, dass ich hierher zurück muss. Ansonsten ...«

»Ich weiß, ich weiß, kein unnötiges Schütteln des Körpers«, sagte der Ork. »Ich kenne die Routine, Talon.

Kümmere du dich um die magische Sicherheit, ich übernehme den Rest.«

Talon hatte eine bunte indianische Decke im Laderaum des Vans ausgebreitet. Darauf lag die Drohne vom Typ Sikorsky-Bell Microskimmer, die sie in der Nacht zuvor benutzt hatten, um Kilaro zu verfolgen. Aus leichten Kunststoffen und Legierungen gefertigt, hatte sie die Größe eines Mülltonnendeckels und war mit einem starken, leisen Turbinenantrieb ausgestattet.

Val legte das Fernsteuerdeck auf ihren Schoß und stöpselte das Kabel in die Buchse hinter ihrem Ohr. Einen Augenblick später erwachte die Drohne summend zum Leben und erhob sich zehn Zentimeter über den Boden des Vans. Für ihre Größe erzeugte die Drohne eine beachtliche Brise.

Talon zog einen Silberring in Gestalt einer Schlange, die sich in den Schwanz biss, vom Mittelfinger der linken Hand.

»Klebeband«, sagte er zu Hammer, der ein Stück silbergraues Klebeband von einer Rolle abriss und es Talon reichte. Talon nahm es mit der linken Hand, während er den Ring locker in der rechten hielt. Er betrachtete die reglos schwebende Drohne durch den Kreis, den der Ring bildete, und begann mit einem leisen Singsang auf Lateinisch, während er seine Aufmerksamkeit auf die Drohne richtete.

Er kniete sich hin und tippte mit dem Ring dreimal gegen die Drohne, um ihn dann mit dem Klebeband an ihrem Rumpf zu befestigen. Die Drohne bekam eine leichte Schlagseite, flimmerte undeutlich und verschwand schließlich völlig.

»Drek«, sagte Hammer leise, »daran werde ich mich nie gewöhnen.« Die Drohne war zwar unsichtbar, aber das Summen der Turbine war immer noch zu hören.

»Val?«, sagte Talon.

Sie redete langsam, da sich ihre Sinne gerade auf die Wahrnehmungssensoren der Drohne einstellten.

»Alle Systeme sind grün, Talon. Keine Interferenzen durch den Zauber. Das ist Sahne.« Sie lächelte mit geschlossenen Augen, während ihre Hände über das Fernsteuerdeck huschten.

»Okay, Hammer«, sagte Talon. »Lass sie raus und dann los.«

Hammer stieg aus dem Van und vergewisserte sich, dass die Luft rein war, bevor er die hinteren Laderaumtüren öffnete. Die unsichtbare Drohne summte nach draußen. Hammer schloss die Türen und stieg wieder ein. Talon hatte sich mittlerweile auf der Decke im Laderaum ausgestreckt und sich ein kleines japanisches Kissen unter den Kopf gelegt.

»Aracos«, sagte er in Gedanken.

»Ich bin da«, sagte Aracos sofort.

Talon fiel mühelos in Trance, verließ seinen Körper und konzentrierte seine Sinne auf die Astralebene. Sein Herzschlag verlangsamte sich, und seine Atmung wurde tiefer, als er seinen Astralleib vom Körper löste und in den Astralraum glitt wie eine Amphibie ins Wasser.

Die Astralebene entfaltete sich ringsumher, als er die Fesseln der physikalischen Wirklichkeit abstreifte. Der Van sah noch genauso aus wie zuvor, aber um Val und Hammer sah er jetzt leuchtende Auren aus Licht. Diese Auren zeigten ihm ihre Gefühle – Aufregung und Nervosität sowie die Beherrschung und Zurückhaltung wahrer Profis. Aracos schwebte in Gestalt eines goldenen Adlers unter dem Dach des Van, und in seiner Aura strahlte eine mystische Kraft. Talons Astralleib trug Kleidung ganz ähnlich seiner normalen Gewandung für die Straße, und an seiner Hüfte hing ein schimmernder Dolch, an dessen goldenem Knauf ein Feueropal funkelte. Eine Silberkette mit einem dunklen, in Silber gefassten Kristall hing um seinen Hals,

Duplikate der Gegenstände, die sein fleischlicher Körper trug.

»Es geht los«, sagte er zu Aracos. Sie drangen mühelos durch die Panzertüren des Vans, denn diese Türen waren nur Schatten der physikalischen Welt. Für Talons Astralsinne war die draußen schwebende Drohne mühelos wahrnehmbar, da sie vom verräterischen Leuchten des Unsichtbarkeitszaubers umgeben war. Solange der Schlangenring in Kontakt mit der Drohne blieb, würde sein Zauber sie in der physikalischen Welt verbergen.

Die Drohne setzte sich in Bewegung, und Talon und Aracos folgten ihr. Die Maschine flog schnell, aber als Wesen, die weder durch Schwerkraft noch Materie behindert wurden, hatten sie keine Mühe, Schritt zu halten. Val steuerte die Drohne ohne Zwischenfall das kurze Stück zur Cross-Anlage.

»Bleib bei der Drohne«, sagte Talon zu Aracos. Dann schoss er vorwärts, und die Welt ringsumher verschwamm, als er gedankenschnell zum Gebäude flog und nahezu im gleichen Augenblick eintraf. Von außen sah es noch genauso aus wie bei seinem letzten astralen Besuch, als er es für den Run ausgespäht hatte. Matt und klobig, strahlte es einen massiven Eindruck von Apathie aus, den die Angestellten erzeugten, die sich von Tag zu Tag durch ihren Job schleppten. Ihm fielen keine magischen Abwehranlagen auf, aber das hieß nicht, dass drinnen keine warteten.

Talon hatte sich bei seinem astralen Erkundungsunternehmen nicht allzu weit in das Gebäude gewagt, aus Angst, zu früh die Sicherheit auf den Plan zu rufen. Die Sicherheit war auch der Hauptgrund, warum er und Aracos bei dem Run dabei waren. Vor dem Erwachen war es noch möglich gewesen, Sicherheit unter ausschließlicher Benutzung von Technologie auszuschalten, aber nun, da Sicherheit auch Magie beinhaltete, brauchte man ebenfalls Magie, um sie zu überwinden.

Kurz nach Talon trafen Aracos und die Drohne ein, die auf dem Dach der Anlage Stellung bezog und über dem massigen Ventilationssystem verhielt. Ein leises Klirren ertönte, als sich ein kleiner Metallgegenstand von der Unterseite löste und auf das Dach fiel. Der Gegenstand war kegelförmig, oval und etwa zehn Zentimeter lang. Während die Drohne reglos in der Luft schwebte, wuchsen dem kleinen Metallgegenstand Beine. Es handelte sich um eine Shiawase Kanmushi, auch ›Käferdrohne‹ genannt, die vorwiegend zu Überwachungszwecken eingesetzt wurde, wenngleich Val sie auf diesem Run für einen anderen Zweck vorgesehen hatte. Die Kanmushi huschte über das Dach zum Belüftungsschacht und kletterte hinein.

»Wir gehen rein«, sagte Talon zu Aracos. »Ich hoffe, du leidest nicht unter Klaustrophobie.«

»Gleichfalls«, konterte der Geist mit einem Aufflackern von Belustigung. Im Kielwasser der Kanmushi sanken sie so leicht durch das Dach wie durch die Türen des Vans. Im Belüftungsschacht war es dunkel, aber das erwies sich für Talons und Aracos' magische Sinne nicht als Hindernis. Die Käferdrohne verfügte über ein eingebautes Sensorpaket und wurde von Val gesteuert. Sie glitt unbeirrt den Schacht hinunter und durch das Belüftungssystem, während die winzigen Servomotoren in ihren Beinen leise surrten. Dabei folgte sie dem Weg, den sie zuvor anhand der Gebäudepläne festgelegt hatten, die Trouble für das Team beschafft hatte.

Talon und Aracos folgten der Kanmushi und sahen schließlich ein schwaches Leuchten auf dem Grund des Schachts. Die Käferdrohne schien nicht darauf zu reagieren, also musste das Licht unsichtbar für ihre Sensoren sein. Talon spürte einen schwachen Windzug durch den Schacht pfeifen. Obwohl unstofflich, war die Brise für ihn auf der Astralebene ebenfalls vorhanden.

»Luftelementar«, murmelte er. Er hatte gehört, dass in

der Forschungsanlage ›diskrete‹ Elementare als Beobachter eingesetzt wurden. Wo konnte sich ein Luftgeist besser verstecken als im Belüftungsschacht?

»Komm, Aracos«, sagte er. Sie mussten sich um den Luftelementar kümmern, bevor er jemanden von ihrer Anwesenheit in Kenntnis setzen oder, noch schlimmer, die Käferdrohne ausschalten konnte. Nicht einmal Aracos konnte sich im schmalen Belüftungsschacht materialisieren, aber die materielle Form eines Luftelementars war die Gasform. Er passte in jeden Raum und war zugleich solide genug, um die Drohne beschädigen zu können, wenn sie ihn ließen.

Talon zog den Dolch an seiner Hüfte, während Aracos und er vorwärtsstürmten. Der Elementar sah sie und versuchte zu fliehen, doch zu spät. Es war kein besonders mächtiger Geist, und der Kampf war vorbei, bevor er richtig begann. Aracos' Astralgestalt schien zu fließen wie Quecksilber, da er zu einem silberfarbenen Wolf wurde und die Kiefer um das Gespinst des Elementars schloss. Da sie beide Geister waren, konnte Aracos den Elementar packen und festhalten, obwohl er sich wehrte und versuchte, sich aus der Umklammerung des Wolfs zu lösen.

»Gute Arbeit«, sagte Talon, indem er seinem Familiar über den Kopf strich. »Halte ihn fest und hindere ihn daran, Alarm zu schlagen, während ich der Drohne folge.«

Der Wolf nickte. Talon setzte der Käferdrohne nach, die ihre Reise in das Gebäude gerade beendete und vor dem Belüftungsgitter innehielt. Zwei der dünnen Beine wurden ausgefahren und klopften sanft gegen das Gitter. Einen Augenblick später griff eine Hand zu und zog das Gitter weg.

Talon glitt durch die Wand in den Lagerraum, der mit Büromaterial gefüllt war. Auf dem Boden kniete Dan Otabi, dessen Aura die Mischung aus Aufregung und

Beherrschung erkennen ließ, welche Talon mittlerweile mit ›Runner bei der Arbeit‹ assoziierte. Verdammt, dachte er, er hält sich tatsächlich für Ethan Hunt, den heldenhaften Konzernagenten, der sich gerade in einem verdeckten Einsatz befindet.

Otabi holte einen Chip aus der Tasche, während sich der silbrige Panzer der Käferdrohne öffnete und den Blick auf ein winziges Fach freigab. Otabi ließ den Chip hineingleiten und schloss das Fach, wobei seine Aura ein gewisses Maß von Befriedigung und Besorgnis widerspiegelte.

»Da ist der Beweis, den wir brauchen, Vince«, murmelte er. Vince war einer von Ethan Hunts Teamgefährten in *Shadowbreakers*. Für Otabi war der Pilot der winzigen Drohne ein weiteres Mitglied ›seines Teams‹ und dies Teil des Einsatzes. Die Programmierung auf dem Personafix-Chip hatte ihre Aufgabe wie versprochen erfüllt.

Die Drohne wich in den Schacht zurück, und Otabi brachte sorgfältig das Gitter wieder an. Dann richtete er sich auf und wischte sich die Hände an der Hose ab, bevor er den Lagerraum verließ. Talon folgte der Drohne zurück aufs Dach. Auf dem Weg nach draußen stieß er auf keinen weiteren Widerstand.

»Wie sieht's bei dir aus?«, fragte er Aracos.

»Gut, obwohl dieses Ding zu dumm zu sein scheint, um zu erkennen, wann man besser aufgeben sollte.«

»Nicht alle sind so wie du, Chummer«, dachte Talon mit einem Grinsen.

»Das steht fest«, konterte Aracos. »Ich muss zugeben, dass du wirklich weißt, wie man einen Geist beschwört.«

Stolz wallte in Talon auf. Es stimmte, dass die Beschwörung von Aracos eine großartige Leistung war. Dann dachte er an den Geist, den er gerufen hatte, um Jases Tod zu rächen, und das Gefühl der Befriedigung verflüchtigte sich. Seitdem hatte er eine Menge über das

Beschwören von Geistern gelernt. Oder jedenfalls hoffte er das.

Auf dem Dach angekommen, verließ die Käferdrohne den Belüftungsschacht und kroch unter die Microskimmer, die heruntersank, um sie aufzunehmen. Ein leises Scheppern ertönte, als der magnetische Greifarm der Skimmer die Kanmushi packte. Dann begann die Turbine zu surren, die Skimmer hob vom Dach ab und flog zum Parkhaus zurück. Talon folgte ihr. Als sie den Parkplatz überflogen, schaute Talon nach unten, um sich davon zu überzeugen, dass Roy Kilaros Wagen noch da war. Nichts wies darauf hin, dass der ›Schatten‹ seinen Beobachtungsposten verlassen hatte.

Im Parkhaus glitt Talon durch die Seitenwand des Lieferwagens und wieder in seinen Körper auf dem Boden des Laderaums. Er ließ sich einen Moment Zeit, um sich zu orientieren, da seine physikalischen Sinneswahrnehmungen zurückkehrten, dann öffnete er die Augen, blinzelte ein paarmal und richtete sich dann auf, während Hammer ausstieg und die hinteren Türen des Vans öffnete.

Die Drohne glitt hinein und senkte sich auf den Boden, dann verstummte ihre Turbine. Talon hob den Unsichtbarkeitszauber auf, und die Microskimmer erschien wie aus dem Nichts, während er sich bückte, um das Klebeband abzureißen und seinen Ring wieder an sich zu nehmen.

»Okay, erledige den Geist und komm zu uns zurück«, sagte Talon in Gedanken zu Aracos. Der Gebieter des Luftelementars würde die Zerstörung des Geists spüren, wenngleich er nicht genau wissen würde, wie es passiert war. Der Geist musste jedoch ausgeschaltet werden, damit er nichts über die Angreifer verraten konnte.

Augenblicke später tauchte ein golden gefiederter Falke auf und ließ sich auf der Rückbank nieder. Val stöpselte sich aus ihrem Fernsteuerdeck. Sie und Hammer tauschten die Plätze und Val stöpselte sich in die Kontrollen des Vans und ließ den Motor an.

Talon schaltete seinen Kommlink ein und öffnete einen Kanal zum Rest des Teams. »Teams eins an zwei und drei«, sagte er. »Auftrag erledigt. Wir fahren zurück. Gute Arbeit, Leute. Jetzt brauchen wir nur noch zu warten, bis der Drek zu dampfen anfängt.«

14

Roy Kilaro beschattete Dan Otabi immer noch hartnäckig, aber er verlor langsam die Lust. Zum einen verhielt Otabi sich mittlerweile völlig normal, wo er zuvor einen heimlichtuerischen Eindruck hinterlassen hatte. Wie auch an diesem Abend. Dan Otabi hatte lange gearbeitet und war dann direkt zu seinem Wagen gegangen und ohne Umwege nach Hause gefahren, wo er den Rest der Nacht geblieben war. Roy war überzeugt davon, dass die Veränderung in Otabis Gebaren etwas mit seinem Besuch im *Avalon* in der Nacht zuvor zu tun hatte. Er vermutete, dass er dorthin gegangen war, um sich Chips, Drogen oder dergleichen zu besorgen.

Roy hatte Stunden vor Otabis Wohnkomplex ausgeharrt und sich langsam mit dem Gedanken angefreundet, es für diese Nacht gut sein zu lassen. Wenn Otabi auf Chips war, lag er vermutlich auf der Couch oder im Bett und hatte einen eingeworfen. Roy konnte versuchen einzubrechen, aber er war nicht sonderlich scharf darauf, verhaftet zu werden. Er beschloss, Feierabend zu machen.

Als er darüber nachdachte, was seit seiner Ankunft im Bostoner Plex geschehen war, erkannte er, dass er seine Hoffnungen, mit seiner Untersuchung den ganz großen Treffer zu landen, begraben konnte. Die Vorstellung, sich eine Beförderung zu verdienen, indem er ein gefährliches Komplott aufdeckte, wurde von der Langeweile erstickt, die mit der Verfolgung einer so öden Person wie Dan Otabi verbunden war.

Er beschloss, am nächsten Morgen Otabis Vorgesetzten von seinem Verdacht zu erzählen. Sollte der sehen, was er daraus machte. Roy würde den nächsten Flieger zurück nach Montreal nehmen. Ihm schauderte beim Gedanken an die Berge von Arbeit, die in seinem Büro auf ihn warteten. Trotzdem, das konnte auch nicht schlimmer sein als das Fiasko, als das sich dieses Unternehmen erwiesen hatte. Wieder in seinem Hotelzimmer zog er seine Kleidung aus und warf sie auf den Boden. Augenblicke nachdem er das Laken hochgezogen hatte, schlief er bereits.

Am Morgen weckte ihn das beharrliche Drängen seiner Headware. Er duschte, rasierte sich und zog sich an. Es dauerte nicht lange, bis er seinen kleinen Koffer gepackt und sein Deck verstaut hatte und aus dem Hotel ausgezogen war. Mit seinem Gepäck im Kofferraum fuhr er noch ein letztes Mal zu Merrimack Valley.

»Morgen, Lou«, sagte er auf dem Weg ins Gebäude zu dem Wachmann.

»Morgen, Mr. Kilaro«, erwiderte der Ork fröhlich. »Wollen Sie noch ein paar Systeme überprüfen?«

»So etwas in der Art«, sagte Roy.

Lou behielt seine Konsole im Auge, während die Sicherheitssensoren Roy wie mit unsichtbaren Händen abtasteten und nach Anzeichen für Kontrabande, Waffen und gefährliche Cyberware suchten. Dann nahm der Ork einen Besucherausweis, zog ihn durch einen Verschlüssler und gab ihn Roy.

»Hier bitte«, sagte er. »Grünes Licht für Sie. Ich hoffe, Sie werden noch vor Weihnachten fertig. Sie wollen die Feiertage doch bestimmt daheim verbringen?«

»Richtig«, sagte Roy. »Danke.«

Sein Ziel war das Büro von Rebecca Sloane, der Direktorin von Merrimack Valley. Auf dem Weg von Québec hierher hatte er ihre Personalakte und auch diejenige anderer Führungskräfte gelesen. Sie war ein tüchtiger, wenn nicht gar brillanter Manager und arbeitete seit zwölf Jahren für Cross Bio-Medical. Davor war sie Verwaltungsassistentin bei Fuchi gewesen. Ihre sachliche, professionelle Art hatte ihr seit ihrem Einstieg bei CAT bereits einige Beförderungen eingebracht. Sie war geschieden und hatte zwei Kinder.

Sloanes Sekretärin hielt Roy auf, als er sich dem Büro näherte.

»Kann ich Ihnen helfen, Sir?«, fragte die Frau. Ziemlich nervös, wie er fand.

»Ich bin Roy Kilaro, Informationssysteme, aus dem Hauptbüro«, sagte er. »Ich hätte gern Ms. Sloane gesprochen.«

»Ich bedaure, Mr. Kilaro. Sie ist gerade in einer Besprechung.«

»Ich verstehe. Wissen Sie, wie lange das dauern wird?«

»Ich fürchte nein, Sir.«

»Tja, könnten Sie ihr dann wenigstens melden, dass ich da bin?«

Die Sekretärin zögerte kurz, dann aktivierte sie das Sprechgerät auf ihrem Schreibtisch.

»Ms. Sloane?«, sagte sie. »Hier ist ein Mr. Kilaro vom Hauptbüro, Informationssysteme; er möchte Sie sprechen.« Sie hörte einen Augenblick zu, dann sah sie Roy an. »Sie können hinein, Mr. Kilaro. Sie erwartet Sie bereits.«

Erwartet mich bereits?, dachte Roy, aber er ließ sich seine Überraschung nicht anmerken.

Rebecca Sloane war Ende dreißig und trug einen dunklen Blazer und eine dazu passende Hose über einer Seidenbluse. Ihre langen dunklen Haare waren im Nacken zusammengebunden, und sie trug kleine Diamant-Ohrstecker. Sie hatte dunkle Ringe unter den Augen, und ihre Miene verriet Besorgnis. Es sah so aus, als habe sie nicht viel Schlaf bekommen.

Außer ihr war noch ein Elf anwesend, der vor Sloanes Schreibtisch saß. Wie die meisten seiner Rasse war er hoch gewachsen und schlank. Die blasse Eckigkeit seiner Züge wurde noch betont durch das einheitliche Schwarz von Hemd, Hose und Stiefel, die er trug. Seine Haare waren ebenfalls schwarz und fielen lang bis auf die Schulter. Der einzige helle Fleck an ihm war ein Silberanhänger um den Hals, ein kleiner fünfzackiger Stern in einem Kreis.

Roy hielt ihn für einen Magier und fragte sich, was er in Sloanes Büro wollte.

Sloane ging zu Roy und begrüßte ihn mit Handschlag. »Mr. Kilaro, ich danke Ihnen, dass Sie sich so schnell herbemüht haben«, sagte sie.

Roy starrte sie verwirrt an.

»Sie sind doch vom Hauptbüro geschickt worden, oder nicht?«, erkundigte sie sich. »Als Reaktion auf meine Anfrage.«

»Anfrage?« Er kam sich vor wie ein Idiot.

»Die Sicherheit ...«, begann sie und hielt dann abrupt inne. »Warum sind Sie hier, Mr. Kilaro?«

»Hier muss eine Verwechslung vorliegen«, sagte Roy. »Ich bin von der Abteilung Informationssysteme. Ich bin vor ein paar Tagen hierher gekommen, um einige Absonderlichkeiten im Datenverkehr und in den Systemen zu untersuchen, die in den regulären Protokollen aufgetreten sind. Ich wollte über das Ergebnis dieser Untersuchungen Bericht erstatten.« Sein Blick wanderte zwischen Sloane und dem Elf hin und her. »Ist irgendwas passiert?«

Rebecca Sloane warf ebenfalls einen Blick auf den Elf. Sie rieb sich die Stirn, als sei bei ihr eine schwere Migräne im Anmarsch.

»Setzen Sie sich, Mr. Kilaro«, sagte sie. »Da Sie nun einmal hier sind, können Sie uns vielleicht behilflich sein.« Roy setzte sich neben den Elf.

»Mr. Kilaro, das ist Cary Greenleaf. Er gehört zur Abteilung Magische Hilfsmittel. Letzte Nacht hat Mr. Greenleaf ein magisches Eindringen in die Anlage gespürt.«

»Was für ein Eindringen?«, fragte Roy, dem plötzlich kalt wurde.

»Das weiß ich nicht mit Bestimmtheit«, sagte Greenleaf in freundlichem Tonfall. »Einer der Geister, die ich zur Bewachung der Anlage abgestellt habe, ist durch eine unbekannte Kraft vernichtet worden. Von einem magischen Eindringling, der keine anderen Spuren hinterlassen hat.«

»Wurde etwas gestohlen?«

»Wir haben bereits Leute auf die Untersuchung dieser Frage angesetzt«, sagte Sloane. »Wir wissen es noch nicht. Bis jetzt haben wir keine weiteren Hinweise gefunden, die auf eine Störung oder einen Einbruch hindeuten.«

»Könnte es ein falscher Alarm gewesen sein?«

Greenleaf schüttelte den Kopf. »Nein, unmöglich. Etwas hat meinen Elementar vernichtet.«

»Shadowrunner«, sagte Roy leise, fast ohne sich dessen bewusst zu sein.

»Das glauben wir auch«, sagte Sloane. »Aus diesem Grund habe ich sofort das Hauptbüro angerufen, als Mr. Greenleaf gestern Abend das Sicherheitsleck meldete. Ich hatte angenommen, man habe Sie geschickt, um bei der Untersuchung zu helfen.«

»Eigentlich«, ertönte eine Stimme aus der Tür, »ist das meine Aufgabe.« Alle drehten sich um und sahen einen Mann in einem makellosen schwarzen Anzug über einem blauen kragenlosen Hemd. Seine kurzen blonden Haare waren aus der hohen Stirn über kalten blaugrünen Augen zurückgekämmt. Er trug einen zierlichen schwarzen Aktenkoffer in der Hand. Sloanes Sekretärin stand hinter ihm. Sie hatte eine hilflose Miene aufgesetzt, als wolle sie etwas sagen, wage es aber nicht. Der Mann trat ein und schloss geräuschlos die Tür hinter sich.

»Und Sie sind ...?«, fragte Ms. Sloane vorsichtig.

»Gabriel«, sagte er. Er griff in seine Jacke und holte eine dünne Plastikkarte hervor. Als er den Daumen auf die Rückseite presste, erschienen auf der Vorderseite ein holografisches Bild von ihm und ein goldenes Kreuz. »Cross Special Security«, fügte er hinzu.

Ein Seraphim, dachte Roy voller Ehrfurcht, während Sloanes Augen sich weiteten. Das Hauptbüro musste ihren Anruf sehr ernst genommen haben, wenn man einen Agenten der Eliteeinheit geschickt hatte.

»Ich bin hier, um das Sicherheitsleck zu untersuchen, das Sie gemeldet haben, Ms. Sloane«, fuhr Gabriel glatt fort, während er den Ausweis wieder in seine Jackentasche schob. »Wer ist das?« Er sah Roy direkt an, der wünschte, sich in diesem Augenblick irgendwo anders auf der Welt aufzuhalten.

»Roy Kilaro, Informationssysteme«, sagte Roy, bevor Sloane antworten konnte.

»Und was haben Sie mit dieser Angelegenheit zu schaffen, Mr. Kilaro?«

»Ich ... äh ... verfüge vielleicht über einige sachdienliche Hinweise.«

Gabriel musterte ihn so durchdringend, dass Roy sich fragte, ob er wohl seine Gedanken las. So etwas lag vermutlich im Bereich des Möglichen bei einem Seraphim. Doch anders als Greenleaf sah Gabriel nicht wie ein Magier aus.

Gabriel akzeptierte Roys Erklärung mit einem Nicken und wandte sich dann wieder an Sloane.

»Bitte schildern Sie, was vorgefallen ist«, sagte er.

Sie ging um den Schreibtisch, als sei sie froh, ihn zwischen sich und Gabriel zu haben. Dann beugte sie sich vor und legte die Hände auf den Schreibtisch, als brauche sie eine Stütze.

»Gestern Abend um … gegen sieben Uhr …« Sie warf einen um Bestätigung heischenden Blick auf Greenleaf, der nickte. »Gestern Abend gegen sieben spürte Mr. Greenleaf hier ein magisches Eindringen – die Vernichtung eines der mit der Bewachung der Anlage betrauten Elementare.«

»Um welche Uhrzeit genau?«, fragte Gabriel Greenleaf.

»Neunzehn Uhr vier. Ich habe sofort die Uhrzeit notiert, als ich das Verschwinden des Elementars spürte, und anschließend Ms. Sloane und Mr. Armont verständigt.«

»Das ist mein Sicherheitsleiter«, erläuterte Sloane hilfsbereit.

»Gibt es noch andere Hinweise auf ein Eindringen oder Anzeichen dafür, dass etwas gestohlen wurde?«

»Bislang nicht«, sagte Sloane. »Meine Sicherheitsleute beschäftigen sich gegenwärtig mit dieser Frage.«

»Und ich nehme an, dass bisher niemand anders über diesen Zwischenfall informiert wurde«, sagte Gabriel.

Sloane schüttelte den Kopf. »Niemand mit Ausnahme meines Sicherheitsleiters und dessen Stab.«

Augenscheinlich zufrieden mit dieser Antwort richtete Gabriel seine Aufmerksamkeit wieder auf Roy.

»Sie sagten, Sie verfügen über sachdienliche Hinweise?«

»Vielleicht«, sagte Roy. »Ich habe im Hauptbüro gespeicherte Systemprotokolle überprüft und bin dabei auf geringfügige Unregelmäßigkeiten in den Daten aus dieser Anlage gestoßen.« Während er redete, waren die Augen aller Anwesenden mit gespannter Erwartung auf ihn gerichtet.

»Sie waren geringfügig, höchstwahrscheinlich zufällige Abweichungen. Ich bat darum, die reguläre Wartungsinspektion der Systeme in diesem Gebiet übernehmen zu dürfen, um einen eingehenderen Blick darauf werfen zu können.« Er schaute von Gabriel zu Sloane, die ganz offensichtlich darauf warteten, dass er mehr sagte.

»Ich habe die Datenspur hierher verfolgt und Dan Otabi verdächtigt, einen Spezialisten für Computersysteme. Bei meiner Unterredung mit ihm kam er mir sehr nervös vor, als er erfuhr, dass ich zur Abteilung Informationssysteme gehöre.«

»Haben Sie ihm oder jemand anders gegenüber Ihren Verdacht erwähnt?«, fragte Gabriel.

»Nein, das hielt ich für verfrüht«, sagte Roy. »Ich hatte keine richtigen Beweise. Also behielt ich stattdessen Otabi im Auge ...«

Sloanes Hand klatschte auf den Schreibtisch. »Sie haben einem meiner Angestellten nachspioniert?«, wollte sie ungläubig wissen. Roy machte Anstalten zu antworten, doch Gabriel hob die Hand und gebot Schweigen.

»Ich bin nicht daran interessiert, was Mr. Kilaro getan hat, Ms. Sloane. Einstweilen will ich lediglich wissen, was er beobachtet hat. Fahren Sie fort, Mr. Kilaro.«

Roy schluckte und tat es. »Kurz nach meiner Ankunft ist anscheinend in Otabis Wohnung eingebrochen worden. Am nächsten Abend ging er in einen Bostoner Nachtclub, wo er sich mit einem Mann getroffen und etwas von ihm gekauft hat.« Roy sah einen Funken Interesse in Gabriels Augen.

»Welcher Nachtclub war das?«, fragte er.

»Das *Avalon*.«

»Und was hat er gekauft?«

»Das weiß ich nicht«, sagte Roy. »Ich glaube, dass es Chips oder Drogen waren. Danach ist er sofort nach Hause gefahren. Seine Aktivitäten gestern und heute

Nacht schienen normal zu sein, obwohl er die Anlage ziemlich spät verlassen hat.«

»Um welche Zeit?«, fragte Gabriel.

»Um zwanzig nach sieben«, sagte Roy. »Also nicht lange nach der Vernichtung von Mr. Greenleafs Elementar.«

Gabriel zog sich einen Stuhl heran und setzte sich. »Mr. Kilaro, ich will, dass Sie noch einmal alles durchgehen, was Sie getan haben, seit Ihnen die Unregelmäßigkeiten im Hauptbüro aufgefallen sind, Schritt für Schritt. Lassen Sie nichts aus. Aber zuerst, Ms. Sloane, finden Sie bitte heraus, ob Mr. Otabi heute Morgen zur Arbeit erschienen ist. Wenn ja, weisen Sie Ihre Sicherheitsleute an, dass er das Gebäude nicht verlassen darf.«

Sloane griff augenblicklich zum Telekom, um die Sicherheit zu verständigen. Gabriel richtete seine Aufmerksamkeit wieder auf Roy, der damit begann, alles, was er wusste, so detailliert zu schildern, wie seine Erinnerung gestattete. Gabriel hörte aufmerksam zu und unterbrach ihn lediglich, wenn er etwas klargestellt haben wollte, was Roy in einigen Fällen half, sich an die eine oder andere Einzelheit zu erinnern. Ihm fiel auf, dass der Seraphim sich keine Notizen machte, aber dennoch alles zu registrieren schien. Daraus schloss Roy, dass der Agent über ein mit dem Gehirn fest verdrahtetes Aufzeichnungs- oder Speichersystem verfügte.

Als Roy geendet hatte, lehnte Gabriel sich zurück. »Ms. Sloane, ist Otabi hier?«, fragte er.

Sie nickte. »Ja, die Sicherheit hat gemeldet, dass er heute Morgen pünktlich zur Arbeit erschienen ist und das Gebäude seitdem nicht verlassen hat.«

»Zitieren Sie ihn her. Ich würde mich gern mit ihm unterhalten.«

Sloane drückte einen Knopf auf ihrem Schreibtisch und wechselte ein paar Worte mit ihrer Sekretärin.

Gabriel erhob sich und ging langsam zum Fenster. Er

redete, während er auf das landschaftsgärtnerisch gestaltete Gelände rings um die Forschungsanlage schaute.

»Was wissen Sie über Daniel Otabi, Ms. Sloane?«

»Nicht sonderlich viel«, sagte sie. »Er bleibt meistens für sich. Tatsächlich habe ich nur beim vierteljährlichen Vortrag der Rechenschaftsberichte und aus ähnlichen Anlässen mit ihm gesprochen. Ich versichere Ihnen, dass er ein guter Angestellter ist, der seine Arbeit macht und sich nur selten krank meldet.«

»Aber er ist ein Einzelgänger?«

»Ja, ich glaube, so könnte man es nennen. Halten Sie ihn für einen Spion?«

»Ich würde es vorziehen, ihn persönlich kennen zu lernen, bevor ich mir eine Meinung bilde«, sagte Gabriel, dann summte Sloanes Telekom.

Sie nahm ab, hörte einen Moment zu und sagte dann: »Ja, schicken Sie ihn herein.«

Die Tür öffnete sich. Dan Otabi trat ein, begleitet von Sloanes Sekretärin. Er sah müde aus und trug eine leichte Windjacke über seiner Arbeitskleidung. Gerade als Roy der Gedanke durch den Kopf schoss, wie merkwürdig das war, griff Otabi in seine Jacke und zückte eine flache, schwarze Pistole, die er auf Gabriel richtete. Die Sekretärin schrie auf. Der Rest ging so schnell, dass Roy kaum mitbekam, wie der Seraphim sich bewegte.

Ein blitzartig ausgeführter Tritt traf Otabis Handgelenk und die Waffe fiel scheppernd zu Boden. Otabi sank auf die Knie und drückte die rechte Hand an die Brust. Plötzlich war eine Waffe in Gabriels Hand, die auf Otabis Kopf zielte. Gabriels Miene hatte sich nicht im mindesten verändert. Er hatte immer noch denselben kühlen, berechnenden Gesichtsausdruck wie bei seinem Eintreten.

Von dem Schock erholt, der ihn vorübergehend gelähmt hatte, hob Roy Otabis Pistole auf. Er starrte sie überrascht an.

»Das ist eine Attrappe«, sagte er.

»Was?«, fragte Gabriel, der den reglosen Otabi keinen Moment aus den Augen ließ.

»Das ist eine Attrappe«, wiederholte Kilaro, indem er mit der Pistole wedelte. »Das ist eine Markierungswaffe, die einen energiearmen Laserstrahl verschießt, der das Ziel ›markiert‹. Solche Waffen werden von Spielern benutzt, die einen laserempfindlichen Overall und Helm tragen, die registrieren, wenn sie von einem Laserstrahl getroffen werden …«

»Ich bin mit dem Spiel vertraut, Mr. Kilaro«, sagte Gabriel trocken. »Jedenfalls erklärt das, wie es ihm gelungen ist, eine Waffe durch die Kontrollen zu schmuggeln.« Er streckte die freie Hand aus, die Innenseite nach oben, und Roy gab ihm die Waffe.

Gabriel warf einen Blick darauf, um sich gleich wieder auf Otabi zu konzentrieren.

»Warum haben Sie dieses Ding gezückt?«, fragte er.

Otabi hob den Kopf und funkelte ihn an. »Ich sage Ihnen gar nichts«, knirschte er.

Gabriel trat vor und packte Otabi am Kragen, um ihn auf die Füße zu ziehen wie eine Strohpuppe.

»Verlassen Sie bitte alle den Raum«, sagte er, um sich dann an Dan Otabi zu wenden. »Wir müssen uns unterhalten.«

Sloane, Greenleaf und Roy kamen der Aufforderung rasch nach, und die Tür fiel mit einem Klicken hinter ihnen ins Schloss.

Rebecca Sloane bemühte sich, ihre Sekretärin zu beruhigen, die die jähe Konfrontation mit einem Ausbruch nackter Gewalt immer noch nicht überwunden hatte. Greenleaf nahm gelassen an einem niedrigen Tisch im Wartebereich Platz und drehte eines der Datenpads zu sich, sodass er die neuesten Nachrichten lesen konnte. Roy blieb zunächst stehen und fragte sich, was er tun sollte, um sich dann neben Greenleaf zu setzen.

Die Minuten schleppten sich wie Stunden dahin, während sie warteten. Schließlich summte die Sprechanlage der Sekretärin. Sloane ging selbst ran, sprach ein paar leise Worte und kehrte dann wieder in ihr Büro zurück.

Roy starrte auf die Tür und wünschte, er könne durch sie hindurchschauen. Er fragte sich, ob Greenleaf dazu in der Lage war, wenn er es wollte. Magier verfügten angeblich über solche Kräfte. Der Elf schien jedoch nicht im Geringsten aus der Fassung geraten zu sein, als erlebe er so etwas jeden Tag. Roy nahm an, dass einen Industriespionage und Shadowrunner vermutlich ziemlich kalt ließen, wenn man Magier war und routinemäßig mit Geistern und ähnlichen Dingen zu tun hatte.

Mehrere uniformierte Sicherheitsleute betraten den Wartebereich. Einer von ihnen klopfte an Sloanes Tür, die geöffnet wurde, um ihn und seine Kollegen einzulassen. Dann kam Gabriel mit seinem Aktenkoffer in der Hand aus dem Büro.

»Sie beide kommen mit mir«, sagte er zu Roy und Greenleaf. Zwei der Sicherheitsleute verließen Sloanes Büro mit dem schlaffen Dan Otabi zwischen sich. Roy fragte sich, ob der arme Kerl tot war, dann sah er, dass er noch atmete. Er wirkte benommen und halb bewusstlos.

»Wohin gehen wir?«, fragte Roy Gabriel.

»Das kann ich Ihnen aus Sicherheitsgründen nicht sagen«, antwortete der Seraphim. »Je weniger Sie an dieser Stelle wissen, Mr. Kilaro, desto besser. Und jetzt kommen Sie bitte mit.«

Das Ansinnen wurde zwar als Bitte vorgetragen, aber Roy verzichtete auf jegliche Diskussion. Er nahm den Tragekoffer mit seinem Deck und erhob sich, um Gabriel zu folgen. Er erkannte einen Befehl, wenn er einen hörte.

15

Gabriel führte Kilaro, Greenleaf und die Sicherheitsleute, die Dan Otabis schlaffe Gestalt trugen, in den rückwärtigen Teil der Forschungsanlage, fort von den belebteren Bereichen. Die Sicherheit machte ihnen diskret den Weg frei. Abgesehen von einem uniformierten Sicherheitsmann war die Verladebucht verlassen, als sie dort ankamen.

Gabriel ging eine Treppe aus Stahlbeton zu einem schnittigen Eurocar Westwind des Modelljahrgangs 2060 herunter, der in der Nähe des Eingangs parkte. Roy hörte ein leises Klicken, als sich die Schlösser des Wagens öffneten, und dachte sich, dass dies das Werk eines Headware-Funkgeräts oder Kommlinks sein müsse. Die Sicherheitsleute fesselten Otabi die Hände mit einem silbernen Klebeband, bevor sie ihn auf die Rückbank verfrachteten.

»Mr. Kilaro«, sagte Gabriel und bedeutete Roy einzusteigen. Roy gehorchte und setzte sich neben Otabis schlaffe Gestalt. Der Mann war bei Bewusstsein, schien aber völlig benommen zu sein und seine Umgebung kaum wahrzunehmen. Gabriel glitt hinter das Steuer und Greenleaf neben ihn auf den Beifahrersitz.

Gabriel ließ das Fenster herunter, da sich ein älterer Mann in der Uniform der Cross-Sicherheit näherte. Roy erkannte anhand der Personalakten in ihm Roger Armont, den Sicherheitsleiter von Merrimack Valley.

»Ist alles bereit?«, fragte Gabriel.

»Wir sind mit dem Beladen fast fertig, Sir«, sagte Armont ehrerbietig.

»Gut. Verständigen Sie mich, wenn wir ausrücken können«, sagte Gabriel. »Ich folge Ihnen zum Absetzpunkt.«

»Jawohl, Sir«, sagte Armont, dann machte er kehrt und entfernte sich schnellen Schrittes.

Das Fenster schloss sich wieder und ließ die meisten Geräusche verstummen, die von draußen zu ihnen drangen. Die unbehagliche Stille im Wagen wurde nur durch Otabis unverständliches Gemurmel durchbrochen.

»Was haben Sie ihm gegeben?«, fragte Roy, während er die Hand ausstreckte, um Otabis Gesicht in seine Richtung zu drehen.

»Lassen Sie ihn«, sagte Gabriel schroff. »Ich habe Ihnen doch gesagt, dass es umso besser für Sie ist, je weniger Sie über diese Sache wissen. Ich schlage vor, Sie lehnen sich zurück, entspannen sich und halten den Mund.«

Gabriels ›Vorschlag‹ war offensichtlich als Drohung gemeint. Roy gehorchte. Er schmiegte sich in die weichen Polster des Westwinds und schwieg. Als Otabis Kopf zur Seite fiel, kam Roy dennoch nicht umhin zu bemerken, dass ein Chip in seiner Datenbuchse steckte.

Der Chip musste ihn in diesen Zustand versetzt haben, überlegte Roy. Nicht Drogen, sondern irgendein Simchip. Stimmte seine Vermutung, dass Otabi süchtig nach Sims oder vielleicht sogar BTLs war? Oder hatte Gabriel den Chip nur benutzt, um Otabi gefügig zu machen?

Gabriel ließ den Motor des Westwinds an und verließ das Gelände von Cross Bio-Medical in zügiger Fahrt. Die Wagentüren waren verriegelt, und Roy fiel auf, dass die Kontrollen so angebracht waren, dass nur der Fahrer Zugang zu ihnen hatte. Offensichtlich würden die Passagiere des Westwinds bleiben, wo sie waren, bis Gabriel ihnen etwas anderes gestattete. Wenn Greenleaf diese Wendung der Ereignisse störte, ließ er es sich nicht anmerken. Gelassen schaute er aus dem Fenster.

Als sie die Ausfahrt erreichten, bemerkte Roy einen nicht gekennzeichneten Chevrolet-Nissan-Van, der kurz vor ihnen die Forschungsanlage verließ. Gabriel setzte sich hinter den Van und hielt dessen Tempo, während sie zur Hauptstraße fuhren. Der spätmorgendliche Verkehr war spärlich, und sie kamen zügig voran. Gabriel blieb hinter dem Van und schaute in regelmäßigen Abständen in die Rück- und Seitenspiegel. Irgendwann wollte Roy sich umdrehen, um festzustellen, ob ihnen jemand folgte, doch ein Befehl Gabriels hielt ihn davon ab.

Sie nahmen den Highway nach Norden, weg von Boston. Roy kam zu dem Schluss, dass nur ein Ort als Ziel in Frage kam. Und richtig, gut zwanzig Minuten später bogen sie auf die Route 101 East zum Flughafen in Manchester. Zwar wickelte der Logan Airport den größten Teil des Luftverkehrs innerhalb des Bostoner Plex ab, aber der Flughafen in Manchester war als Knotenpunkt ebenfalls von Bedeutung, in erster Linie für Geschäftsreisende mit Bestimmungsorten in den nördlichen New-England-Staaten. Roy war über Manchester nach Boston geflogen, und nun sah es so aus, als solle er die Stadt auf demselben Weg verlassen, wenngleich nicht so, wie er es geplant hatte.

Auch nach Erreichen des Flughafens folgte der Westwind dem Van, der nicht am Terminal hielt, sondern zu den Hangars fuhr, welche die Konzerne vom Flughafen für Privatflugzeuge leasten. Das war durchaus logisch, fand Roy. Es war ziemlich unwahrscheinlich, dass sie Otabi in seinem gegenwärtigen Zustand an der Sicherheit vorbeibekamen.

Ein Transportflugzeug vom Typ Federated-Boeing Whitehorse parkte vor einem der Hangars, die Tragflächen in der Start- und Landestellung. Das CAT-Logo prangte auf der Seite der dickbäuchigen Maschine, und das Laderaumschott im Heck war heruntergelassen. Das Passagierluk war ebenfalls geöffnet, eine Treppe auf Rädern ermöglichte den Zugang. Der Van fuhr zum Heck, während Gabriel den Westwind vor dem Hangar anhielt und ausstieg.

»Kommen Sie mit mir«, befahl er Roy und Greenleaf. Er gab zwei Sicherheitsleuten in der Nähe des Flugzeugs ein Zeichen, und die beiden stämmigen Metamenschen kamen angelaufen, was die Nähte ihrer Uniformen sehr strapazierte. Sie hoben Dan Otabi wie eine Strohpuppe auf und trugen ihn zum Flugzeug. Roy nahm zur Kenntnis, dass die anderen uniformierten Angestellten CATs Gegenstände aus dem Van auf die Lastluke luden. Bei den Gegenständen handelte es sich um sieben oder acht silbrige Metallzylinder, die weniger als einen Meter hoch waren und in einer Ventilkappe endeten. Roy starrte blinzelnd auf das Symbol für Biogefahr und irgendein Geschreibsel auf der Wandung eines der Zylinder, bevor Gabriel ihn die Treppe ins Flugzeug hinaufscheuchte. Das Passagierabteil war relativ klein und dennoch geräumiger als der kommerzielle Jet, in dem er aus Montreal hergeflogen war, weil es weniger Sitze gab. Die beiden Metamenschen schleiften Otabi zu einem Sitz und schnallten ihn an, während Kilaro und Greenleaf sich ihren Sitz selbst aussuchten und sich anschnallten.

Gabriel stand in der Luke und trat beiseite, um die Metamenschen aussteigen zu lassen. Roy schaute nach draußen und sah, wie die Sicherheitsleute die Türen des Firmen-Vans schlossen. Der Troll klopfte an die rückwärtige Tür des Fahrzeugs, das sich augenblicklich in Bewegung setzte und abfuhr. Der Ork kam wieder die Treppe herauf und bückte sich, um sich nicht den Kopf an der Luke zu stoßen.

»Alles verladen«, sagte er zu Gabriel und knallte dem Mann dann seine gewaltige Faust in den Solarplexus. Gabriels Atem entwich zischend, als er sich krümmte und wie ein Taschenmesser zusammenklappte. Der Ork ließ einen Aufwärtshaken folgen. Gabriel stolperte rückwärts gegen die Schutzwand und glitt daran zu Boden.

Roy spannte sich auf seinem Sitz und glaubte zu erkennen, dass Greenleaf etwas versuchen wollte, aber der Ork bewegte sich schneller, als das Auge folgen konnte. Plötzlich hatte er eine große Kanone in der Hand, die auf sie gerichtet war.

»Keine Bewegung«, sagte er. »Ich will euch nicht mal blinzeln sehen.«

Roy saß da, starrte in den dunklen Lauf der wuchtigen Pistole und zweifelte nicht im Geringsten daran, dass der Ork es todernst meinte. Er hörte gedämpfte Schüsse – als seien die Waffen mit Schalldämpfern versehen – von draußen, wagte aber nicht, den Kopf zu wenden. Aus dem Augenwinkel sah er Greenleaf, der aussah, als falle er jeden Augenblick in Ohnmacht. Vielleicht war der Elfenmagier doch nicht so unerschütterlich.

Der Ork näherte sich der Tür zum Cockpit, als sich plötzlich die Luft rings um ihn zu verdichten schien und zu einem grünlich-gelben Qualm wurde. Der Ork fing an zu husten und zu würgen wie bei einem Tränengasangriff, und Roy sah sich um und fragte sich, woher das Gas wohl kam. Benutzten die Sicherheitsleute das Gas, um sie aus dem Flugzeug zu treiben?

Doch das Gas dehnte sich nicht aus. Es klebte förmlich am massigen Körper des Orks und umschwirrte ihn. Der Ork fiel gegen das Schott und hob seine Kanone. Roy duckte sich, kurz bevor die Waffe mit einem gedämpften Knall losging, der durch die Kabine hallte.

Und da sah er Greenleaf aufstehen. Roy ging auf, dass es sich bei dem Qualm um einen weiteren Luftgeist des Magiers wie denjenigen handeln musste, welcher von den Eindringlingen vernichtet worden war. Der Elf murmelte etwas, zu leise für Roy, um es zu verstehen, während er die Hand in Richtung des sich wehrenden Orks ausstreckte.

Bevor er die Geste vollenden konnte, tauchte ein Wolf mit silbernem Fell aus dem Nichts auf und sprang Greenleaf an, der in den Gang zwischen den Sitzreihen geschleudert wurde. Ein weiterer Mann, diesmal menschlich, kam in die Kabine gestürmt. Er trug ebenfalls eine Uniform der Cross-Sicherheit und hielt eine Pistole in der linken Hand. In der rechten hatte er einen funkelnden Dolch, den er durch den giftigen Nebel zog, von dem der Ork umgeben war. Der Qualm teilte sich säuberlich entlang der Schnittlinie und zerstreute sich ein wenig. Er ließ von dem Ork ab und verdichtete sich zu einer kleinen Wolke. Roy glaubte, ein Paar glühende Augen in der Mitte der Wolke zu erkennen, die den Mann mit dem Dolch anfunkelten. Der Mann stieß das Messer ins Zentrum der Wolke, die wie unter einem Windstoß aufwallte und sich dann langsam zerstreute.

Der Mann streckte die Hand aus und half dem Ork beim Aufstehen. »Alles klar?«, fragte er. Als der Ork nickte und ihn fortwinkte, wandte der Mensch sich der Passagierkabine zu.

Roys Blick folgte dem Mann. Greenleaf lag unter dem Wolf, der auf seiner Brust stand. Der Mann ging zu dem Magier, hob wortlos seine Pistole und schoss ihm in die Brust. Roy zuckte ob dieser eiskalten Effizienz zurück, als der Mann sich ihm zuwandte. Er trug eine kleine silberne Kreole im rechten Ohrläppchen, und Roy sah das charakteristische Glitzern einer Datenbuchse dahinter.

»Wenn Sie sich diese Behandlung ersparen wollen, bleiben Sie unten und verhalten sich ruhig«, sagte der Mann.

Roy sank auf seinem Sitz zusammen und leistete keinen Widerstand. Er warf einen neuerlichen Blick auf Greenleaf in der Erwartung, eine blutverschmierte Wunde zu sehen, aber da war nur ein kleiner Pfeil, der aus der mageren Brust des Elfs ragte. Ein Betäubungspfeil, dachte Roy. Also waren diese Shadowrunner doch nicht so skrupellos, wie es zunächst den Anschein gehabt hatte. Vielleicht wollten sie ihre Gefangenen jedoch aus einem ganz bestimmten Grund am Leben lassen. Roy fand diesen Gedanken nicht sonderlich beruhigend.

Der Ork öffnete die Tür zur Pilotenkanzel und schleifte Pilot und Copilot hinaus. Während er die beiden in die Passagierkabine brachte, betraten der trollische ›Sicherheitsmann‹ und eine menschliche Frau das Flugzeug. Die Frau verschwand rasch in der Pilotenkanzel, und der Troll schloss die Tür hinter ihr.

»Beeil dich, Val!«, sagte der Mann mit dem Dolch und wandte sich dann an den Ork und den Troll. »Kümmert euch um sie«, befahl er. Der Troll kam in die Passagierkabine und schloss die Tür hinter sich.

Die beiden Metamenschen hoben Greenleaf und Gabriel auf, verfrachteten sie auf ihre Sitze, schnallten sie an und bedeuteten Roy und der Flugzeugbesatzung, dasselbe zu tun. Von draußen hörte Roy das Geräusch anlaufender Propeller. Er schaute nach draußen und sah einen CAT-Van die Zubringerstraße entlangrasen, wahrscheinlich derselbe Van, dem sie hierher gefolgt waren. Er war noch etwa hundert Meter entfernt, als die Whitehorse senkrecht abhob und rasch an Höhe gewann.

Das Flugzeug stieg auf über hundert Meter, bevor sich die Tragflächen drehten und die Propeller in Flugposition brachten. Sie schossen vorwärts und gewannen an Höhe, während sie sich rasch vom Flughafen entfernten. Die beiden Metamenschen hielten die Waffen weiterhin auf ihre Gefangenen gerichtet, während der Mensch, der ihr Anführer zu sein schien, am Kopfende der Kabine stand. Er schien in Gedanken zu sein oder auf etwas zu lauschen, das nur er hören konnte. Wahrscheinlich hielt er gerade über ein Kommlink-System Zwiesprache mit einem Bundesgenossen. Roy sah, wie sich seine Lippen kaum merklich bewegten, als spreche er in ein Kehlkopfmikrofon.

Das Flugzeug flog rasch über das Gelände, dann hatte die Pilotin die Maschine auf eine mittlere Flughöhe gebracht, und die Landschaft unter ihnen verwandelte sich in eine Sammlung von Kinderspielzeugen. Roy konnte keine Anzeichen für eine Verfolgung wahrnehmen.

»Trouble sagt, für den Augenblick ist alles grün«, sagte der Anführer zu den beiden Metamenschen. »Sie arbeitet an der Tarnung für den Flug durch den Metroplex-Luftraum, damit wir keine Probleme bekommen.«

»Was ... was wollen Sie von uns?«, fragte Roy. Plötzlich ruhten die Blicke aller drei Shadowrunner auf ihm, und er schluckte nervös.

»Wir wollen gar nichts von euch, Chummer«, sagte der Anführer. »Wir haben, was wir wollen. Ihr solltet alle auf dem Flughafen zurückbleiben, aber die Umstände haben uns zu einer leichten Änderung unserer Pläne gezwungen. Wenn Sie einfach kooperieren und uns keinen Kummer bereiten, werden Sie diese Sache heil und unbeschadet überstehen. Sie haben mein Wort darauf.«

Seine Augen verengten sich, und seine Stimme bekam einen harten Unterton. »Andererseits ... nun ja, sagen wir einfach, es wäre besser, wenn Sie keine Schwierigkeiten machen, *so ka*?«

Er halfterte seine Pistole und ließ den Dolch in einer Gürtelscheide verschwinden, dann zog er die Cross-Uniform aus und warf sie achtlos beiseite. Darunter trug er normale Straßenkleidung.

Der Anführer wandte sich an den Troll und den Ork und sagte: »Behaltet sie im Auge.« Dann redete er mit dem Wolf, der geduldig im Mittelgang stand. »Sorg dafür, dass er nichts mehr versucht, Aracos.«

Roy beobachtete verblüfft, wie der Wolf wissend nickte und ein wölfisches Grinsen aufblitzen ließ, bevor er sich neben Greenleafs Sitz auf die Hinterbeine kauerte. Nachdem der Anführer in der vorderen Kabine verschwunden war, senkte sich Totenstille über die Passagierkabine.

Nach einer Weile erkannte Roy die Skyline der Bostoner Innenstadt in der Ferne. Es kam ihm so vor, als umfliege die Maschine die Ausläufer des Plex in einer lang gezogenen Kurve. Der Verkehr unter ihnen wurde spärlicher, als sie den Bezirk Roxbury überflogen, den die Einheimischen, wie er wusste, ›den Rox‹ nannten. Die Stadt hatte den größten Teil dieses Bezirks um die Jahrhundertwende aufgegeben, als das Erdbeben, welches New York City eingeebnet hatte, auch im Bostoner Raum erheblichen Schaden anrichtete. Er hatte gehört, dass der Rox immer noch bewohnt war, und zwar von Ausgestoßenen der Gesellschaft: von Gangs, SINlosen, Armen, Obdachlosen und Verbrechern wie Shadowrunner.

Das Flugzeug ging über dem Gebiet tiefer, und zwar so steil, dass Roy schon glaubte, die Pilotin habe die Gewalt über das Flugzeug verloren oder wolle es aus irgendeinem Grund bruchlanden.

Gabriel, dessen geschwollenes Kinn sich bereits grün und blau verfärbt hatte, kam während des Sinkflugs wieder zu sich. Er blieb ruhig und ließ die bewaffneten Shadowrunner nicht aus den Augen, während die Maschine dem Boden immer näher kam. Roy wusste, dass es keinen Sinn hatte, von seiner Seite Hilfe zu erwarten. Selbst wenn Gabriel die Fähigkeiten besaß, sich gegen eine Gruppe bewaffneter Shadowrunner zur Wehr zu setzen, war er vermutlich schlau genug, zunächst an die eigene Haut zu denken.

Etwa hundert Meter über einem leeren Platz, den ein paar abgerissene Gebäude hinterlassen hatten, wurden die Tragflächen der Maschine gekippt. Sie schwebte fast reglos über dem Boden und sank dann langsam tiefer dem freien Platz entgegen, der gerade groß genug für das Transportflugzeug war. Das Turbinengeheul wurde ein wenig leiser, als die Pilotin die Leistung zurückfuhr, verstummte jedoch nicht völlig, während der Anführer in die Passagierkabine zurückkehrte.

Er öffnete die Außentür und ließ die Treppe herunter.

Der Ork stieg sofort aus und eilte die Treppe herunter, während der Anführer sich an seine Gefangenen wandte.

»Alles aussteigen, Sie alle«, sagte er mit einer ungeduldigen Geste in Richtung Tür. Langsam öffneten sie ihre Sicherheitsgurte und erhoben sich. Die Shadowrunner wiesen Gabriel und Roy an, beim Transport des bewusstlosen Greenleaf zu helfen, während Kapitän und Copilot unter den wachsamen Blicken der Shadowrunner Otabi trugen. Als sie wieder auf festem Boden standen, sah Roy einen dunklen Van warten, der hinter einer halb eingestürzten Mauer weitgehend verborgen war. Die Frau, die das Flugzeug geflogen hatte, öffnete die rückwärtige Tür des Van, und der Ork und der Troll sorgten dafür, dass alle einstiegen.

Als die drei schlanke Pistolen zogen, überkam Roy plötzlich der Drang, aufzuspringen und zu fliehen. Die Pistolen husteten einmal, dann noch einmal. Er spürte einen leichten Stich in der Brust, wo der Betäubungspfeil ihn getroffen hatte, bevor er zu Boden glitt und die Welt rings um ihn schwarz wurde.

16

Drei Personen, zwei Männer und eine Frau, tauchten aus den Trümmern der Gebäuderuinen rings um die Freifläche auf, wo die Whitehorse gelandet war. Talons Hände blieben in der Nähe seiner Waffen, als er hinter einer Tragfläche hervortrat und sich ihnen näherte, doch nicht zu schnell, um die Neuankömmlinge nicht zu erschrecken. Er war sicher, dass sich in den umliegenden Ruinen mehr als nur jene drei verbargen und sie versuchen würden, die Shadowrunner hinterrücks zu überfallen, wenn die Dinge für sie nicht nach Wunsch liefen. Jedenfalls hätte er es so gehandhabt, wären die Rollen vertauscht gewesen.

Die Ladeluke der Whitehorse war geöffnet, und die silbernen Metallzylinder standen darauf und waren deutlich zu sehen. Jeder konnte erkennen, dass Schüsse in dem Bereich, in dem Talon sich befand, das Risiko bargen, einen oder mehrere von ihnen zu treffen. Er hoffte, dies werde für einen zivilen Verlauf sorgen.

Er trat vor, während der Rest des Teams die unerwünschten Gefangenen in den Van lud. Er hielt die Hände so, dass sie gut sichtbar waren, und entspannte sich, als die beiden Männer und die Frau näher kamen.

Der Mann, der die kleine Gruppe anführte, war noch jung. Drek, das sind sie alle, dachte Talon. Nicht einer sah älter als fünfundzwanzig aus – und nicht so, als werde er die Dreißig noch erleben. Die Schatten waren ein gefährliches Geschäft und wurden allgemein als Spiel für junge Leute betrachtet. Mit einunddreißig war Talon für viele andere Runner ein alter Mann. Einige Shadowrunner waren älter als er, aber nicht viele.

Der Anführer hatte lockige dunkelbraune Haare und ein jungenhaftes, sommersprossiges Gesicht, aber seine kalten Augen schauten auf ein Leben voller Nöte und Härten zurück. Er trug eine ziegelrote Lederjacke, deren Steifheit an manchen Stellen auf eine Panzerung hinwies.

Talon erkannte keine Gang-Farben. Johnsons – ob von Konzernen oder andere – benutzten oft Gangs als Boten oder Mittelsmänner. Seiner Einschätzung nach wohl auch bei dieser Gelegenheit.

»Habt ihr die Daten?«, fragte der junge Mann, ohne sich mit der Vorstellung seiner selbst oder seiner Begleiter aufzuhalten. Jeder Name, den er genannt hätte, wäre ohnehin falsch gewesen.

Talon griff langsam in seine Tasche und zückte ein kleines Etui aus durchsichtigem Plastik. Darin befand sich ein Chip mit den Daten, die sie in der vergangenen Nacht aus der Anlage von Cross Bio-Med gestohlen hatten. Er hielt das Etui hoch, sodass der Mann es sehen konnte, reichte es ihm aber nicht.

»Die Bezahlung?«, konterte Talon, und der junge Mann zog einen schlanken Plastikstab aus seiner Jackentasche.

Nachdem die beiden Gegenstände den Besitzer gewechselt hatten, schob Talon den Kredstab in sein tragbares Lesegerät. Zahlen leuchteten auf dem Schirm auf. Sein Gegenüber verfuhr mit dem Chip ebenso, obwohl Talon sich nicht vorstellen konnte, wie er erkennen wollte, ob die Daten echt waren oder nicht. Selbstverständlich hatte er sich die Daten selbst angesehen – sie bestanden ausschließlich aus komplexen chemischen Diagrammen und Gleichungen. Dennoch, der Bursche schien ebenso zufrieden zu sein wie Talon. Der Kredstab enthielt die vereinbarte Summe sowie den Bestätigungscode, den der Johnson ihnen für diesen Run genannt hatte. Diese Leute waren die legitimen Kuriere für die Ware.

»Gehört alles euch«, sagte Talon, indem er beiseite trat, um sie zu den Behältern auf der Ladeluke durchzulassen. »Aber beeilt euch. Wir können es uns nicht leisten, noch viel länger hier zu bleiben.«

Das war keine Lüge. Angesichts der Umstände war Talon nicht versessen darauf, diesen Teil des Runs bei Tageslicht zu erledigen. Im Freien herumzustehen hieß selbst im Rox, Schwierigkeiten herauszufordern. Je eher alles erledigt war, desto besser würde er sich fühlen.

Der Anführer stieß einen leisen Pfiff aus, und Leute tauchten hinter Deckungen auf, um beim Transport der Behälter zu helfen. Talon sah, dass er die meisten ihrer Stellungen erraten hatte, wenngleich ihn die eine oder andere doch überraschte. Er nahm an, dass sich einige wenige noch immer in den Trümmern verbargen. Die Neuankömmlinge luden rasch die Behälter von der Ladeluke und transportierten sie ab.

Wahrscheinlich gab es in der Nähe einen Zugang zu den Katakomben, dachte Talon. Unter einigen Bezirken des Metroplex, insbesondere unter dem Rox, gab es etliche stillgelegte U-Bahn- und Wartungs-Tunnel, die alle möglichen Leute und Wesen beherbergten, wie Talon aus eigener Erfahrung wusste.

Als die Männer ihre Arbeit beendet hatten, kam die Frau zu Talon. Sie hatte lange rote Haare, dunkelblaue Augen und eine kurvenreiche athletische Figur, die von ihrer groben Kleidung kaum verhüllt wurde. Sie zog einen weiteren Kredstab aus der Tasche ihrer kurzen Jacke und hielt ihn Talon hin.

»Eine kleine Prämie«, sagte sie, »für eine gut ausgeführte Arbeit.«

Talon nahm den Stab und sah sich die Frau genauer an. Ein kalter Schauder überlief ihn, als sie sich umdrehte und ohne ein weiteres Wort ging.

Mann, ist die unheimlich, dachte er. Normalerweise ließen ihn die Attitüden der Leute kalt, denen er im Lauf eines Shadowruns begegnete. In der Regel waren sie unfreundlich und, wie diese Truppe, ziemlich abgebrüht. Aber das Gefühl schierer Verachtung, die von der Frau auszustrahlen schien, war so stark, dass Talon es auch ohne die seine mystischen Sinne wahrnehmen konnte. Andererseits war er daran gewöhnt, dass Leute zu ihm als ›Gassenrunner‹ und ›Straßenabschaum‹ herabsahen, die weitaus hochmütiger waren als irgendeine Gang-Schnalle auf Chips. Er zuckte die Achseln und legte den zweiten Kredstab ein, auf dem eine ansehnliche Prämie gespeichert war, wie versprochen. Die Prämie sorgte dafür, dass der Stress des Runs sich mehr als gelohnt hatte.

Talon steckte die Kredstäbe und das Lesegerät ein, während die Gang abzog. Boom kam zu ihm, als auch das letzte Mitglied der Gang verschwunden war.

»Bist du bereit, Kumpel?«, fragte er. »Wir sind startklar.«

Talon nickte. »Klappt alles mit der Whitehorse?«

»Val hat sich darum gekümmert«, sagte Boom. »Pass auf.« Sie drehten sich beide um, als die Turbinen des Transportflugzeugs lauter wurden und Staub und Sand aufwirbelten, da die Maschine abhob. Sie stieg über die Dächer der Häuser, dann kippten die Tragflächen in Flugposition. Die Whitehorse wandte sich nach Osten und stieg dabei höher in den bewölkten Himmel. Natürlich war niemand an Bord, aber Val hatte das Spatzenhirn des Flugzeugs darauf programmiert, über den Metroplex hinweg und dann hinaus aufs Meer zu fliegen. Irgendjemandem würde es gelingen, entweder die Maschine abzufangen oder das Spatzenhirn umzuprogrammieren (was bestenfalls schwierig sein würde), oder dem Flugzeug würde der Sprit ausgehen, sodass es mitten über dem Meer abstürzte. So oder so brauchten die Runner sich wegen des Flugzeugs keine Sorgen zu machen.

Sie waren erst ein paar Minuten auf dem Boden, doch obwohl Trouble die Luftraumüberwachung des Metroplex störte, mochte man sie entdeckt haben. Glücklicherweise war Knight Errant Security im Bostoner Plex für die Polizeiarbeit zuständig. Zwar war Knight Errant als paramilitärische Einheit der Spitzenklasse bekannt, aber die Firma war auch eine Tochter von Ares Macrotechnology aus Detroit. Und dessen größter Konzern-Rivale war niemand anders als Cross Applied Technologies.

CAT würde es widerstreben, die örtlichen Behörden mit der Angelegenheit eines entführten Transportflugzeugs zu betrauen, und es vorziehen, dass ›alles in der Familie blieb‹. Höchstwahrscheinlich würde man sich als Mitglied des Konzerngerichtshofs auf die Exterritorialität der Konzerne berufen. Da der Rox eine Z-Zone außerhalb der Zuständigkeit des Plex und CATs Eigentum denselben Status wie das Eigentum einer fremden

Nation hatte, würde die Firma Knight Errant aus ihren Angelegenheiten heraushalten. Das dürfte den Vorgang so sehr verzögern, dass die Cross-Sicherheit sich in einer Sackgasse wiederfinden würde, wenn sie die vermisste Whitehorse aufspürte. Das war einer der Hauptgründe gewesen, warum Talon seine Einwilligung zu so einem riskanten Plan gegeben hatte. Er hatte funktioniert, wenigstens bis jetzt.

Er stieg auf der Beifahrerseite des Van ein, und Valkyrie fuhr tiefer in den Rox. Mit Boom und Hammer auf der Rückbank und ihren sechs bewusstlosen Gästen auf der Ladefläche war der Van etwas überfüllt.

»Bringen wir sie in die Kapelle«, sagte Talon zu Val. Sie nickte und bog an der nächsten Ecke ab.

Talon öffnete seinen Kommlink. »Trouble, wie kommen wir mit der Sicherheit zurecht?«

Ihre Stimme war deutlich zu hören. »Null Problemo, wie's aussieht. Ich habe euch vor der Luftraumüberwachung verborgen, also haben sie keine klaren Radarbilder empfangen. Natürlich werden sie den Landeplatz finden, wenn sie die Whitehorse auf dem Schirm und die Schnittstelle der beiden Vektoren ermittelt haben. Es sieht so aus, als sei Cross immer noch dabei, herauszufinden, was genau eigentlich passiert ist, und du hattest Recht mit deiner Vermutung, dass sie Knight Errant ausbremsen würden. Das haben sie als Erstes getan, als ihr in den Metroplex-Luftraum eingedrungen seid. Ich würde sagen, wir sind aus dem Schneider.«

Talon lächelte. »Gute Arbeit, Trouble. Wir treffen uns in der Kapelle. Wir werden unsere ungeladenen Gäste dort festhalten, bis sich der Staub etwas gelegt hat, dann setzen wir sie irgendwo ab und ziehen einen dicken Schlussstrich unter die Sache.«

»Verstanden«, sagte Trouble. »Ende.«

Bei der Kapelle handelte es sich eigentlich um eine alte katholische Kirche in South Boston, die beim Erdbeben und im Zuge der ›Blutiger-Donnerstag‹-Tumulte beschädigt worden war. Boom hatte sie kurz nach Talons Rückkehr von DeeCee nach Boston ›erworben‹, und seitdem war sie einer ihrer Unterschlupfe. Heute benutzten sie sie, weil sie die Absicht hatten, die Kapelle bald aufzugeben, anstatt einige dringend erforderliche und kostspielige Reparaturen vorzunehmen. Die Sicherheit durch das Mitbringen Außenstehender zu kompromittieren war nicht länger Grund zur Sorge. Wenn Cross von der Kapelle erfuhr, würde das Team längst weitergezogen sein und nie wieder dorthin zurückkehren.

Das Bauwerk bestand zum größten Teil aus schweren Steinblöcken. Die Fenster waren mit Brettern und schweren Platten aus Bauplastik vernagelt, die das ehemals prachtvolle Buntglas ersetzten. Alles andere, was auch nur den geringsten Wert hatte, war schon vor langer Zeit von Obdachlosen und Schrotthändlern verschleppt worden. Damit blieb eine Hülle aus Stein mit einigen kleineren Räumen im hinteren Teil und einem relativ großen Keller. Mit der richtigen Ausrüstung ausgestattet, konnte ein Team von Shadowrunnern es darin einige Wochen aushalten, obwohl Talon nicht die Absicht hatte, so viel Zeit in der Kirche zu verbringen. Nach ein, zwei Tagen würden die Wogen sich wieder glätten, und dann würden sie ihre Gefangenen ziehen lassen.

Der Van fuhr vor den Hintereingang, der mit verrosteten Ketten und Vorhängeschlössern gesichert sowie an den Wänden befestigten Schildern mit der Aufschrift ›BETRETEN VERBOTEN‹ versehen war. Talon stieg aus, während er in seiner Tasche nach dem Schlüssel für die Tür tastete, und hielt dann inne, als er an der Ecke des Gebäudes eine flüchtige Bewegung sah. Seine geübten Reflexe gaben sofort Alarm, da sie mit einem Hinterhalt rechneten. War es möglich, dass die Cross-Sicherheit sie gefunden hatte, fragte er sich? Dann sah er, wer die schattenhafte Gestalt war.

Jase! Die vertrauten Züge starrten ihm entgegen, noch genauso wie vor fünfzehn Jahren.

Talon drehte sich um und lief ihm entgegen. »Jase!«, rief er, aber die Gestalt bog um die Ecke und verschwand in einer Flut aus Licht, als sei er in eine hell erleuchtete Gasse gebogen. Immer noch Jases Namen rufend, folgte Talon ihm um die Ecke und wäre beinah von einem Wagen überfahren worden, der gerade die Gasse entlangfuhr. Der Fahrer trat auf die Bremse, und die Reifen quietschten ohrenbetäubend. Talon versuchte auszuweichen, prallte jedoch gegen den Kühler des Wagens und rollte über die Motorhaube, bevor er gegen die Windschutzscheibe schlug. Der Wagen hielt an, und er wälzte sich vorwärts, um nicht auf den Boden geschleudert zu werden. Er war ein wenig ramponiert, aber nicht ernstlich verletzt.

»Talon, mein Gott!«, rief Trouble, als sie aus dem Wagen sprang und zu ihm rannte. »Ist alles in Ordnung? Ich hab noch versucht anzuhalten, aber …«

»Hast du ihn gesehen?«, unterbrach Talon sie. Er stemmte sich in eine sitzende Stellung auf der Haube, während Val und Boom um die Ecke gelaufen kamen.

»Wen soll ich gesehen haben? Ich habe nur gesehen, dass ich dich beinahe überfahren hätte.« Dann wich alle Farbe aus Troubles Gesicht. »Es war wieder Jase, nicht wahr?«

Talon nickte. »Ich habe ihn ganz deutlich gesehen.«

»Vielleicht war es jemand anders«, begann Trouble, »ein Penner oder …«

»Es war Jase«, beharrte Talon. »Ich weiß es. Verdammt, ich bin nicht verrückt. Er war es.«

»Niemand behauptet das von dir, Kumpel«, sagte Boom, während er Talon von der Haube des ZX herunter half. »Aber wer es auch war, jetzt ist er nicht mehr da, und wir müssen uns um ein paar andere Angelegenheiten kümmern.«

»Ja«, sagte Talon, indem er sich noch ein letztes Mal umsah. »Ja, du hast Recht. Schaffen wir unsere neuen Freunde hinein.«

Aber Talon wusste, was er zu tun hatte, wenn die Gefangenen erst einmal sicher untergebracht waren. Die Sache mit Jase hatte ihn ziemlich mitgenommen, und er würde herausfinden, was, zum Teufel, tatsächlich vorging.

17

Während Roy Kilaro langsam zu sich kam, erinnerte er sich vage an einen sonderbaren Traum, in dem er ein mit der Untersuchung eines Spionagefalls betrauter Konzernagent war und dann an Bord eines Cross-Flugzeugs einer Gruppe Shadowrunner gegenübertrat, bevor ... Shadowrunner! Das Flugzeug!

Während er mit einem Ruck gänzlich erwachte, spürte er, wie sich eine Hand auf seine Schulter legte. Er fuhr herum, um festzustellen, wer es war. In dem feuchten, muffigen Raum war es dunkel, und er kannte das Gesicht des Mannes nicht.

»Ruhe«, sagte der Mann. »Immer mit der Ruhe. Es ist alles in Ordnung. Es geht uns gut, zumindest einstweilen. Ich bin Frank Connell.«

Als sein Kopf und sein Blickfeld klarer wurden, erkannte Roy den Piloten der Whitehorse, der von den Shadowrunnern aus der Kanzel geschleift worden war. Er ließ die Hand sinken, die er zum Zuschlagen erhoben hatte, und sah sich um.

Es gab nicht viel zu sehen. Anscheinend waren sie in irgendeinem Keller gelandet. Auf der einen Seite führte eine alte Holzstiege zu einer geschlossenen Tür. Auf der anderen Seite endete eine Betontreppe vor einem rostigen Metallschott. Auf dem mit einer dünnen Schicht Staub und Schmutz bedeckten und ansonsten nackten

Betonboden waren ein paar dünne Schaumstoffpolster ausgebreitet worden. Zwischen den Deckenträgern konnte er Metallrohre und Isolierung erkennen. Das einzige Licht stammte vom Schein einiger kleiner chemischer Laternen.

»Wo sind wir?«, fragte Roy, während er sich langsam erhob. Alle anderen aus dem Flugzeug waren anwesend. Nicht weit entfernt saßen Pilot und Copilot. Dan Otabi kauerte an einer Wand, hatte die Knie an die Brust gezogen und rührte sich nicht. Cary Greenleaf saß neben ihm und sah gleichermaßen verzagt aus. Gabriel, der das Schott untersucht hatte, kam die Treppe herunter.

»Wir wissen nicht, wo wir sind«, sagte er mit leiser Stimme. »Wahrscheinlich irgendwo im Bostoner Plex, weil wir dort gelandet sind. Die Uhr in meiner Headware besagt, dass wir nur ein paar Stunden bewusstlos waren. Die Tür dort oben ist abgesperrt und wird vermutlich bewacht, und das Schott sieht aus, als sei es zugeschweißt. Es gibt keinen Weg nach draußen.«

»Was ist mit Magie?«, fragte Roy.

Greenleaf schüttelte den Kopf. »Ich bin Sicherheitsmagier«, sagte er. »Ich kenne jene Zauber nicht, die uns hier herausbringen könnten. Außerdem werden wir beobachtet.«

»Was?«, sagte Roy.

Der Elf nickte. »Dort oben«, sagte er und zeigte auf eine Stelle an der gegenüberliegenden Wand dicht unter der Decke. »Dort hält sich ein Geist im Astralraum auf. Ein ziemlich mächtiger Geist, wie es aussieht, und er behält uns im Auge. Er kann alles hören, was wir sagen. Wenn ich es mit Magie versuche, wird er es erkennen und wahrscheinlich eingreifen, bevor ich einen Zauber vollenden kann.«

»Können Sie ihn nicht irgendwie bannen?«, fragte Roy.

Greenleaf hielt inne und schien einen Moment zu lauschen. »Er sagt, dass das keine gute Idee wäre, Mr. Kilaro. Sein Herr ist in der Nähe und würde es erfahren. Wenn ich es auch nur mit Magie versuche, würde er meinen mageren Hintern um den Block jagen.«

»Er kann reden?«

»Er ist ziemlich intelligent«, sagte der Magier. Er hielt inne und schaute zu der bezeichneten, wenn auch leeren Stelle. »Und ihm gefällt nicht, dass wir eine Sache in ihm sehen. Wahrscheinlich ist er der Familiar des Magiers.«

»Was wollen wir also unternehmen?«, fragte Roy.

»Nichts, zunächst einmal«, sagte Gabriel.

»Nichts? Aber …«

Gabriel hob die Hand und gebot Schweigen. »Wir *können* nichts unternehmen, Kilaro, nur warten und uns in Geduld üben. Wenn diese Shadowrunner uns hätten umbringen wollen, wären wir nicht mehr aufgewacht. Sie hätten im Lieferwagen oder auch an Bord des Flugzeugs ebenso gut scharfe Munition benutzen können. Aus irgendeinem Grund wollen sie uns lebendig. Einstweilen müssen wir warten und diesen Grund herausfinden …«

Das Klicken von Schlössern ertönte, als die Tür am Ende der Stiege geöffnet wurde und einen Lichtstrahl einließ. In diesem Licht waren die Umrisse des dunkelhäutigen Orks und des Straßenmagiers zu erkennen, den Kilaro für den Anführer der Shadowrunner hielt. Sie schlossen die Tür und kamen die Treppe herunter. Beide waren bewaffnet.

Aber diesmal trugen sie keine Betäubungspistolen, und Roy überlief ein Schauder der Furcht. Der Magier hatte eine schlanke Pistole, während der Ork eine klobige Maschinenpistole in der Hand hielt. Roy fragte sich, ob er und die anderen hingerichtet werden sollten. Er hörte Otabi hinter sich wimmern, doch Gabriels Miene war so unbewegt wie Granit.

Der Ork blieb ein paar Stufen über dem Fuß der Treppe stehen und gab dem Magier Deckung, der vortrat.

Dessen Kanone zeigte in ihre Richtung, aber auch er blieb am Fuß der Treppe stehen.

»Bevor Sie eine Dummheit begehen, sollte ich Sie warnen, dass mein Chummer schneller ist als eine Katze auf Speed und dreimal so gemein. Er würde einen Haufen Löcher in Sie bohren, bevor Sie auch nur zwei Schritte gemacht hätten. Machen Sie also keine Dummheiten, dann werden Sie diese Geschichte lebend überstehen. Andernfalls müssen wir Sie töten.«

Er warf einen Blick auf Greenleaf. »Mein Verbündeter sagt mir, dass Sie sich bereits mit den Schutzvorrichtungen rings um diesen Raum und mit seiner Anwesenheit vertraut gemacht haben. Es war sehr klug von Ihnen, weder ihn noch die Schutzvorrichtungen auf die Probe zu stellen. Geben Sie mir Ihr Wort, dass Sie es auch weiterhin nicht versuchen, dann können wir Ihnen das Schlafmittel ersparen.«

Der Elf wand sich ein wenig. Er schaute zur Decke hoch, dann zum Magier und wieder hoch zur Decke. »Ich mache keine Schwierigkeiten«, sagte er schließlich kleinlaut.

»Gut«, erwiderte der Straßenmagier.

»Was wollen Sie von uns?«, fragte der Pilot der Whitehorse.

»Von Ihnen? Nichts. Sie waren schlicht zur falschen Zeit am falschen Ort. Wir hatten geplant, Sie vor dem Start aus dem Flugzeug zu schaffen, aber die Reaktionszeit der Cross-Sicherheit war besser, als wir erwartet hatten. Wir hatten auch nicht mit so vielen Leuten an Bord gerechnet. Insbesondere nicht mit ihm.« Er deutete mit einem Kopfnicken auf Otabi, der sich ängstlich an die Wand drückte. »Also mussten wir Sie alle mitnehmen.«

»Arbeitet Otabi nicht mit Ihnen zusammen?«, fragte Roy mit einem Gefühl völliger Verwirrung.

»Nicht direkt«, sagte Gabriel, bevor der Straßenmagier antworten konnte. »Otabi ist mit einer besonderen Art von Simchip darauf konditioniert worden, zu glauben, er sei ein Konzernagent, der verdeckt als Shadowrunner arbeitet. Er dachte, er arbeitet mit ihnen zusammen, und in gewisser Weise hat er das auch getan – obwohl er im Moment ziemlich verwirrt ist.«

»Das wird vergehen«, sagte der Magier. »Der Chip ist nicht so konzipiert, dass er dauerhaften Schaden anrichtet, obwohl ich natürlich keine Aussagen hinsichtlich Otabis Chipsucht machen kann.«

»Wie nett von Ihnen«, knurrte Roy höhnisch, bis ihm aufging, dass er sich auf sehr dünnem Eis bewegte. Er nahm sich Frechheiten gegenüber einem abgebrühten Kriminellen heraus, der eine Kanone auf ihn gerichtet hielt.

Die Augen des Magiers verengten sich zu gefährlichen Schlitzen. »Ich bin nicht hier, um mit Ihnen über unsere Methoden zu diskutieren«, sagte er. »Ich sage Ihnen lediglich, in welcher Lage Sie sich befinden. Wenn Sie kooperieren und sich nicht mit uns anlegen, werden Sie diese Geschichte heil überstehen. Wenn nicht, wird es unangenehm. So einfach ist das. Was Sie auch glauben mögen, wir sind nicht im Wetwork-Geschäft, also geben Sie uns keine Veranlassung, Sie zu töten, *so ka*?«

Alle nickten außer Gabriel, aber der Magier schien dennoch zufrieden zu sein. Er ließ die Tasche, die er trug, von der Schulter gleiten und warf sie auf den Boden.

»Darin ist Nahrung und Wasser – Überlebensproviant. Wenn Sie damit ein Problem haben, können Sie sich gern bei der Geschäftsleitung beschweren.«

Er trat einen Schritt zurück, dann drehte er sich um und ging die Treppe herauf. Der Ork blieb, wo er war, und behielt sie im Auge, während der Magier die Stufen erklomm. Bei ihm angekommen, wich der Ork zur Seite und folgte dem Magier dann rückwärts, sodass er sie ständig im Blick hatte.

Der Magier klopfte an die Tür, die sich sofort öffnete.

Er und der Ork gingen hindurch, dann schloss sich die Tür wieder, und sie hörten, wie sie abgesperrt wurde.

Roy schaute zu der Stelle an der Decke hoch, wo Greenleaf den Geist gesehen hatte, und ging dann zur Essenstasche. Otabi fing in der Ecke leise an zu schluchzen.

»Wer will etwas zu essen?«, fragte Roy.

Kurz darauf saßen sie auf den Polstern und aßen die in Folie verpackten Notrationen, die sie mit einigen Schlucken des schalen, nach Plastik schmeckenden Wassers herunterspülten. Roy versuchte Dan Otabi dazu zu bringen, einen Bissen zu essen oder wenigstens etwas zu trinken, doch er weigerte sich. Er blieb an die Wand geschmiegt, wo er gelegentlich vor sich hin murmelte oder wimmerte und sich mit den Fingern über seine Datenbuchse strich, als wolle er sich vergewissern, dass sie noch da war.

»Kommen Sie«, sagte Roy. »Sie tun sich damit keinen Gefallen.«

»Das ist doch vollkommen egal«, stöhnte Otabi. »Es ist hoffnungslos. Sie werden uns niemals gehen lassen. Nicht, nachdem wir sie gesehen haben und wissen, wer sie sind.«

»Hey, das klingt ganz vernünftig«, sagte Simms, der Copilot der Whitehorse. »Woher sollen wir wissen, dass sie uns wirklich gehen lassen, jetzt, da wir sie gesehen haben?«

Gabriel schnaubte und schüttelte den Kopf wie jemand, der es mit einem unwissenden Kind zu tun hat. »Das sind Shadowrunner«, sagte er, als erkläre das alles. »Es spielt keine Rolle, was wir gesehen haben. Sie können mühelos ihr Aussehen verändern, auch wenn wir wissen, wie sie in Wirklichkeit aussehen. Die Namen sind nur Straßennamen, und diese Leute existieren nicht einmal, soweit es den Rest der Gesellschaft betrifft. Ihre Namen und ihr Aussehen zu kennen ist völlig belanglos, weil sie einfach in den Schatten verschwinden werden, wenn das alles hier vorbei ist.«

»Was ist mit Ihnen?«, fragte Frank Connell. »Ich dachte, es sei Ihr Job, uns vor solchen Leuten zu schützen. Ist das nicht genau das, was ihr Leute von der Special Security tut?«

»Reden Sie leise«, sagte Gabriel. »Und ich schütze Sie, indem ich Ihnen sage, dass Sie ruhig bleiben und nicht den Kopf verlieren sollen. Das hier ist kein Spiel, und ›diese Leute‹, von denen Sie reden, sind Berufsverbrecher.«

»Und Sie glauben trotzdem, dass sie uns einfach gehen lassen?«

»Ja, solange wir tun, was sie sagen. Shadowrunner haben ihren eigenen Verhaltenskodex, und sie haben keinen Grund, uns umzubringen. Dafür werden sie nicht bezahlt und unser Tod könnte ihnen eine Menge Ärger einbringen. Sie werden uns freilassen, sobald sich die Dinge ein wenig beruhigt haben. Wir haben keinen Wert für sie als Geiseln. Sie haben bereits, was sie wollten, und sie wissen, dass der Konzern nicht mit Kriminellen verhandelt.«

Ja, dachte Roy, *sie stellen sie lieber bei der Special Security ein*. Unterschieden sich die Schattenunternehmen der Seraphim von dem, was diese Shadowrunner taten? Trotzdem fand er, Gabriel hätte ein verborgenes Ass im Ärmel haben müssen wie ein Held aus einem von Dan Otabis Sims. Offensichtlich fanden die anderen das auch. Sie erwarteten von ihrer Firma – und seinem Stellvertreter –, dass man sich um sie kümmerte. Gabriels und Greenleafs Hilflosigkeit – oder Unwilligkeit –, etwas an der Situation zu ändern, traf sie wie ein Schock.

Am Ende konnten sie nur warten und hoffen, dass die Shadowrunner tatsächlich so prinzipienbewusst waren, wie Gabriel dies zu glauben schien.

*

»Und?«, fragte Boom, als Talon und Hammer die kleine Küche im hinteren Teil der Kirche betraten. Sie hatten sie mit Campingartikeln ausgestattet, um sie einigermaßen funktionell zu gestalten. Talon drehte einen der Stühle um und setzte sich, indem er sich über die Lehne beugte, während Hammer sich eine Dose Bier aus dem Kühlschrank holte. Er legte seine Ingram Smartgun auf die Arbeitsplatte, dann öffnete er die Dose und nahm einen tiefen Schluck.

»Ich glaube nicht, dass sie uns Schwierigkeiten machen werden«, sagte Talon, »aber wir müssen sie trotzdem im Auge behalten.«

»Ein Konzernmann und ein Magier«, sagte Boom. »Das gefällt mir nicht.«

»Der Magier wird keinen Ärger machen. Aracos und ich haben ihn uns angesehen. Er ist nicht sonderlich heiß, weiß aber genug, um nichts zu unternehmen. Er weiß, dass Aracos ihn beobachtet und auf ihn losgehen wird wie Fliegen auf Drek, wenn er etwas Falsches tut. Hinzu kommt, dass er ein Lohnmagier und nicht für den Kampf und Infiltrationsgeschichten ausgebildet ist. Ich habe seine Aura überprüft, und er ist einigermaßen verängstigt. Das sind sie alle.«

»Was ist mit dem Konzernmann?«, fragte Hammer. »Für mich hat er nicht sonderlich verängstigt ausgesehen.«

»Du hast Recht. Er ist der Einzige, der keine Angst vor uns hat. Er ist ein Rätsel, ein echter Eisklotz. Er ist gut darin, seine Gefühle zu verbergen. Sogar seine Aura hat mir nicht viel verraten. Er hat die meiste Cyberware von allen Gefangenen, aber auch nicht mehr als Hammer oder Boom. Sein Selbstvertrauen scheint ziemlich groß zu sein, aber für den Augenblick kooperiert er.«

»Und das ist der springende Punkt«, sagte Trouble von der anderen Seite des Tisches. Sie hatte die wenigen Habseligkeiten ihrer Gefangenen durchgesehen – in erster Linie Brieftaschen und Kredstäbe sowie den Aktenkoffer und die Dienstwaffe des Konzernmanns.

»Sein Ausweis besagt, dass er Mr. Gabriel und ein Mitglied der Cross Special Security ist«, sagte sie, während sie die Ausweishülle in der Hand hielt. »Seraphim. Das könnte bedeuten, dass sie uns schon seit einiger Zeit auf der Spur sind.«

»Wenn das stimmte, hätten sie uns längst gefunden«, sagte Boom, »oder wären am Flughafen härter gegen uns vorgegangen oder auch schon, als wir den Datendiebstahl abgezogen haben. Ich glaube nicht, dass der Seraphim ihn geschickt hat. Wahrscheinlich ist er ein Agent, der routinemäßig Einbrüche wie den von uns inszenierten untersucht. Ich meine, das war doch die Reaktion, die wir uns erhofft hatten, richtig? Die Firma dazu zu bringen, zu glauben, ihr Projekt sei in Gefahr, sodass sie die Bioproben verlegen und uns Gelegenheit geben würden, sie uns zu schnappen?«

»Boom hat Recht«, sagte Talon. »Alles ist genau nach Plan verlaufen, also glaube ich nicht, dass uns der Seraphim auf die Schliche gekommen ist.« Er zeigte auf die Gegenstände auf dem Tisch. »Hast du alles überprüft?«

»Vor allem das, was man erwarten würde«, sagte Trouble. »Nur Ausweise und ähnlicher Drek. Das hier ist das Interessante.« Sie nahm den Aktenkoffer und stellte ihn auf den Tisch. »Das Teil hat ein Schloss mit einem Daumenabdruckscanner und ist von innen gepanzert.« Sie unterstrich ihre Aussage, indem sie gegen die Seite des Koffers klopfte. »Was sich auch darin befindet, ist es ziemlich schwer, wahrscheinlich kompakte Elektronik, vielleicht ein Cyberdeck. Außerdem ist ein Deck in dem Koffer, den Kilaro bei sich hatte. Es ist ein Cross der Babel-Reihe und sieht aus, als hätte es noch sämtliche legitimen Konzern-Codierungen, also muss man erst einiges an Arbeit hineinstecken, wenn man ernsthaft damit decken will.«

»Glaubst du, der Koffer ist es wert, dass wir ihn aufbrechen?«, fragte Talon.

»Es wäre gut zu wissen, was unser Konzernmann bei sich hatte«, sagte Trouble. »Insbesondere, wenn es mit unserem Run zu tun hat.« Sie grinste. »Außerdem bin ich neugierig.«

»Neugier ist der Katze Tod«, sagte Hammer und trank sein Bier aus.

»Ja, aber die Befriedigung holt sie wieder zurück.«

»Also schön«, sagte Talon. »Sieh zu, was du machen kannst, aber sei vorsichtig.«

An diesem Punkt gesellte sich Val zu ihnen, die gerade in ihre Lederjacke schlüpfte. Sie hatten abwechselnd in kurzen Schichten geschlafen, und Val hatte ihre Schlafperiode gerade beendet. »Soll ich jemand etwas mitbringen?«, fragte sie. »Ich verschwinde kurz.«

»Ja, mir«, sagte Talon. »Warte.«

Er griff in seine Jacke, holte seinen Taschensekretär heraus, machte sich ein paar Notizen auf dem kleinen Schirm und redete dabei mit Val. »Du kennst doch das Silver Moon, richtig? Den Taliskrämer in der Nähe der alten Überführung?«

Val nickte.

»Du könntest später ein paar Sachen für mich abholen. Ich würde selbst gehen, aber ich muss auf unsere Gäste aufpassen und in der Nähe sein, falls Aracos meine Hilfe braucht. Es sind nur ein paar Sachen, die ich für einen Kreis benötige.« Er beendete die Liste und schob den Griffel wieder in die Hülle, während Val ihr eigenes Gerät zückte.

Talon schickte ihr die Liste und sie warf einen Blick darauf. »In Ordnung«, sagte sie.

Talon bezweifelte nicht, dass sie alles regeln würde. Abgesehen von ihm war sie das Teammitglied, das am meisten über Magie wusste, da sie in ihrer Heimat Deutschland einige Zeit mit Hexen gelebt und für sie gearbeitet hatte. Sie ging nach draußen zum Van, der hinter der Kirche geparkt war.

Boom stand auf, reckte sich und stiefelte zu den Schlafmatten. »Weckt mich in ein paar Stunden«, sagte er, »und seid sanft. Mann, bin ich froh, wenn dieser Job erledigt ist und ich wieder in einem richtigen Bett schlafen kann.«

Talon und Trouble wechselten ein Lächeln, dann nahm Trouble den Aktenkoffer, setzte sich in eine Ecke und machte sich daran zu schaffen.

Hammer warf Talon ein Mineralwasser aus dem Kühlschrank zu und setzte sich dann an den Tisch. Er holte ein Päckchen Spielkarten aus einer der vielen Taschen in seiner Weste und grinste Talon an.

»Five-Card-Stud?«, fragte er.

Talon zuckte die Achseln. »Warum nicht?«

»Aber vergiss nicht, dass du mir noch fünfzig Nuyen vom letzten Mal schuldest. Und keine Magie.«

»Wie wär's mit doppelt oder nichts?«, fragte Talon.

Hammer mischte und teilte die Karten aus Talon stellte fest, dass er ganz Booms Meinung war. Er würde froh sein, wenn dieser Run vorbei war, weil er etwas anderes zu erledigen hatte.

18

Obwohl die Warterei ewig zu dauern schien, verhielten sich die Gefangenen fügsam. Sechsunddreißig Stunden nachdem Talon und die anderen die Whitehorse gekapert hatten, ließen sie ihre Gäste frei. Sie wurden betäubt und in einen Van verladen, den Hammer und Val für diesen Zweck ›requiriert‹ hatten. Dann fuhren sie den Van zu einer isolierten Stelle in South Boston und stellten den abgeschlossenen Van auf einem Parkplatz ab. Ein Streifenwagen Knight Errants bemerkte ihn, überprüfte das Kennzeichen und stellte eine Übereinstimmung mit einem als gestohlen gemeldeten Fahrzeug fest. Als die Insassen des Vans erwachten, saßen sie in einer Untersuchungszelle Knight Errants und hatten eine Menge zu erklären.

Knight Errant konnte sie natürlich nicht lange festhalten, legte Cross aber in dessen Bemühen, sie frei zu bekommen, viele kleine Steine in den Weg. Es war genau die Art Amtsschimmel, auf die Talon gehofft hatte. Zwar begann die Cross-Sicherheit sofort mit einer Durchsuchung des fraglichen Gebiets, aber sie hatte buchstäblich keine Spuren oder Hinweise, die ihr geholfen hätten, und die sinnlose Suche blieb ergebnislos.

Boom schlug vor, auszugehen und den erfolgreichen Abschluss des Runs zu feiern. Talon stimmte widerstrebend zu und schloss sich ihnen an einem Tisch im *Cyber-Club* an. Den größten Teil des Abends verbrachte er damit, ins Leere zu starren und seinen Gedanken nachzuhängen und Pläne zu schmieden. Schließlich stellte er sein Glas ab und stand auf.

»Es tut mir Leid, aber ich muss gehen«, sagte er. »Ich habe einige Dinge zu erledigen, die nicht warten können.«

»Schön«, sagte Boom. »Falls du Hilfe brauchst ...«

»Weiß ich, wen ich anrufen muss«, erwiderte Talon.

»Ich glaube, ich mache auch Schluss«, sagte Trouble und wandte sich an Talon. »Begleitest du mich noch zur Tür?«

Sie gingen zusammen und ließen ihre drei Teammitglieder bei Drinks, angeregter Unterhaltung und ausgiebiger Beobachtung des Geschehens auf der Tanzfläche zurück.

»Wann gibt das Mädchen endlich auf?«, sagte Hammer, während Talon und Trouble sich einen Weg durch die Menge bahnten.

»Wie meinst du das?«, fragte Val.

»Sie fährt immer noch total auf Talon ab.«

»Was? Aber sie weiß doch, dass Talon schwul ist!«, sagte Val.

»Na ja, ihr Verstand weiß es«, erwiderte Hammer, »aber was den Rest angeht, bin ich nicht so sicher. Das Herz will, was das Herz eben will.«

Boom nahm einen Schluck aus einem großen Krug, der in seiner gewaltigen Pranke wie ein Schnapsglas aussah. »Ich weiß nicht. Mir kommt es eher so vor, als sei Ms. Trouble in letzter Zeit ziemlich … beschäftigt gewesen, und zwar nicht mit Talon, wenn ihr wisst, was ich meine.«

»Du meinst, sie hat irgendwas am Laufen?«, fragte Val.

Boom zuckte die Achseln und beugte sich vor, dann sagte er in leisem, vertraulichem Tonfall: »Sagen wir einfach, ich hab den Job als Kontaktmann für diese Truppe nicht wegen meines unglaublichen Aussehens bekommen. Ich kenne Leute, und ich kann euch eines sagen: Was Trouble auch für Talon empfindet, sie hat definitiv einen anderen.«

»Das hoffe ich für sie«, sagte Hammer. »Ich arbeite mit Trouble schon länger zusammen als alle anderen in diesem Team, und sie hat es verdient, glücklich zu werden. Ich meine, Talon ist ein toller Bursche, und ich weiß, er würde ihr nie absichtlich wehtun, aber manchmal ist er so …«

»… begriffsstutzig? … beschränkt? … ignorant?«, versuchte Boom auszuhelfen.

Hammer nickte. »Wenn es um Frauen geht, die ein Auge auf ihn geworfen haben. Sie sollte ihn sich abschminken und sich irgendeinen netten, ungebundenen heterosexuellen Kerl suchen.«

Boom seufzte. »Ach, ich wollte, ich hätte Talons Probleme mit Frauen.«

Valkyrie grinste, stand auf und legte jedem der beiden Männer eine Hand auf den Unterarm. »Ich bin's leid, über das nicht vorhandene Liebesleben anderer Leute zu reden«, sagte sie. »Talon und Trouble werden schon alles auf die Reihe kriegen. In der Zwischenzeit sind wir hier, haben wieder einen Run überlebt und sind einstweilen flüssig. Also lasst uns feiern!«

Boom und Hammer sahen einander an und lächelten, während Val sie laut johlend auf die Tanzfläche zerrte.

*

»Danke, dass du mich vor die Tür begleitet hast, aber das war nicht nötig«, sagte Talon zu Trouble, als sie aus dem Club in die kalte Dezembernacht traten.

»Ich wollte es aber«, sagte sie. »Was Boom gesagt hat, falls du irgendwelche Hilfe brauchen solltest ...«

»Keine Sorge. Ich lade mir nicht mehr auf den Teller, als ich essen kann. Ich muss nur herausfinden, was eigentlich los ist.«

»Okay, aber wenn du andere Hilfe brauchst – du weißt schon, nur jemanden zum Reden und keinen, der ein Sicherheitssystem knackt, jemandem in den Hintern tritt oder Raketen abschießt, na ja, ich wäre auch dann für dich da.«

»Danke.« Talon nahm Troubles Hand und drückte sie. »Ich weiß das zu schätzen.«

Als sie am Ende der Gasse angelangt waren, rief Talon in Gedanken Aracos. Die Dunkelheit der Gasse schien zu flimmern, und dann erschien ein rot-schwarz-silbernes Motorrad, dessen Motor bereits lief. Talon schwang sich auf den den Sitz und zog sich den Helm über den Kopf.

»Viel Spaß«, sagte er zu Trouble. »Wir bleiben in Verbindung.« Dann gab er Gas und bog in die Straße. Trouble stand da und sah ihm nach, bis er verschwunden war, dann ging sie zu ihrem Wagen. Sie hatte ebenfalls eine Verabredung.

Sie fuhr in den Rox, und der Verkehr wurde rasch

dünner, als sie die Ausläufer erreichte. Die meisten Bostoner wussten genug, um Gegenden wie den Rox zu meiden, insbesondere nachts, wenn die Straßen größtenteils von Motorrad-Gangs kontrolliert wurden, die Maut für die Benutzung ihrer Straßen erhoben oder deren Vorstellung von Spaß darin bestand, jedem Norm den Schädel einzuschlagen, der sich aus der Innenstadt in ihr Revier verirrte.

Trouble machte sich keine Sorgen. Sie wusste, welche Straßen sie nehmen konnte und welche sie meiden musste. Und dort, wohin sie fuhr, kannte die Gang sie und war auf ihr Kommen vorbereitet.

Sie fuhr zur alten Fabrik und zum freien Platz auf der Rückseite. Er war von einem verrosteten Kettenzaun mit Stacheldraht umgeben, der schon Gangmitglieder hatte abhalten sollen, welche die Großeltern derjenigen hätten sein können, die ihre Ankunft beobachteten. Nur dass die meisten Großeltern dieser jungen Leute erst seit vielleicht dreißig Jahren hier lebten, dachte sie. Sie schaltete die Alarmanlage des Wagens ein und ging entschlossen zur Hintertür des Gebäudes, das von außen verlassen wirkte. Es gab keine Anzeichen dafür, dass es bewohnt war, außer vielleicht von Pennern oder den im Rox beheimateten Ghulen.

Sie klopfte an die Tür, und ein sommersprossiger Junge um die zwanzig ließ sie ein. Sie war kaum eingetreten, als Ian bei ihr war und sie in die Arme nahm.

»Freut mich, dass du kommen konntest«, sagte er nach einem Begrüßungskuss. Er führte sie von der Tür und dem lächelnden Wachposten weg, der sich zu freuen schien, dass sein Kommandant so glücklich war.

»Hattest du Probleme, hierher zu finden?«, fragte er.

»Nein, deine Beschreibung war perfekt«, sagte sie, »und im Rox kenne ich mich ziemlich gut aus. Ich hätte mir nie träumen lassen, dass ihr euch hier aufhaltet.« Sie sah sich um und betrachtete die bröckelnden Ziegel und die verrosteten Rohre und Beschläge. Die Decken waren hoch und die Flure breit. Wahrscheinlich war das Gebäude ursprünglich, als es vor ein paar Jahrhunderten errichtet worden war, eine Spinnerei gewesen. Ganz offensichtlich hatte es auch noch anderen Zwecken gedient, bevor es schließlich zum Unterschlupf für eine Terroristengruppe geworden war.

»Das war unsere Absicht«, sagte Ian. »Wir konnten nicht in South Boston bleiben, weil das Untertauchen zu schwierig wurde. Deshalb sind wir hierher gekommen.«

»Was die Kämpfe zwischen den Bean Sidhe und den anderen Gangs im Rox erklärt.« Sie wusste, dass die Gang der Bean Sidhe mit den Knights zusammenarbeitete. Ihre Mitglieder waren die Fußsoldaten der Organisation, und sie vergötterten Ian O'Donnel und das, wofür er stand: eine freie Heimat, die sie nie kennen gelernt hatten.

»Ja«, sagte er nur. »Sie haben Platz für uns geschaffen, und die Kämpfe mit den anderen Gangs erwecken den Eindruck, dass alles seinen gewohnten Gang geht.«

»Kommandant«, sagte eine unbekannte Frauenstimme. Trouble erschrak. Sie hatte die Annäherung der Frau erst bemerkt, als sie noch eine Armlänge entfernt war. Sie war noch jung, wahrscheinlich Anfang zwanzig, und hatte eine helle Haut und feuerrote Haare. Die Augen waren tiefblau, aber irgendetwas an ihnen war hart. Der Blick, den sie Trouble zuwarf, war fast vernichtend.

»Ja, Bridget, was gibt es?«, fragte Ian.

»Ich störe nur ungern«, sagte sie mit einem winzigen Anflug von Sarkasmus, »aber wir sind die Daten durchgegangen und brauchen Ihr Einverständnis …«

»Ich sehe mir später alles an«, sagte er. »Setzt eine Besprechung für morgen früh an.«

»Zu befehl … Sir.« Bridget wandte sich mit einem letzten Blick in Troubles Richtung ab und zog sich dann durch den Flur zurück.

»Entschuldige«, sagte Ian. »Sie ist ein neuer Rekrut und sehr … eifrig.«

»Das sehe ich«, sagte Trouble. »Wo habt ihr sie gefunden?«

»Eigentlich hat sie uns gefunden. Das ist einer der Gründe, warum wir sie aufgenommen haben. Sie weiß, was sie tut.«

Das gab Trouble zu denken. Wenn Bridget die Knights von sich aus aufgesucht hatte, konnte sie eine Spionin sein? Sie hätte beinahe etwas Entsprechendes zu Ian gesagt, aber dann machte sie sich klar, dass eigentlich sie der Außenstehende Neuankömmling war.

»Lass uns jetzt nicht übers Geschäft reden«, sagte er, während sie zu einer Tür am Ende des Flurs gingen. Mit einer halben Verbeugung öffnete er die Tür, und Trouble gingen die Augen über.

Der Raum hinter der Tür wie es dieselben gemauerten Ziegelwände auf wie der Rest des Gebäudes. Wahrscheinlich war er früher einmal ein Büro gewesen, aber die unzähligen dort aufgestellten Kerzen verwandelten ihn in ein verzaubertes magisches Tal aus weichem goldenem Licht. Es beleuchtete einen kleinen Tisch, der für zwei Personen gedeckt war. Hinter dem Tisch stand ein Bett, das mit einzelnen Rosen bedeckt war, blutrote Farbtupfer auf dem weichen weißen Laken.

»Ian, das ist … das ist wunderschön«, hauchte sie, als er sie bei der Hand ins Zimmer führte und die Tür hinter ihnen schloss.

»Nicht halb so schön wie du«, sagte er, indem er sich zu ihr beugte, um sie zu küssen. Sie presste ihren Körper gegen seinen, hungrig nach seinen Küssen, seinen Berührungen. Ihre Leidenschaft trug sie zum Bett, da Essen, Trinken und alles andere in der Hitze des Verlangens vergessen war. Sie liebten sich leidenschaftlicher als je zuvor. Es war, als wollten sie diesen Augenblick, in dem es nur sie beide gab, für immer festhalten.

Danach, als sie ineinander verschlungen auf dem Bett lagen, richtete Ian sich ein wenig auf und sah Trouble an. Seine Augen funkelten im Kerzenschein.

»Ich habe meinen Augen nicht getraut, als ich diese Bar betrat und dich dort gesehen habe. Das hat mich erkennen lassen, wie sehr ich dich vermisst habe und was für ein Idiot ich war, dich je gehen zu lassen. Wir passen so gut zusammen, Ariel«, sagte er. »Wir gehören zusammen.«

»Ian, ich …«

»Schsch«, sagte er, indem er ihr die Finger auf die Lippen legte. »Bitte lass mich ausreden. Ich weiß, dass ich ein Dummkopf war, und ich weiß, dass das Leben, das ich mir ausgesucht habe, kein einfaches ist. Aber ich will dich wieder in meinem Leben haben, Ariel. Komm zu mir und den Knights zurück. Wir brauchen dich. Ich brauche dich. Bitte sag, dass du es tust.«

Er langte hinüber zu dem kleinen Tisch neben dem Bett und hob ein winziges Kästchen auf, das er ihr dann reichte.

Trouble nahm es mit zitternden Händen entgegen und öffnete es. Es enthielt einen Ring aus Weißgold, der in einem keltischen Knotenmuster geschmiedet und mit Diamanten besetzt war.

»Der hat meiner Großmutter gehört«, sagte Ian leise. »Ich will, dass du ihn trägst. Ich will, dass du mich heiratest, Ariel.«

19

Am nächsten Tag stellte Talon in jenem Teil seiner Wohnung, den er als ›Arbeitszimmer‹ bezeichnete, acht Kerzen in einem Kreis auf. Er setzte sich in die Mitte des Kreises auf einen Läufer, der mit mystischen Symbolen bestickt war, und konzentrierte sich auf die Flamme der neunten Kerze, die er vor sich gestellt hatte. Er versuchte sein Bewusstsein von allen anderen Gedanken und Überlegungen mit Ausnahme der vor ihm liegenden Aufgabe zu befreien, wenngleich es ihm aus irgendeinem Grund schwerer fiel als sonst, sich zu sammeln. Langsam bereitete er sich vor, indem er immer tiefer atmete, bis er spürte, dass er bereit war.

»Aracos«, rief er gedanklich, und der Ruf breitete sich über die mannigfaltigen Existenzebenen aus. Die Luft auf der anderen Seite der Kerze flimmerte wie durch die Hitze der Flamme, und das geisterhafte Bild eines silbernen Wolfs erschien vor Talons mystischen Sinnen. Der majestätische Kopf neigte sich in Anerkennung, und Talon erwiderte die Geste des Respekts.

»Wache über mich und behüte mich, während ich unterwegs bin«, sagte er zu Aracos, und der Geist nickte erneut. Talon streckte sich auf dem Meditationsteppich aus und entspannte sich völlig, bevor er in Trance fiel. Wellen des Friedens und der Ruhe durchströmten ihn, als er sich von der physikalischen Welt löste und sich der größeren Welt dahinter öffnete, der Welt des Astralen und der unendlichen Mysterien der Metaebenen.

Sein Bewusstsein von der physikalischen Welt verblasste und verengte sich zu einem dunklen Tunnel in einem Gefilde aus unendlichen Schatten – die Grenzen der Metaebenen. Er flog durch den Tunnel einem strahlenden Licht entgegen, das voraus zu sehen war. Als das Licht größer wurde, konnte er die Silhouette einer Gestalt davor erkennen, den Hüter der Schwelle.

Niemand wusste genau, wer oder was der Hüter war. Viele Traditionen glaubten, der Hüter sei der Bewacher des Portals zwischen der physikalischen Welt und den tieferen Gefilden der Astralebene. Modernere Magier sagten, der Hüter sei ein Konstrukt, eine Schöpfung des Unterbewussten eines Reisenden, die Essenz des Schattens, der tiefen, unterdrückten Seite der Persönlichkeit. Mächtiger Geist oder Ausgeburt der Phantasie, was sich nicht bestreiten ließ, war die Tatsache, dass jeder Reisende zu den Metaebenen dem Hüter begegnete und geprüft wurde, bevor er weiterreisen durfte.

Talons Erfahrung nach nahm der Hüter oft die Gestalt von Personen aus seiner Vergangenheit an, Masken, die er benutzte, um ihn aus der Fassung zu bringen oder mit einem Fehler zu konfrontieren. Der Hüter wusste alles über die Reisenden, die hierher kamen, er kannte jedes Geheimnis, jede verborgene Scham, jede noch so tief vergrabene Furcht, und nutzte sein Wissen in den Prüfungen zu seinem Vorteil.

Bei Talons Annäherung erwies der Hüter sich als nicht mehr als ein lebender Schatten, als dunkle Form vor dem weißen Licht. Talon wappnete sich und flog näher, während der Hüter ihm in den Weg zu schweben schien und ihm den Weg zu den Metaebenen versperrte.

Talon spürte Zorn in sich aufflackern. »Ich habe keine Zeit für diesen Drek«, knurrte er den Hüter an und streckte die Hände aus, um ihn beiseite zu schieben.

Die Schatten schienen von der Gestalt des Hüters abzufallen, und Talon stellte fest, dass er plötzlich in sein eigenes Gesicht starrte, das sein Starren erwiderte und dessen Züge sich zu einem Ausdruck blasierter Zufriedenheit verzerrt hatten.

»Stell die Frage erst, wenn du sicher bist, dass du auch die Antwort hören willst«, sagte der Hüter mit Talons Stimme.

Dann ging die Gestalt in Flammen auf und wurde zu einer lebenden Fackel. Talon schrie auf und zog die Hände von der brennenden Gestalt weg. Schmerzen durchzuckten ihn. Sein Fleisch brannte, und der Gestank verkohlter Haut drang ihm in die Nase, während er im gleißenden Licht des Feuers blinzelte. Er drückte seine verbrannte Hand an die Brust, während er in die Dunkelheit zurückfiel und das Licht der feurigen Gestalt sich immer weiter von ihm entfernte. Als die Dunkelheit rings um ihn immer dichter wurde, glaubte er eine vertraute Stimme zu hören.

»Talon, hilf mir!«, sagte sie. »Bitte, hilf mir!«

»Jase?«, rief er. »Jase!«

Talon wurde aus seiner Trance gerissen und schoss mit einem Keuchen kerzengerade in die Höhe. Er schaute auf seine rechte Hand. Sie war unversehrt, obwohl er immer noch ein Kribbeln darin spürte, als er sich an seine Berührung mit den Flammen erinnerte, die den Hüter verschlungen hatten. Aracos stand in seiner Wolfsgestalt in der Nähe, verblüfft ob Talons plötzlicher Rückkehr in den Wachzustand, und sah ihn besorgt an.

»Alles in Ordnung, Boss?«, fragte er.

Talon nickte zögernd. »Ja, aber ich bin nicht weit gekommen. Der Hüter hat mich hinausgeworfen, bevor ich auch nur anfangen konnte. Aber er hat mir auch einen Hinweis gegeben, was vorgehen könnte. Wenn ich Recht habe, werde ich bestimmt Hilfe benötigen.«

Er stand auf und winkte. Die Kerzen erloschen augenblicklich, und der Raum wurde in Dunkelheit gehüllt. Talon schaltete das elektrische Licht ein und zog sich die Stiefel an.

»Mach dich fertig«, sagte er zu Aracos, »wir fahren zu Trouble. Wir treffen uns draußen.« Der Geist verschwand augenblicklich. Talon vergewisserte sich, dass er seine Kanone und seine magische Klinge bei sich hatte, bevor er die Wohnungstür hinter sich schloss.

Er verschaffte sich Zugang zu Troubles Wohnung, aber es dauerte einige Zeit, bis sie auftauchte. Sie war überrascht, ihn dort sitzen zu sehen, als sie durch die Vordertür hereinkam.

»Talon! Was machst du denn hier? Wie bist du hereingekommen?«

»Das ist nicht so schwer, wenn man Magier ist. Entschuldige, dass ich hier so hereinplatze, aber du warst nicht da. Ich habe versucht, dich anzurufen, aber ...«

»Ich habe es abgeschaltet«, sagte sie abrupt. »Tut mir Leid, aber ich brauchte etwas Zeit für mich.«

»Ich verstehe, aber es hat sich etwas Wichtiges ergeben.«

»Ich habe auch Neuigkeiten«, sagte sie, aber Talon hob eine Hand.

»Ich glaube, Gallow ist wieder da«, sagte er.

Trouble holte langsam und tief Luft. »Bist du sicher?«

»Nicht hundertprozentig, aber ziemlich. Früher in der Nacht war ich auf einer astralen Reise und hatte eine Vision. Ich habe jemanden gesehen, der aussah wie ich, aber in Flammen aufging, als ich an ihm vorbeizukommen versuchte. Das weist auf Gallow hin.«

»O Gott«, sagte Trouble, als sie näher kam und sich neben Talon auf die Couch setzte. Die beiden hatten sich wegen Gallow kennen gelernt, dem Feuerelementar, den Talon mit siebzehn Jahren beschworen hatte, um Jases Tod durch die Hände einer Gang aus dem Rox zu rächen. Talon hatte den Elementar völlig vergessen, nachdem er ihm befohlen hatte, die Mitglieder der Asphalt Rats zu töten. Der Geist, aus Talons Wut und Kummer erschaffen, hatte irgendwie weiterexistiert, nachdem er seinen einzigen Lebenszweck erfüllt hatte. Er hatte Besitz von einem der sterbenden Gang-Mitglieder ergriffen und, hungrig nach mehr Leben, eine kurzlebige Karriere als der ›T-Slasher‹ begonnen, einem mysteriösen Serienmörder, den die Bostoner Behörden niemals gefasst hatten.

Der Grund dafür war, dass es dem Wirt des Geistes gelungen war, die Kraft aufzubringen, seinem Leben ein Ende zu setzen, und er dabei versucht hatte, den Elementar mitzunehmen. Er hatte sich im verlassenen Bereich der Katakomben erhängt, wo der Geist sich verbarg. Das hatte den Elementar jedoch nicht vernichtet, sondern ihn lediglich in einen langsam verwesenden Leichnam eingesperrt. Der wahnsinnige Geist, der sich

Gallow nannte, hatte schließlich Kontakt zu einem menschlichen Magier namens Garnoff aufgenommen, und die beiden hatten einen Pakt geschlossen. Ihr Plan hatte darin bestanden, Talon zurück nach Boston zu locken, sodass Gallow vom Körper seines Beschwörers würde Besitz ergreifen können. Letzten Endes hatte Gallow Garnoff betrogen und seinen Körper übernommen, aber Talon und seinen Freunden war es gelungen, ihn zu besiegen. Talon hatte Gallow zuletzt gesehen, als Garnoffs Körper auf die Stromschiene der Gleise in einem U-Bahnhof in der Nähe des Rox gefallen war. Garnoff war verbrannt. Gallow war jedoch ein Geist und der Tod seines Wirtskörpers nur ein vorübergehender Rückschlag.

»Vielleicht ist er es nicht«, sagte Trouble. »Vielleicht war es nur eine Vision oder eine Warnung vor etwas anderem.«

»Vielleicht«, sagte Talon, »aber das glaube ich nicht. Jedenfalls ... als ich mich von der brennenden Gestalt entfernte, habe ich eine Stimme gehört.« Er biss sich auf die Lippe und blinzelte die Tränen zurück, die sich in seinen Augen bildeten. »Ich habe seine Stimme gehört, Trouble. Ich habe gehört, wie Jase mich gerufen und mich angefleht hat, ihm zu helfen ... zu helfen, ihn zu retten.«

Tränen liefen ihm über die Wangen. »Und der Hüter sagte zu mir: ›Stell die Frage erst, wenn du sicher bist, dass du auch die Antwort hören willst.‹ Und ich habe verstanden, warum ich nicht vorbeikonnte. Es liegt daran, dass ich nicht sicher bin, ob ich wirklich wissen will, was los ist, und ob es tatsächlich Jase ist, der mit mir Verbindung aufzunehmen versucht, oder nur Gallow oder jemand anderer versucht, sich mit mir anzulegen.« Er wandte ihr sein tränenüberströmtes Gesicht zu. »Ihr Götter, ich dachte, alles wäre vorbei, ich hätte Jase endlich zur Ruhe gelegt, und jetzt ...«

Trouble nahm Talon in die Arme, als er wieder zu weinen anfing, und hielt ihn ganz fest.

»Ich weiß nicht, ob ich es ertragen könnte, ihn wiederzusehen«, flüsterte er, während sein Körper von krampfartigem Schluchzen geschüttelt wurde.

»Nein«, sagte Trouble sanft. »Es war nicht deine Schuld, Talon. Du hättest ihn nicht retten können.« Sie strich ihm über die Haare und allmählich versiegten seine Tränen. Er zog sich ein wenig von ihr zurück, die Lippen zu einer grimmig dünnen Linie aufeinander gepresst.

»Aber ich bin schuld an Gallow. Er würde nicht existieren, hätte ich es nicht erschaffen. Ich werde dafür sorgen, dass das Wesen diesmal vernichtet wird, und zwar endgültig.«

Trouble legte ihm eine Hand auf den Arm. »Du wusstest nicht, was du tatest, als du Gallow beschworen hast«, sagte sie. »Du warst wahnsinnig vor Kummer, du warst …«

»Ich hätte es besser wissen müssen, als so etwas loszulassen, ohne etwas in der Hand zu haben. Ich habe den Geist zu töten gelehrt und dann erwartet, dass er einfach damit aufhört, ohne mich zu vergewissern, dass er es auch tat. Wie viele Leute sind meinetwegen gestorben? Wie viele werden noch sterben?«

Er stand auf und sagte: »Ich muss ihn irgendwie aufhalten.«

»Wohin willst du, zum Teufel?«, sagte Trouble, indem sie aufsprang, Talons Arm packte und ihn zu sich herumwirbelte.

»Ich werde einen Weg finden, Gallow aufzuspüren und diese Geschichte ein für allemal zu beenden. Ich werde ihn zwingen, mir zu verraten, was mit Jase passiert ist, und dann werde ich dafür sorgen, dass er nie wieder jemanden bedroht.«

»Allein?«

»Ich bin dafür verantwortlich«, sagte er.

»Bist du verrückt? Du kannst nicht allein gegen Gallow antreten!«

»Ich habe Aracos ...«, begann er.

»Was ist mit dem Team?«, sagte Trouble. »Was ist mit deinen Freunden? Glaubst du nicht, wir haben bei alledem ein Wörtchen mitzureden?«

»Es ist nicht euer Problem. Ich kann von dir und den anderen nicht verlangen, dass ihr das Risiko ...«

»Verdammt noch mal, Talon!«, explodierte Trouble mit vor Wut gerötetem Gesicht. »Was, glaubst du, was wir jedes Mal tun, wenn wir zusammenarbeiten? Was ist mit dem Risiko, das wir jeden verdammten Tag für irgendeinen Konzernpinkel mit einem fetten Kredstab eingehen, den wir nicht einmal kennen? Glaubst du nicht, dass wir bereit sind, dasselbe Risiko für einen Chummer einzugehen, für jemand, an dem uns etwas liegt?«

Talons Miene bekam einen noch entschlosseneren Zug. »Das kann ich nicht von euch verlangen ...«

»Du brauchst es auch nicht zu verlangen. Wir sind deine Freunde. Uns liegt etwas an dir. Mir liegt etwas an dir.« Sie zog ihn an sich. »Ich liebe dich«, sagte sie, indem sie sein Gesicht an ihres heranzog und ihn fest küsste.

Talons Augen weiteten sich, und er packte Troubles Arme und schob sie weg.

»Trouble, verdammt noch mal, was tust du da?«, sagte er.

Sie schüttelte seine Hände ab und drehte sich weg von ihm. »Es tut mir Leid, ich ... ich weiß es nicht. Ich weiß nicht, warum ich das getan habe.«

»Ich wusste nicht, dass du so empfindest«, sagte Talon. »Ich meine, ich dachte, du hättest begriffen ...«

»Du bist kein Mann, den man sich so leicht aus dem Kopf schlägt«, sagte sie. »Hör mal, können wir diese Sache nicht einfach vergessen? Es gibt im Augenblick wichtigere Dinge.« Sie wollte seinem Blick nicht begegnen. »Ich will eigentlich gar nicht darüber reden. Ich glaube, für eine Nacht habe ich mich genug zum Narren gemacht.«

»Sag das nicht«, entgegnete Talon. »Ich fühle mich sehr geschmeichelt, aber ...«

»Ja, aber«, unterbrach Trouble. Sie holte tief Luft und kämpfte die Tränen zurück. »Wie wär's, wenn ich mich mal umsehe? Du weißt schon, Berichte von Knight Errant, solchen Drek eben. Vielleicht fallen mir welche von Gallows alten Angewohnheiten auf. Du trommelst die anderen zusammen und bringst sie auf den neusten Stand, abgemacht? Und denk nicht mal daran, mit mir zu streiten, dass alles viel zu gefährlich ist, in Ordnung?«

Talon wollte Einwände erheben, wusste aber, dass es sinnlos war. »Also schön. Ich rufe dich an, wenn ich mit den anderen gesprochen habe, und du kannst uns dann berichten, was du herausgefunden hast, okay?«

Trouble nickte und versuchte ihn anzulächeln.

»Danke«, sagte er. »Für alles.«

»Schsch«, machte sie und winkte ihn zur Tür.

»Ich rufe gleich an«, sagte er, bevor er die Tür hinter sich schloss.

Talon war bestürzt über das, was gerade vorgefallen war. Es war peinlich. Es war auch traurig, sich vorzustellen, dass er einem guten Freund wehtat, ohne es zu wollen.

Aber im Augenblick würde Arbeit die beste Medizin für sie beide sein.

20

Roy Kilaro war kein glücklicher Mann. Er war nach Boston gekommen auf der Suche nach Intrigen und einer Gelegenheit, sich den großen Bossen zu empfehlen, und er hatte beides nicht nur im Überfluss gefunden, sondern letztere auch genutzt. Zuerst hatte er Dan Otabi korrekt als potenzielles Sicherheitsleck ausgemacht. Dann war es ihm gelungen, eine Entführung durch Shadowrunner zu überleben, nachdem es sogar die Cross Special Security nicht geschafft hatte, das zu beschützen, was die Runner haben wollten. Jetzt, da alles vorbei war, bereitete ihm CAT alles andere als einen Heldenempfang.

Er war zusammen mit Otabi in einem Firmenwohnkomplex in Methuen untergebracht, einem anonymen Bezirk, der hauptsächlich von schlecht bezahlten CAT-Angestellten bewohnt wurde und nicht weit vom Verfall der Lowell-Lawrence-Zone entfernt war. Zwar konnten Roy und Otabi sich angeblich frei bewegen, aber es war offensichtlich, dass sie nirgendwohin gehen durften, ohne einen Vertreter des Konzerns zu informieren. In der Anlage gab es Sicherheitspersonal ›zu ihrem Schutz‹. Die Wachen konzentrierten sich mehr auf Otabi, obwohl das kaum erforderlich zu sein schien. Der Bursche war so verzagt, dass er morgens kaum aus dem Bett kam und, wenn er das geschafft hatte, den ganzen Tag vor dem Trid hockte. Roy wusste, dass man ihn ebenfalls beobachtete, als sei er irgendeiner Straftat verdächtig.

Dann waren da die ›Besprechungen‹, obwohl Roy fand, dass ›Verhöre‹ eine zutreffendere Bezeichnung war. Endlose Fragerunden unter dem wachsamen Auge Gabriels, die mit dem Augenblick begannen, als er Anzeichen für ungewöhnliche Aktivitäten in den Bostoner Systemprotokollen entdeckt hatte, bis zu dem Zeitpunkt, als er durch die Türen von Merrimack Valley gegangen war. Der Seraphim-Agent führte viele dieser Verhöre persönlich durch. Er befragte Roy sogar zu den Ereignissen, die er selbst miterlebt hatte. Roy gewann den Eindruck, dass Gabriel versuchte, ihn bei einer Lüge zu erwischen oder ihn über irgendwelche Widersprüche stolpern zu lassen. Er hielt sich an das, was er wusste, und erzählte alles, woran er sich erinnern konnte, aber sie waren niemals zufrieden. Sie wollten immer und immer wieder dieselben Dinge durchgehen. Und das ging jetzt schon zwei volle Tage so.

Alle Anfragen Roys, mit einem anderen Vertreter des Konzerns zu reden, wurden mit derselben Begründung abgelehnt. Dies könne man aus Sicherheitsgründen erst zulassen, wenn so viel wie möglich über das gegen Cross verübte Verbrechen in Erfahrung gebracht worden sei.

Bis sie mit den Verhören fertig sind, dachte Roy trübsinnig, haben diese Shadowrunner sich längst zur Ruhe gesetzt. Er vermutlich auch, obwohl viel früher als erwartet. Niemand hatte etwas dergleichen auch nur angedeutet, aber Roy ging langsam auf, dass seine Verwicklung in diese Affäre ihn in den Augen der anderen zu einem Aussätzigen machte. Zwar gab es keinerlei Beweise dafür, dass er ein Unrecht begangen hatte – ausgenommen vielleicht, dass er seine Vorgesetzten nicht sofort über seinen Verdacht informiert hatte, weil er die Vorgänge selbst hatte untersuchen wollen –, aber Roy hatte das Gefühl, wie ein Verbrecher behandelt zu werden.

Er konnte nur vermuten, wie sie mit Dan Otabi umsprangen. Es war schwer zu sagen. Seiner Simchips beraubt, verbrachte Otabi seine gesamte Zeit damit, Trideo zu schauen wie ein Zombie oder ins Leere zu starren, eine Routine, die nur unterbrochen wurde, wenn die Wachen eintrafen und ihn zu einem weiteren Verhör abholten.

Natürlich war Otabis Laufbahn bei CAT beendet. Es war leicht möglich, dass er auf der Straße landete, wenn alles vorbei war, immer noch voll auf Chips – vorausgesetzt, die erzwungene Isolation kurierte ihn nicht davon, was Roy bezweifelte. Wenn Otabi also bei der Firma erledigt war, was bedeutete das dann für ihn?

Das merkwürdigste daran war die Zielrichtung der

Fragen. Roy hatte gedacht, Gabriels Interesse werde sich in erster Linie auf das Aufspüren der Shadowrunner und die Wiederbeschaffung des Gestohlenen konzentrieren. Aber seine Fragen zielten mehr auf Roys Handlungen ab. Außerdem schienen die Fragen den Zweck zu haben, herauszufinden, wie viel er über das gestohlene Gut und die Gründe für dessen Entwendung wusste, obgleich Roy nicht die geringste Ahnung hatte. Es war, als negiere Gabriel die Existenz der Shadowrunner und konzentriere die Ermittlungen auf ihn und Otabi.

Er legt uns rein, dachte Roy. Gabriel brauchte einen Sündenbock, dem er die ganze Geschichte anhängen konnte, weil er es vermasselt und die Runner hatte entkommen lassen. Das musste es sein. Schließlich nahmen die Seraphim ihre Pflicht dem Konzern gegenüber sehr ernst. Die Tatsache, dass Gabriel einer Bande von Straßenrunnern gestattet hatte, nicht nur Konzerneigentum zu stehlen, sondern dies auch noch direkt unter seiner Nase zu tun, konnte nicht sonderlich gut aussehen. Wahrscheinlich versuchte Gabriel, die Aufmerksamkeit von sich abzulenken, indem er es so hinstellte, als habe Roy ihn gemeinsam mit Otabi in die Irre geführt.

Tja, Gabriel würde noch eine Überraschung erleben, wenn er glaubte, er könne Roy als Sündenbock hinstellen.

Er stand auf und ging in die Ecke, wo seine wenigen Habseligkeiten gestapelt waren. Firmenpersonal hatte seine Sachen aus dem Hotel geholt, in dem er abgestiegen war, und sie hierher gebracht. Er holte sein Deck aus dem Koffer und setzte sich damit aufs Bett. Die Geräusche des Trideos, die aus dem anderen Zimmer an seine Ohren drangen, verrieten ihm, dass Otabi beschäftigt war und es vermutlich auch noch eine ganze Weile sein würde.

Er stöpselte sich in sein Deck und dieses in die Buchse in der Wand ein. Es wurde Zeit, herauszufinden, was tatsächlich vorging. Er fuhr die Systeme des Decks hoch und surfte los. Von einem Augenblick auf den anderen waren seine Sinne von einer Mauer harten statischen Rauschens erfüllt, bevor er in der virtuellen Realität der Matrix landete. Er stand neben einer kleinen leuchtend weißen Pyramide, die sein Cyberdeck darstellte, und sah ringsumher die verschiedenen Polygone der lokalen Computersysteme. Mit diesen begann er. Es waren ausnahmslos untergeordnete Systeme, aber sie verrieten ihm, dass die Sicherheit in dem Wohnkomplex ziemlich niedrig war. Es sah so aus, als ob er und Otabi nicht mit Überwachungskameras bespitzelt wurden, wenigstens waren keine mit den Hauptcomputersystemen des Gebäudekomplexes verbunden. Das, dachte Roy, war ein Hoffnungsschimmer.

Er raste gedankenschnell durch die Matrix zu den Büros von Cross Bio-Medical in Boston. Das mit dem goldenen Kreuz des Konzern-Logos versehene Gebäude-Icon ragte aus der virtuellen Landschaft heraus. Roys Passcodes brachten ihn durch die öffentliche Sektion des Hosts in die den Angestellten vorbehaltenen Bereiche. Natürlich wurde in den innerbetrieblichen Mitteilungen weder der Zwischenfall bei Merrimack Valley noch irgendein Diebstahl erwähnt. Dafür musste er tiefer graben.

Denk nach, sagte er sich, denk nach. Irgendetwas musste im Gange sein. Er kam an einige Routineinformationen, indem er seine um die Forschungsanlage zentrierte Suche startete, aber die hatte er bereits vor seinem Flug nach Montreal gesehen. Er dachte an die Whitehorse und den Flughafen, aber auch diese Suche blieb erfolglos. Er startete sogar eine Suche in Bezug auf Gabriel, war aber nicht überrascht, dass er nichts in Erfahrung brachte. Die Seraphim waren streng geheim, und das galt auch für ihre Aktivitäten.

Dann dachte er an die Zylinder, die in die Whitehorse

geladen worden waren. Er erinnerte sich an das Bio-Gefahren-Symbol, welches anzeigte, dass der Inhalt der Zylinder potenziell gefährlich war, und an die Beschriftung an den Seiten. Er konzentrierte sich und versuchte sich an die Beschriftung zu erinnern.

Pandora, fiel es ihm ein. Das war auf die Seiten der Zylinder gestempelt gewesen. Er startete eine neue Suche mit veränderten Parametern, da er spürte, dass sein Herz in der wirklichen Welt schneller schlug, während er auf das Ergebnis seiner Suche wartete. Vor ihm erschien ein Fenster mit den Suchergebnissen:

Pandora, Cross-Bio-Medical-Projekt X140-762, Sicherheitsstufe drei und höher.

Bingo. Roy hatte keine Freigabe für Sicherheitsstufe drei, um sich Zugang zu der Datei zu verschaffen, aber er kannte ein paar Tricks. Dafür hatte er lange genug mit Sicherheitsdateien und -systemen von Konzernen zu tun gehabt. Er erstellte rasch ein Programm für diese Aufgabe. Es war nicht so elegant, wie er es gern gehabt hätte, aber er hatte nicht viel Zeit. Die Form eines silbernen Schlüssels nahm im virtuellen Raum Gestalt an, als das Programm fertig war. Mit dem Schlüssel berührte er den Schirm, um das Programm zu aktivieren, und hielt dann den Atem an.

Es gab einen Augenblick, in dem er glaubte, er habe es vermasselt, und das System werde ihn auswerfen. Doch dann klärte sich das Fenster und verwandelte sich in einen kleinen weißen Würfel, der sich im Raum drehte – ein Datenpaket. Roy streckte die Hand aus, berührte den Würfel und befahl ihm, sich zu öffnen und die in ihm enthaltenen Daten darzustellen. Er überflog das Inhaltsverzeichnis der Datei, und seine Augen weiteten sich. Dann berührte er einzelne Punkte im Inhaltsverzeichnis, um sich die entscheidenden Unterpunkte anzusehen.

Cross Technologies würde die Shadowrunner nicht finden, ging ihm auf. Sie wurden nicht einmal gesucht.

Alles ergab jetzt einen Sinn: Gabriels Anwesenheit in der Forschungsanlage, der Diebstahl der Whitehorse, Gabriels scheinbarer Mangel an Interesse in Bezug auf die Shadowrunner und den Verlust von Konzerneigentum. Er begriff jetzt, warum man sich in den Verhören auf sein und Otabis Verhalten während des Zwischenfalls konzentrierte. Sie bauten ein Gerüst für den Galgen, an dem sie baumeln sollten.

Er schloss die Datei zu einem Würfel und schob sie sich in die Tasche, was die Datei veranlasste, sich auf sein Deck zu kopieren. Dann verließ er rasch das System und kehrte zu seinem Ausgangspunkt zurück in der Hoffnung, genug getan zu haben, um seine Spuren zu verwischen.

Wieder an seinem Einstöpselpunkt angelangt, untersuchte er das relativ simple Computersystem des Gebäudes, in dem er sich befand. Es handhabte Routine-Funktionen wie den Telekom-Verkehr und einfache Sicherheitsvorrichtungen wie elektronische Schlösser und so weiter. Für Roy war es nicht weiter schwierig, sich zu diesem System Zugang als berechtigter Benutzer zu verschaffen. Das Programm, das er im Cross-System angewandt hatte, funktionierte auch hier, und die Sicherheit dieses Systems war vergleichsweise albern. Er nahm ein paar Veränderungen vor und vergewisserte sich, dass alle Einstellungen korrekt waren. Wenn die Dinge einmal in Gang gesetzt waren, gab es kein Zurück mehr. Er drückte auf den virtuellen Knopf, der sein Programm starten würde, dann meldete er sich aus dem System ab und stöpselte sich aus.

In seinem Zimmer hatte sich nichts verändert. Keine Seraphim-Agenten oder Sicherheitsleute versuchten die Tür aufzubrechen, und nebenan plärrte immer noch das Trid. Er bedauerte kurz, nicht mehr getan zu haben, um Dan Otabi zu helfen, aber in dieser Hinsicht konnte er nicht viel tun. Wahrscheinlich war Otabis Schicksal von

Anfang an besiegelt gewesen, bevor Roy etwas Ungewöhnliches in den Protokollen der Forschungsanlage aufgefallen war. Er packte rasch ein paar unerlässliche Dinge zusammen und verstaute sein Deck im Tragekoffer.

Er wurde gerade fertig, als er das Jaulen des Feueralarms hörte. Er wusste, dass die Fenster im Raum in Kürze automatisch verschlossen würden, also lief er hin, riss eines auf und kletterte nach draußen auf die Feuerleiter. Während er zur drei Stockwerke tiefer gelegenen Gasse hinunterlief, konnte er sehen, dass ein dünner Strom von Leuten das Gebäude verließ. Er schaute nicht zurück, sondern konzentrierte sich darauf, nach unten zu gelangen. Die Metallstufen der Feuertreppe schepperten unglaublich laut, und andere Bewohner des Hauses sahen sich nach der Ursache für den Lärm um, aber er ignorierte sie.

Er kam im Laufschritt unten an. Auf dem Gehsteig befanden sich einige Leute, aber nicht genug, um zwischen ihnen unterzutauchen. Er schlug den Weg zur U-Bahn-Station ein, an der sie auf dem Weg hierher vorbeigefahren waren. Erst als er dort angelangt war, wagte er es, sich umzuschauen. Er sah keine Anzeichen für eine Verfolgung, aber das würde nicht so bleiben. Er stürmte hinunter in die U-Bahn-Station und tastete nach seinem Kredstab, den er in das Drehkreuz schob wie alle anderen Leute auf ihrem Weg zu den Zügen.

Bitte, Gott, betete er, *mach, dass ein Zug da ist*. Er hatte Glück. Einer hielt gerade, als er den Bahnsteig erreichte. Das Türen-Schließen-Signal ertönte, und Roy rannte aus Leibeskräften und sprang gerade noch in den Zug, bevor die Türen dem Signal folgten. Als der Zug sich in Bewegung setzte und die Station verließ, ließ er sich auf einen Sitz fallen und schaute aus dem zerkratzten, schmutzigen Fenster. Er glaubte eine vertraute Gestalt in einem langen dunklen Mantel zu sehen, die gerade noch rechtzeitig auf den Bahnsteig gerannt kam, um den Zug im Tunnel verschwinden zu sehen. Roy duckte sich auf seinem Sitz, versuchte dabei aber, nicht zu offensichtlich zu sein.

Ein paar Stationen später stieg er aus, aber nur so lange, wie er brauchte, um den Geldautomat in der U-Bahn-Station zu benutzen. Er schob seinen Kredstab in das Gerät und hob das gesamte Geld auf seinem Konto bis auf ein paar Francs ab und transferierte es auf einen beglaubigten Kredstab, wobei es zugleich in Nuyen gewechselt wurde. Der beglaubigte Kredstab war so gut wie Bargeld und ließ sich praktisch nicht zurückverfolgen, da er keine Identitätscodes enthielt. Er steckte beide Kredstäbe ein und nahm den nächsten Zug in die Bostoner Innenstadt.

Solange er nicht seinen persönlichen Kredstab benutzte, war es schwieriger für die Firma, ihn aufzuspüren. Er war jetzt auf sich allein gestellt, in einer fremden Stadt und mit begrenzten finanziellen Mitteln. Wahrscheinlich hatte er Gabriel durch seine Flucht mehr in die Hand gegeben, als dieser sich zuvor hatte erhoffen können. Die Flucht würde seine Mittäterschaft bei allem beweisen, was der Seraphim ihm anhängen wollte, und allein durch die Verbindung zu Otabi auch dessen Schicksal besiegeln. Die Hoffnungslosigkeit seiner Situation hätte ihn beinahe überwältigt, und er umklammerte den Haltegriff über seinem Sitz, als hänge sein Leben davon ab.

Nein, dachte er, er konnte nicht aufgeben. Er musste der Sache auf den Grund gehen und einen Beweis finden, den er den hohen Tieren in der Firma präsentieren konnte, damit sie die Wahrheit erfuhren. Immer vorausgesetzt, dass nicht sie diejenigen waren, welche diesen Plan ersonnen und in die Tat umgesetzt hatten. Das war ein ernüchternder Gedanke. Wenn das stimmte, hatte Roy wirklich niemanden mehr, an den er sich wenden konnte. Wer würde bereit sein, ihm gegen einen Megakonzern wie Cross Applied Technologies zu helfen?

Die Antwort lag auf der Hand: dieselben Leute, die immer gerufen wurden, wenn es gegen einen Konzern ging.

Shadowrunner.

Als der Zug die Innenstadt erreichte, stieg Roy aus und ging zu einem öffentlichen Telekom. Er legte seinen beglaubigten Kredstab ein und drückte auf das Icon für das Telekomverzeichnis.

»Die Nummer des Nachtclubs *The Avalon*«, sagte er, als er nach der gewünschten Nummer gefragt wurde. Ein paar Augenblicke später hatte er die Nummer und den Ausdruck einer Straßenkarte mit Anweisungen, wie er dorthin kam, zusammengefaltet in seiner Tasche. Zu seiner Erleichterung sah er, dass die Adresse nicht weit von einem der Haltepunkte entlang der roten Linie entfernt war.

Er brauchte nur dafür zu sorgen, dass er nicht erwischt wurde, bevor er dort ankam.

21

Talon ging so ins *Avalon*, wie er es immer tat, und die verschiedenen Rausschmeißer und Türsteher grüßten ihn mit einem Nicken. Es war fast elf Uhr, und der Abend begann gerade, da sich am Vordereingang allmählich eine Schlange Eintrittswilliger bildete. Talon erklomm sofort die Treppe zu Booms Büro im obersten Stockwerk.

»Alles klar, Boss«, sagte Aracos in seinen Gedanken. »Alle sind da.«

Talon dankte dem Geist, während er die letzten Stufen nahm. Er dachte daran, was geschehen war, als er zu Trouble gegangen war, um ihr zu sagen, dass er glaubte,

Gallow sei zurückgekehrt. Als habe er nicht schon genug Probleme, auch ohne dass Trouble ihm eröffnete, sie hege Gefühle für ihn, die über bloße Freundschaft hinausgingen.

Nachdem sie sich kennen gelernt hatten, machte Trouble kein Geheimnis daraus, dass sie sich von ihm angezogen fühlte. Zuerst hatte er ihr nicht gesagt, dass er schwul war, weil er damit nicht bei Leuten hausieren ging, die er kaum kannte. Aber schließlich hatten sie darüber geredet, und er hatte angenommen, damit sei das Thema erledigt.

Jase war seine erste Liebe und in vielerlei Hinsicht auch die einzige. Wie er Trouble erzählt hatte, war es die einzige ernsthafte Beziehung in seinem Leben gewesen. Außerdem war es nicht einmal für einen heterosexuellen Shadowrunner leicht, eine Beziehung in Gang zu halten. Ganz tief in seinem Innersten wusste er jedoch, dass er niemals wieder so leiden wollte wie damals, als Jase gestorben war. Jase zu verlieren hatte ihn beinah umgebracht, obwohl nicht er, sondern andere infolge von Jases Tod gestorben waren. Er hatte sich an der Gang gerächt, die Jase getötet hatte, und dabei eine bösartige Kraft freigesetzt, die immer wiederkehrte, um ihn heimzusuchen.

Anscheinend richte ich immer ein Chaos an, wenn es um Liebe geht, dachte Talon, als er den Knopf von Booms Bürotür drehte.

Boom, Hammer und Valkyrie warteten bereits auf ihn, als er eintrat. Er setzte sich neben Booms Schreibtisch und machte sich nicht die Mühe, seine Jacke auszuziehen.

»Also, Kumpel, was liegt an?«, fragte Boom. »Erzähl mir nicht, es ist dir gelungen, schon wieder einen neuen Job für uns aufzutreiben.«

»Nein«, sagte Talon. »Ich habe ein paar Dinge überprüft und glaube, dass Gallow wieder da ist.« Eine lange Pause trat ein, in der seine Worte verdaut wurden.

»Also, wie sieht dein Plan aus?«, fragte Hammer gelassen. Niemand fragte Talon, ob er sicher sei oder ob sie darin verwickelt werden mussten. Sie fragten schlicht, was er als Nächstes zu tun gedachte, und boten vorbehaltlos ihre Hilfe an. Er fragte sich, was er getan hatte, dass er solche Freunde verdiente.

»Trouble sieht sich gerade um«, erklärte er. Bei der Erwähnung ihres Namens wurde sein Gesicht heiß vor Verlegenheit. »Sie hält nach Mordopfern Ausschau, wie sie für Gallow typisch sind. Das gibt uns vielleicht einen Hinweis, wo er sich aufhält und was er tut. Dann spüren wir ihn auf und kümmern uns endgültig um ihn.«

Hammer und Boom nickten zustimmend. Das Telekom läutete in Talons Headware, und am Rande seines Blickfelds blinkte das Icon eines eingehenden Anrufs.

»Ich bekomme gerade einen Anruf«, sagte er. »Das könnte sie sein.«

Er lehnte sich zurück und gab seiner Headware das geistige Signal, den Anruf entgegenzunehmen. Anstelle von Trouble sah er jedoch etwas anderes. Es war das Bild einer Frau, das vom Display-Link seiner Headware direkt auf den Sehnerv projiziert wurde. Sie war perfekt gebaut, wunderschön und sinnlich wie eine Frau aus einem hochklassigen erotischen Sim. Sie war von Kopf bis Fuß in Leder so rot wie Blut gekleidet, und ihre Lippen hatten dieselbe Farbe. Sie bedachte Talon mit einem schmachtenden Blick, und er lächelte sie an. Talon wusste, dass die echte Frau hinter dem erotischen Bild dies als kleinen Witz auf Kosten derjenigen benutzte, die sich vom äußeren Schein täuschen ließen.

»Jane«, sagte er. »Lange nicht gesehen. Was liegt an?«

»Hoi, Talon«, erwiderte sie. Ihre Stimme wurde direkt in seine Hörzentren übertragen. »Ich hoffe, mein Anruf kommt nicht ungelegen.«

Jane-in-the-Box war Deckerin, eine der raffiniertesten, die Talon je kennen gelernt hatte. Sie arbeitete bei Assets,

Incorporated, dem Team von Shadowrunnern in Diensten der Draco Foundation, das mit Mitteln aus dem Nachlass des verstorbenen Drachen Dunkelzahn finanziert wurde. Talon hatte für Assets gearbeitet, bevor er nach Boston kam, und hatte nicht nur einiges von der Welt gesehen, sondern auch an haarsträubenden Shadowruns teilgenommen. Die Geschichte mit Trouble und Gallow hatte ihn wieder in seine Heimatstadt geführt. Er hatte schon eine Weile nichts mehr von Assets gehört, und Janes unerwarteter Auftritt ließ ihn glauben, dass dies kein Höflichkeitsanruf war.

»Der Zeitpunkt könnte günstiger sein«, sagte er. »Worum geht es?«

»Um eine Konsultation«, erwiderte Jane. »In DeeCee geht etwas Ungewöhnliches vor, und Ryan möchte, dass du vorbeikommst und dir die Sache mal ansiehst. Natürlich zum üblichen Tarif.«

Talon seufzte. »Das ist ein ganz schlechter Zeitpunkt, Jane. Wir stecken hier selbst in einer ziemlich komischen Geschichte. Wo genau liegt das Problem bei euch?«

Janes Icon zuckte kaum merklich die Achseln, eine subtile Nuance in der Programmierung. »Tja, ich habe nicht viel Ahnung von Magie, aber Ryan sagt, dass es etwas mit dem astralen Spalt in der Nähe des Watergate zu tun hat. Ich glaube, die Leute schnappen irgendwelche schlechten Schwingungen auf, die davon auszugehen scheinen.«

»Habt ihr keinen Magier, der dieser Sache auf den Grund gehen kann? Was ist mit der Foundation? Die muss doch mehr Magier auf der Lohnliste haben als gewöhnliche Mitarbeiter.«

»Hat sie auch«, sagte Jane, »und viele davon haben sich den Spalt bereits angesehen, aber sie wissen nicht, was sie davon halten sollen. Ryan sagt, er will jemanden mit ›Erfahrung im Umgang mit Sachen von der anderen Seite‹. Damit bist du gemeint, Chummer.«

Talon schnitt eine Grimasse, als er sich an einige der Erfahrungen mit der ›anderen Seite‹ erinnerte, an die bizarren Weiten der Metaebenen und an die Dinge, die er dort auf seinem ersten Run für Assets gesehen hatte. Hin und wieder bescherten sie ihm immer noch Albträume, und er war nicht scharf darauf, mit weiteren unangenehmen Vorfällen konfrontiert zu werden.

»Ich kann im Moment nicht kommen«, sagte er. »Sag Ryan, vielleicht schaffe ich es in ein paar Tagen in meiner Astralgestalt. Mehr kann ich nicht tun.«

»In Ordnung«, erwiderte Jane. »Ich sage es ihm.« Sie fragte nicht nach Einzelheiten darüber, was er gerade tat. Das wäre ein Bruch der Straßenetikette gewesen. »Viel Glück, Chummer.«

Dann erlosch das Bild ihres Icons, und Talon richtete seine Aufmerksamkeit wieder auf den Raum.

»War das Jane?«, fragte Boom.

»Ja. Assets hat etwas, das ich mir ansehen soll.«

»Wenn es kommt, dann immer gleich knüppeldick«, murmelte Hammer.

»Das kannst du laut sagen«, bemerkte Talon.

»Ich unterbreche nicht gern, Kumpel«, sagte Boom nach einem Blick auf seinen Schreibtisch, »aber es siehst so aus, als würden wir noch aus einem anderen Land hören. Kommt und seht euch das an.«

Sie versammelten sich alle um den Schreibtisch und betrachteten die in der gläsernen Oberfläche geöffneten Bildschirmfenster. Sie zeigten Überwachungskamerabilder eines Mannes, der sich durch den Nachtclub unter ihnen vortastete und einen flachen Tragekoffer um die Schulter trug. Sie erkannten sein Gesicht und seine rötlichen Haare.

»Das ist Kilaro, der Bursche, der Otabi gefolgt ist«, sagte Hammer.

»Was macht der denn hier?«, fragte Boom.

»Wahrscheinlich sucht er nach uns«, sagte Talon. »Er

hat Otabi schon einmal hierher verfolgt. Vielleicht hat er einen von uns hier gesehen und später wiedererkannt.«

»Oder er hat der Cross-Sicherheit davon erzählt, und die benutzt ihn jetzt als Köder«, sagte Boom, dessen Miene mürrisch wurde. Er konnte es nicht leiden, wenn irgendetwas seinen Nachtclub bedrohte. Das *Avalon* wurde als neutrales Gebiet betrachtet wie viele derartige Orte in den verschiedensten Plexen im ganzen Land, aber es kam auch schon mal vor, dass Konzerne Trojanische Pferde benutzten, um in sie einzudringen, wenn es sein musste.

»Ich lasse ihn rauswerfen«, sagte Boom, indem er die Hand zu einem Knopf auf seinem Schreibtisch ausstreckte.

»Warte«, sagte Talon. »Lass mich zuerst einen Blick auf ihn werfen.«

Er setzte sich, versank rasch und mühelos in Trance und löste seinen Astralkörper. Er schwebte von seinem Körper weg und tauchte dann durch den Boden des Raums, Aracos dicht hinter sich. Er glitt durch die Materie des Nachtclubs, als sei sie nicht vorhanden, und erreichte einen Augenblick später die Hauptebene. Er orientierte sich in dem Durcheinander entfesselter Emotionen und Begierden, die von der Menge ausgingen wie Hitzewellen, und näherte sich rasch Kilaro.

Talon sah sich die bunte Aura rings um Kilaro genau an. Diese Aura reflektierte die Emotionen des Mannes sowie seinen allgemeinen Gesundheitszustand und sein Wohlergehen. Talon sah die verräterischen Kennzeichen kybernetischer Implantate, die ihm bei früherer Betrachtung von Kilaros Aura bereits aufgefallen waren. Er sah ganz genau hin, bevor er in seinen Körper zurückkehrte.

»Und?«, fragte Boom, als Talon die Augen öffnete.

»Er hat Angst«, sagte Talon. »Er ist verwirrt und völlig verängstigt, aber trotz alledem ist er auch entschlossen.«

»Glaubst du, er versucht uns rauszulocken?«, fragte Val.

»Ja, aber ich weiß nicht, ob er es für den Konzern macht oder nicht. Ich würde gern mit ihm reden, bevor wir ihn rauswerfen.«

Boom runzelte die Stirn und nickte dann zögerlich. »Na schön«, sagte er.

»Hammer, wir beide gehen«, sagte Talon. Der Ork nickte und folgte Talon zur Tür. »Wir sind gleich wieder da«, sagte Talon.

Sie gingen die Treppe hinunter und schoben sich durch die Menschenmenge Kilaro entgegen. Talon war wie immer beeindruckt, wie rasch und verstohlen sich jemand von der Größe Harlan Hammarands bewegen konnte. Der Ork mischte sich unter die Leute und gestattete Talon, sich ihrer Zielperson von der anderen Seite zu nähern. Kilaro erschrak ein wenig, als er Talon sah, aber Hammer bemerkte er erst, als der Ork ihm eine Hand auf die Schulter legte. Talon fürchtete schon, Kilaro falle vor Schreck tot um.

»Mr. Kilaro«, sagte er. »Ich freue mich, Sie wiederzusehen. Sind Sie geschäftlich hier oder zum Vergnügen?«

Kilaro schluckte sichtlich, da er sich wieder zu fassen versuchte, während sein Blick zwischen Talon und Hammer hin und her wanderte.

»Geschäftlich«, sagte er schließlich. »Ich habe ein paar Dinge herausgefunden, die Sie erfahren sollten.«

Talon zog eine Augenbraue hoch. »Tatsächlich? Wenn das so ist, warum kommen Sie dann nicht mit uns und erzählen uns alles?«

Kilaro wusste, dass er keine Wahl in dieser Angelegenheit hatte, also folgte er Hammer und Talon von der Tanzfläche und die Treppe hinauf. Sie gingen in Booms Büro, und Talon deutete auf einen freien Stuhl.

»Nehmen Sie doch Platz«, sagte er. »Also, lag es an

unserer charmanten Gesellschaft oder an etwas anderem, dass Sie uns nicht in Ruhe lassen konnten?«

Kilaro musterte Talon durchdringend. »Wahrscheinlich habe ich mit dieser Sache meine Laufbahn beendet«, sagte er verbittert. »Sie könnten sich wenigstens anhören, was ich zu sagen habe.«

»Wir hören«, sagte Boom.

»Was wissen Sie über das Zeug, für dessen Diebstahl Sie angeworben wurden?«, fragte Kilaro.

Talon warf einen Blick auf Boom und ließ ihn antworten. »Ein Mittel zur Aufruhrunterdrückung«, sagte Boom. »Ein gen-manipuliertes Virus – jeder, der damit in Berührung kommt, fühlt sich ein paar Tage wie Drek. Schnelle Ausbreitung durch einen Aerosol-Zusatz.«

»Ist das alles?«, fragte Kilaro.

Boom beugte sich vor, die Ellbogen auf den Schreibtisch gestützt. »Warum? Gibt es sonst noch was, das wir über das Zeug wissen sollten?«

Kilaro nickte. »Das Virus wird Pandora genannt, und Sie haben Recht damit, dass es ein Mittel zur Aufruhrunterdrückung ist. Aber das ist noch nicht alles. Es ist ein Binärprodukt, das nach einigen Experimenten mit einem anderen Mittel derselben Art namens Vigid Anfang der Fünfzigerjahre entwickelt wurde. Normalerweise ist es ein rasch wirkendes Mittel, das ähnliche Symptome wie bei einer Magen-und-Darm-Grippe hervorruft. Betroffene klagen über Übelkeit, Schwindelgefühl und so weiter. Sprühen Sie eine aufgebrachte Menge damit ein, kotzen sich eine Minute später alle die Seele aus dem Leib. Aber wenn Sie einen speziellen Katalysator hinzufügen, mutiert das Pandora-Virus rasch zu etwas viel, viel Schlimmerem.«

»Wie schlimm?«, fragte Talon.

Kilaro wandte sich ihm zu und sah ihn an. »Tödlich«, sagte er. »Tötet innerhalb weniger Minuten, ist aber nicht ansteckend. Wenn es mit Luft in Berührung kommt, stirbt es rasch, also kann man das verseuchte Gebiet schon wenige Minuten später wieder betreten. Ich nehme an, dahinter steckte die Idee, ein Mittel mit weit gestreuten militärischen Einsatzmöglichkeiten zu entwickeln, sodass man einen Feind außer Gefecht setzen, aber wahlweise auch dafür sorgen kann, dass er nie wieder aufsteht.«

Kilaro machte Anstalten, in die Tasche zu greifen, die er vor sich abgestellt hatte, und hielt dann inne, als er sah, dass die Hände der anderen zu ihren Waffen fuhren. Mit äußerst langsamen Bewegungen holte er einen Chip aus der Tasche und legte ihn vor Boom auf den Schreibtisch.

»Da sind die Daten«, sagte er. »Direkt aus den Konzerndateien. Interessant ist, dass etwa zu der Zeit, als Sie die Proben des Virus stahlen, die einzigen Proben des Katalysators ebenfalls verschwunden sind. Hatten Sie etwas damit zu tun?«

»Nein«, sagte Talon. »Wir wussten nichts von einem Katalysator. Unser Auftraggeber muss noch jemand anders für den Diebstahl des Katalysators angeworben haben.«

»Was bedeutet, wer jetzt im Besitz dieses Mittels ist, hat eine verheerende Waffe in der Hand«, sagte Boom.

»Warum erzählen Sie uns das?«, fragte Talon.

Kilaro sah zu Boden und schien seine Gedanken zu ordnen. »Aus zwei Gründen«, sagte er, während er wieder aufsah. »Erstens glaube ich, dass jemand bei Cross Sie mit dem Mittel entkommen lassen wollte. Die Untersuchung konzentriert sich darauf, Sündenböcke zu finden, denen man den Diebstahl in die Schuhe schieben kann, anstatt darauf, das Virus wiederzubeschaffen.«

»Finden Sie nicht, dass das die übliche Vorgehensweise der Konzerne ist?«, fragte Talon.

Kilaro schüttelte den Kopf. »Nein, es ist mehr als das. Die Dateien, die ich durchgestöbert habe, zeigen, dass die Firma damit begonnen hat, ihr Personal in Boston gegen das Pandora-Virus zu impfen. Cross hat einen Impfstoff, aber den Behörden gegenüber hat man weder ihn noch die Tatsache erwähnt, wie gefährlich das Virus ist. Es ist so, als rechneten sie mit einem Einsatz Pandoras im Raum Boston und wollten sich darauf vorbereiten.«

»Und zweitens?«, bohrte Talon.

»Ich kann mich an keinen anderen mehr wenden, der mir glauben würde, ohne dass die Firma gleichzeitig in der Lage wäre, alles zu vertuschen«, sagte Kilaro.

»Drek«, murmelte Boom. »Wir sind reingelegt worden.«

»Aber warum?«, sagte Val. »Warum sollte Cross sich mit voller Absicht eine Waffe stehlen lassen? Wenn sie sie einsetzen, sehen sie doch auf jeden Fall schlecht aus.«

»Nicht unbedingt«, sagte Boom. »Denk mal darüber nach. Cross kann zwei mögliche Nutzen daraus ziehen, dass sie einen Einsatz des Pandora-Virus zulassen. Erstens, es ist ein Feldtest der neuen Technologie unter ›realistischen Bedingungen‹. Wenn alles wie geplant funktioniert, wird Cross keinen Mangel an militärischen Interessenten haben, die den Kampfstoff ordern wollen. Das wird den Preis in die Höhe treiben und Nachfrage schaffen, auch wenn es in der Öffentlichkeit einen Aufschrei der Empörung gibt. Aber hinzu kommt Folgendes: Denkt mal darüber nach, wer in Boston für die öffentliche Sicherheit verantwortlich ist.«

»Knight Errant«, sagte Talon.

»Genau. Wenn es jemandem gelingt, eine tödliche biologische Waffe im Plex zum Einsatz zu bringen, kann Cross an die Öffentlichkeit gehen und sagen, sie hätten Knight Errant von dem Diebstahl in Kenntnis gesetzt, aber Knight hätte die Untersuchung verschleppt. Cross wird Knight Errant als unfähig hinstellen. Und Knight Errant gehört Ares Macrotech, Cross' größtem Konkurrenten. Wenn Knight Errant der Vertrag in Boston aufgekündigt würde, wäre das ein schwerer Schlag für Ares' Marktposition im gesamten Gebiet von New England.«

»Und ein anderer könnte Knight Errants Stelle einnehmen«, schloss Hammer. »Drek.«

»Und ihr könnt darauf wetten, dass Cross mit dem Finger auf uns zeigt, wenn der Drek zu dampfen anfängt«, sagte Boom. »Sie werden alles auf die bösen Shadowrunner schieben. Oder sollte ich ›Terroristen‹ sagen?«

»Wenn es kommt, dann immer gleich knüppeldick, wie? Sieht so aus, als müssten wir das Virus finden«, sagte Talon mit einem Blick auf die anderen.

Ein Summen von Booms Schreibtisch unterbrach jede weitere Unterhaltung.

»Ach, Drek«, sagte Boom. »Da haben wir schon das nächste Problem. Sieht so aus, als hätte Mr. Kilaro hier Freunde.«

»Was?«, sagte Talon, indem er auf Booms Seite des Schreibtischs kam. Die Sicherheitsmonitore zeigten die Menge unten, und Talon machte rasch ein vertrautes Gesicht darin aus. »Drek«, sagte er.

»Was ist denn?«, fragte Kilaro.

Talon sah ihn an. »Das ist Ihr Kumpel Gabriel. Er muss Ihnen hierher gefolgt sein, und ich glaube nicht, dass er allein gekommen ist.«

22

Okay, Chummers«, sagte Talon. »Es wird Zeit, dass wir verschwinden.«

»Durch die Hintertür«, sagte Boom, indem er sich von seinem Schreibtisch erhob und einen Schalter betätigte, der alles stilllegte. Val und Hammer gingen rasch, obwohl Hammer noch einmal stehenblieb, um die Kameras draußen zu überprüfen.

»Was ist mit mir?«, fragte Kilaro.

Talon packte ihn am Arm und zog ihn von seinem Stuhl. »Sie kommen mit uns«, sagte er. »Bleiben Sie nah bei uns und tun Sie genau das, was man Ihnen sagt, verstanden?« Kilaro nickte benommen und drückte den Tragekoffer mit seinem Cyberdeck an die Brust.

»Alles klar«, sagte Hammer.

»Dann los«, gab Talon das Startsignal.

Hammer öffnete die Tür und tastete sich mit der Waffe im Anschlag den Flur entlang. Val ging als Nächste, dann Kilaro und Talon, während Boom den Schluss bildete. Der Troll zog eine schwere Pistole, die in seiner gewaltigen Pranke wie ein Spielzeug aussah, aber die Waffe hatte genügend Durchschlagskraft, um einen Motorblock zu durchbohren, von einem organischen Ziel ganz zu schweigen.

»Der Van?«, fragte Talon Val.

»Wartet hinten«, erwiderte sie.

Sie hörten den lauten Knall eines Schusses und dann das Trommeln rennender Stiefel.

»Sie kommen die Treppe rauf!«, rief Aracos in Talons Gedanken.

»Sie kommen«, sagte Talon. »Also los, beeilt euch!«

Sie rasten zu der Tür, die zum Notausgang führte. Als sie die Flurkreuzung erreichten, kamen gerade drei Männer, alles Menschen, die Treppe von der Hauptebene heraufgestürmt. Gabriel führte sie an, und alle drei hatten eine halbautomatische Pistole in der Hand. Sie trugen schwere lange Mäntel über einer unauffälligen Konzernmontur sowie dunkle Sonnenbrillen, die sie in dem nur schwach beleuchteten Flur nicht zu behindern schienen.

Hammer drückte sich an die Wand, und Talon folgte seinem Beispiel, als die drei Männer das Feuer eröffneten. Boom tat sein Möglichstes, um den Kugeln auszuweichen, aber der Flur bot einem drei Meter großen Troll keinerlei Deckung. Er richtete seine Pistole auf die Männer und erwiderte das Feuer, während Hammer sich um die Ecke beugte und dasselbe tat. Gabriel und seine Begleiter hechteten in Deckung, als rings um sie Kugeln in die Wände schlugen.

»Geh weiter, wir halten sie auf«, sagte Talon zu Val, die daraufhin durch den Flur und zum Ausgang rannte. Talon schob Kilaro hinter ihr her. »Gehen Sie mit Val«, sagte er, und Kilaro gab keine Widerworte.

»Ärger, Boss«, sagte Aracos. »Sie haben Geister bei sich!«

Ganz toll, dachte Talon. »Wie viele?«

»Zwei – sie sehen wie Elementare aus.«

»Wirst du mit ihnen fertig?«

»Vielleicht mit einem, aber bei zweien bin ich nicht so sicher«, sagte Aracos. »Sie sehen ziemlich stark aus.«

Talon zog den Dolch mit dem goldenen Heft an seiner Hüfte. Das kühle Metall erwachte bei seiner Berührung zum Leben, und der Feueropal im Knauf leuchtete schwach in einem inneren Licht.

»Passt auf«, sagte er zu den anderen. »Feindliche Geister im Anmarsch.«

Er hatte kaum geendet, als ein tosender Wind durch den Flur fegte. Er manifestierte sich als humanoide Gestalt aus dunklem Nebel, die wie ein Miniaturtornado von der Größe eines Menschen umherwirbelte. Zwei leuchtende Augen starrten aus dem dunklen Trichter. Gleichzeitig erschien etwas weiter weg im Flur ein Funke in der Luft und erblühte rasch zu einer Wolke aus lodernden Flammen. In ihrer Mitte schwebte eine echsenähnliche Kreatur, die vom Kopf bis zur Schwanzspitze fast zwei Meter maß und von einer Flammenaura umgeben war. Die Echse schlug mit dem Schwanz und funkelte Talon mit dunklen Reptilienaugen an, bevor sie auf ihn losstürmte.

»Aracos, übernimm den Feuergeist!«, dachte Talon,

während er seine Klinge hochriss, um sich zu verteidigen. Er wechselte auf astrale Wahrnehmung, um die von den Geistern ausgehende Gefahr besser einschätzen und seine magischen Fähigkeiten gegen sie einsetzen zu können. Aracos' unsichtbare Astralgestalt als silberner Wolf tauchte zwischen ihm und dem anstürmenden Feuerelementar auf und verwickelte ihn in einen Kampf. In seiner Astralgestalt war Aracos immun gegen die sengenden Flammen, die den Elementar umgaben, Talon hingegen nicht. Er richtete seine Aufmerksamkeit auf den Luftelementar. Der Geist griff Hammer an, der Schüsse in die Richtung von Gabriels Gruppe abgab.

»Ach, Drek, nicht schon wieder«, sagte Hammer, als der Geist ihn ansprang und versuchte, ihn mit seinem gasförmigen Körper zu ersticken. Diesmal war Hammer jedoch darauf vorbereitet. Er drehte sich von dem Geist weg, und Talon trat zwischen sie. Er stach mit Talonclaw zu und trieb den magischen Dolch tief in den unstofflichen Leib des Elementargeists. Zwar bestand dieser nur aus Nebel, aber die magische Kraft der Klinge bewirkte, dass der Geist sie dennoch spürte. Talon sah, wie der Elementar sich vor Schmerzen wand und sich für einen neuerlichen Angriff zurückzog.

Booms Waffe dröhnte, als er ein paar Schüsse abgab und die Angreifer damit zwang, den Kopf einstweilen unten zu halten. Der Luftelementar hatte sich von Talons Stich erholt und richtete seine Aufmerksamkeit abermals auf ihn. Als Wesen aus Geist und Wind bewegte der Elementar sich mit übermenschlicher Schnelligkeit. Er sprang Talon an und hüllte ihn in dünnen Nebel. Ein fürchterlicher Gestank drang Talon in die Nase und löste einen starken Brechreiz aus, während ihm die Luft aus der Lunge gepresst und durch den giftigen Nebel ersetzt wurde. Seine Augen fingen an zu brennen, als seien sie mit Tränengas in Berührung gekommen. Er hielt den Atem an, so gut er konnte, und stach mit Talonclaw um sich.

Dann durchschnitt etwas den Nebel vor ihm. Der Luftelementar löste sich von ihm und verdichtete sich nicht weit voraus zu einem neuerlichen Angriff. Talon hielt nicht inne, um sich über sein Glück zu wundern oder den nächsten Angriff des Elementars abzuwarten. Er sprang vor und stach in die Wolke. Ein Knall wie ein Donnerschlag ertönte, der im Astralraum nachhallte, und die dunkle Wolke löste sich langsam auf, da der Geist vernichtet war.

Talon richtete seine Aufmerksamkeit auf Gabriels Team. Er tauchte um die Ecke und gab mehrere Schüsse mit seinem Predator ab, während er Boom über die Kreuzung hinweg »Verschwinde!« zurief, da die Gegner das Feuer zu erwidern versuchten. Einer wurde zum Dank für seine Bemühungen in die Schulter getroffen und zurück in Deckung geschleudert.

Talon hielt seine Kanone so, dass er Boom Deckung geben konnte, hielt aber plötzlich inne, als er eine durchsichtige Gestalt im Flur sah, welche die umherfliegenden Kugeln überhaupt nicht zur Kenntnis zu nehmen schien.

»Jase!«, rief er.

»Talon«, sagte die geisterhafte Gestalt von Jason Vale. »Sie kommen wieder, Talon.«

»Wer, Jase? Wer kommt wieder?«

»Die Toten. Die Toten kommen wieder.«

Als das Bild allmählich verblasste, rief Talon: »Jase! Warte, Jase!« Aber es war zu spät. Er war bereits verschwunden.

Boom rannte in dem Augenblick durch den Flur, als Gabriel sorgfältig zielte und schoss. Die Kugel traf Boom, bevor er seine angepeilte Deckung erreichte. Kurz vor Talon sank er auf ein Knie, der sofort bei ihm war, um ihm zu helfen.

»Ist schon okay«, sagte Boom, indem er sich wieder erhob. »Ich komme damit zurecht.« Talon sah Blut auf Booms buntem Hawaiihemd. Sie mussten rasch verschwinden, aber der einzige Weg nach draußen war durch den Feuerelementar versperrt.

Aracos rang mit dem Reptiliengeist in Astralgestalt. Die beiden schienen gleich stark zu sein, doch Aracos hatte den Vorteil größerer Intelligenz und Erfahrung. Zwar waren diese Geister oft verschlagen, aber sie neigten zu einer gewissen geistigen Starre, und Feuerelementare wurden ganz besonders von ihren Leidenschaften beherrscht.

Aracos gelang es, einem weiteren Angriff des Elementars auszuweichen, dann sprang er vorwärts, rang mit dem Elementar und trieb ihn zur Decke. Aracos war zwar immun gegen die Flammen, die den Elementar umgaben, aber das galt nicht für die Deckenplatten und insbesondere nicht für die Sprinklerdüse, die von der Schulter des Elementars getroffen wurde.

Die Hitze der Flammen ließ augenblicklich das Sprinklersystem des Gebäudes ansprechen. Der Feueralarm jaulte los, während von allen Seiten Wasser in den Flur spritzte. Der Feuerelementar zischte und kreischte bei der Berührung durch das Wasser, und Dampf stieg von seinem Körper auf. Seine Reptiliengestalt löste sich fast augenblicklich auf, da er auf die Astralebene floh, um seiner elementaren Nemesis zu entgehen.

»Das Spiel können auch zwei spielen«, murmelte Talon. Er hielt eine Hand unter den Wasserstrahl und murmelte leise ein paar Worte, während er seine magischen Kräfte sammelte und den Ruf in die Astralebene schickte. Auch er gebot über einige Geister. Der Ruf wurde beantwortet, als das von der Decke spritzende Wasser die Gestalt einer gänzlich aus Flüssigkeit bestehenden Schlange annahm. Talon zeigte in die Richtung der Konzernmänner.

»Greif an«, sagte er, und die wässrige Schlange floss vorwärts. Talon hörte einen wütenden Schrei aus dem Flur, als Hammer zu schießen aufhörte. Das leere Magazin flog aus der Kanone des Orks, und einen Augenblick später hatte er ein neues aus den Schlaufen an seinem Gürtel gezogen und in die Waffe gerammt.

»Lasst uns verschwunden«, sagte Talon, und sie liefen zur Tür.

»Der Feuerelementar kehrt um und hilft den Pinkeln«, sagte Aracos zu Talon.

»Gut. So habe ich es mir auch vorgestellt.«

Sie stürzten durch die Tür und rasten die Feuerleiter zur Gasse hinab, wo der Van mit Val am Steuer mit laufendem Motor und geöffneter Seitentür wartete. Kilaro saß zusammengekauert auf der Rückbank, da sie völlig durchnässt einstiegen. Hammer lief um den Van herum und schwang sich auf den Beifahrersitz, während Boom sich zu Talon nach hinten gesellte.

»Los!«, sagte Talon, indem er die Tür zuzog. Val gab Gas, und der Van schoss wie eine Kanonenkugel aus der Gasse. Die Reifen quietschten, als sie auf die Straße bogen. Talons Headkom fing an zu klingeln.

»Ach, verdammt«, knurrte er und bedeutete dem Kom mit einem geistigen Befehl, sich abzuschalten. Wer es auch war, er konnte sich die Ablenkung im Moment nicht leisten. Er richtete seine Aufmerksamkeit auf Boom, der eine Hand auf die Seite seines klatschnassen Hemds gepresst hatte. Das Sprinklerwasser hatte das Blut zum Teil ausgewaschen, aber es rann bereits frisches Blut über seine Finger.

»Lass mich mal sehen«, sagte Talon, und Boom zog die Hand weg. Talon riss das Hemd auf. Es war ein sauberer Durchschuss, was bedeutete, dass die Kugel nicht irgendwo feststeckte. Er drückte seine Hand auf die Wunde und hörte Boom vor Schmerzen mit den Zähnen knirschen.

Talon schloss die Augen und konzentrierte sich, sperrte das Motorengedröhn des Vans und das wütende Hupen anderer Wagen aus, da Val sich durch den nächtlichen Verkehr schlängelte. Er spürte, wie seine Hand sich erhitzte, da magische Energie von ihr zu Boom strömte, die natürlichen Systeme des Trolls stärkte und ihnen die Energie gab, die sie brauchten, um die Wunde zu schließen. Als er die Hand wegzog, war von der Wunde nur noch der blutige Riss in Booms Hemd übrig. Kein Bruch in der Haut, kein Anzeichen dafür, dass es überhaupt eine Wunde gegeben hatte.

»Gute Arbeit«, sagte Boom bewundernd, während er die ehemals verwundete Stelle quetschte.

»Wir haben es noch nicht überstanden«, sagte Val von vorn. »Sieht aus, als bekämen wir Gesellschaft. Zwei MCT-Roto-Drohnen sind im Anflug.«

»Drek«, sagte Talon. »Haben wir Luftabwehr in dieser Karre?«

»Ja, dich«, erwiderte Val.

»Das hatte ich befürchtet.« Talon lehnte sich zurück, schloss die Augen und konzentrierte sich. Er sandte seinen Ruf wieder aus und spürte eine Reaktion, eine stärker werdende Präsenz. »Kommt«, rief er, »kommt zu mir.«

»Ja, Gebieter«, kam die Antwort. Talon streifte die Fesseln seiner materiellen Gestalt ab und wechselte auf die Astralebene. Er flog hoch aus dem dahinrasenden Van und fand zwei Geister, die gehorsam vor ihm schwebten. Sie hatten Ähnlichkeit mit den von den Konzernmännern kontrollierten Elementargeistern, denn einer war ein Feuerelementar, der andere ein Luftelementar. Er dehnte seine Sinne aus, konnte seinen Wasserelementar aber nicht mehr spüren. Höchstwahrscheinlich war der Geist vernichtet worden, hatte den Feuerelementar des Feindes jedoch mitgenommen. Damit blieben Talon nur noch drei Elementare zu seiner Verfügung. Er hoffte, er werde die Zeit haben, noch einen Wasserelementar zu beschwören, aber sein vordringlichstes Problem waren zunächst die Drohnen.

Die Geister schwebten in ihrer Astralgestalt vor Talon. Einer war eine Nebelwolke mit kleinen Flügeln, die wie eine Frau geformt war, der andere eine Flammensäule. Talon beobachtete, wie die von Val erwähnten Drohnen sich dem Van näherten. Sie waren zylindrisch, etwa einen Meter hoch und hatten einen dicken, metallverkleideten Rumpf und dunkle Linsen, die Talon an Insektenaugen erinnerten. Ein rotierender Kranz unweit der Spitze jeder Drohne enthielt die surrenden Propeller, die ihnen Auftrieb gaben, und am Rumpf war ein Maschinengewehr montiert, das auf den Van der flüchtenden Shadowrunner einschwenkte.

Talon wandte sich an die Geister. »Diese Drohnen«, sagte er, indem er auf sie zeigte. »Werdet stofflich und zerstört sie.«

»Wie du befiehlst«, sagten die Geister wie aus einem Munde. Sie schossen zu den Drohnen, und Talon folgte ihnen. Als sie sich den Flugmaschinen näherten, wurden die Geister stofflich, was bedeutete, dass sie aus der Sicht der Drohnen aus dem Nichts vor ihnen erschienen, und griffen an. Der Feuergeist hüllte eine der Roto-Drohnen in eine Flammenwolke. Die Legierung aus Metall und Plastik war zwar feuerfest, aber dieses Feuer war intelligent und tastete die Oberfläche auf der Suche nach einer Schwachstelle ab.

Die Drohne drehte sich und gewann an Höhe, dann flog sie einige Zickzack-Manöver in dem Versuch, den Geist abzuschütteln, doch ihre Bemühungen waren vergeblich. Talon hörte das Kreischen ultraheißen Metalls, dann fand der Feuerelementar die Munitionskammer der Drohne, die wie eine Bombe explodierte. Bruchstücke der Drohne regneten auf die Straße, während der Großteil des brennenden Rumpfs auf einen geparkten Wagen fiel, dessen Dach zerschmetterte und die Windschutzscheibe heraussprengte.

Der Luftelementar erschien als Wirbelwind um die

zweite Roto-Drohne. Die Drohne kämpfte gegen die tosenden Winde des Geists an, und ihre Rotoren jaulten protestierend, als sie an die Grenzen ihrer Leistungsfähigkeit stießen. Der Wind heulte, und die Drohne kam vom Kurs ab und prallte so hart gegen eine Hausecke, dass Ziegel und Beton splitterten und ihre Rotoren beschädigt wurden. Talon verfolgte, wie die Drohne von der Hausmauer abprallte, sich dann abwärts neigte und auf den Gehsteig krachte. Ihre gepanzerte Hülle war aufgesprungen, und aus den Rissen quoll Rauch.

»Gute Arbeit«, lobte Talon seine Geister. »Folgt mir.«

Er flog dem Van hinterher. Er glitt durch die Hintertür durch und dem Sitz in seinen Körper und spürte dessen Gewicht wieder auf sich lasten, als er die Augen aufschlug.

»Gute Vorstellung«, sagte Hammer vom Beifahrersitz, und Kilaro sah Talon mit einer Mischung aus Respekt und Furcht an. Es war offensichtlich, dass er noch nie einen Magier so hatte loslegen sehen. Die meisten Normalsterblichen neigten zwar dazu, die Kräfte zu überschätzen, die sozusagen in den Fingerspitzen eines Magiers wohnten, aber der beachtliche Ruf der Erwachten war dennoch wohl verdient.

»Tja, Chummer«, sagte Talon zu Kilaro. »Ich glaube, wir können mit einiger Sicherheit davon ausgehen, dass Sie für Ihre Bosse ebenso entbehrlich sind wie der Rest von uns. Willkommen in den Schatten.«

Boom rutschte ein wenig auf seinem Sitz herum. »Ich habe gehört, wie du im Club Jases Namen gerufen hast«, sagte er. »Du hast ihn wieder gesehen, nicht wahr?«

»Ja«, sagte Talon, indem er das Gesicht verzog. »Entschuldige, dass ich ...«

»Null Problemo«, erwiderte der Troll, während er mit den Fingern der anderen Hand über die Stelle strich, wo sich die Schusswunde befunden hatte, als wolle er prüfen, ob sie immer noch verheilt war. Hätte Gabriels

Schuss ihn ein kleines Stück weiter rechts getroffen, wären die Dinge vielleicht anders verlaufen.

»Keiner von euch hat ihn gesehen, nicht wahr?«, fragte er, und die anderen schüttelten den Kopf. Ein goldener Falke tauchte aus dem Nichts auf und ließ sich auf der Lehne des Sitzes zwischen Boom und Talon nieder.

»Ich habe ihn gesehen«, sagte Aracos' Gedankenstimme. »Jemand oder etwas war auf jeden Fall da.«

Den Göttern sei Dank, dachte Talon. Vielleicht werde ich doch nicht verrückt.

»Irgendeine Vermutung, was es war?«, fragte er.

Aracos reagierte darauf mit einem ganz und gar nicht vogelhaften Achselzucken. »Eigentlich nicht. Ich habe so etwas noch nie gesehen. Natürlich habe ich den echten Jason nicht gekannt.«

»Was hat er gesagt?«, fragte Val, die sie gekonnt durch den Verkehr lotste.

»Er sagte, ›die Toten kommen wieder‹.«

Val schauderte ein wenig, und Hammer fragte: »Was, zum Teufel, soll das bedeuten?«

Talon schüttelte den Kopf. »Ich weiß es nicht, Chummer, aber ich habe das Gefühl, dass wir es bald herausfinden.«

23

G*ott, ich bin so ein Idiot*, dachte Trouble, nachdem Talon gegangen war. Wie hatte sie etwas derart Dämliches tun können? Sie ließ sich auf die Couch sinken, griff in ihre Tasche und holte den Ring heraus, den Ian ihr gegeben hatte, als er sie bat, ihn zu heiraten. Ihn zu heiraten! Und sie dachte tatsächlich darüber nach!

Und deshalb küsse ich auch einen anderen Mann, obwohl ich weiß, dass er kein Interesse an mir hat, und sage ihm, dass ich ihn liebe, dachte sie, während sie den Ring in der Hand drehte und das Licht von dem Stein einfangen ließ. *Bin ich wirklich so versessen auf Talon, oder suche ich nur einen Vorwand, Ian nicht antworten zu müssen?* Als brauchte sie noch andere Gründe. Ob sie an Talon interessiert war oder nicht oder er an ihr, es gab massenhaft andere Gründe, sich nicht mit Ian O'Donnel einzulassen. Nicht der unbedeutendste davon war die Tatsache, dass er ein gesuchter Terrorist war.

Und du bist ein gesuchter Verbrecher, erinnerte Trouble sich, ein Shadowrunner. In vielerlei Hinsicht hielten die Behörden sie wahrscheinlich für ebenso schlimm wie Ian, wenn nicht gar für noch schlimmer. Schließlich ging Ian nicht gegen die Konzerne vor. Seine Ziele waren politischer Natur, und er glaubte an sie.

Trouble seufzte. Woran glaubte sie? Sie wusste es nicht einmal mehr. Früher war sie stolz darauf gewesen, einer der besten Decker in den Schatten zu sein. Ihr hatte die Herausforderung gefallen, es mit den besten Systemen aufzunehmen, welche die Megakonzerne zu bieten hatten, und diesen arroganten Konzernprogrammierern zu zeigen, dass ein schmächtiges Mädchen von den Straßen Bostons sich gegen ihre besten Schöpfungen behaupten konnte. Und ihr hatte die Kameradschaft in ihrem Team gefallen, ganz besonders, seit sie Mitglied von Talons Team war.

Talon, dachte sie. Gott, warum fiel sie immer auf die Unerreichbaren herein? Zuerst Ian, der vor allem anderen, auch vor ihr, seiner Sache ergeben war. Dann Talon, der aus einem völlig anderen Grund unerreichbar war. Doch nun sagte Ian, er wolle sie zurück, sagte, er sei ein Idiot gewesen, sie gehen zu lassen, und ein Teil von Trouble wollte ihm Recht geben. Sie wollte nicht glauben, dass sie nur Trost in seinen Armen suchte, weil es den Kitzel jener Tage zurückbrachte, als sie ihre ersten Beutezüge in den Schatten unternommen hatte. Damals war sie voller Feuer gewesen und bereit, es mit der ganzen Welt aufzunehmen. Damals hatte sie ein kühner, heroischer Mann aus der alten Heimat betört, der ausgestoßene Rebell, der darum kämpfte, Eire zu befreien, und ihr etwas gegeben, woran sie glauben konnte. Jetzt hatte sie sich beinahe wieder von seinem Charme und seiner Leidenschaft mitreißen lassen, aber nachdem sie Talon so verwundbar gesehen hatte, war ihr aufgegangen, dass ihre Gefühle für Ian neben ihren Gefühlen für Talon verblassten. Es hatte sie so gefreut, dass er zu ihr gekommen war, und sie hatte einem kleinen Teil von sich wieder zu hoffen gestattet.

Jetzt mochte auch Gallow zurückkehren. Der Geist hasste Talon und alles, was mit ihm verbunden war. Er würde alles tun, um Talon zu vernichten, und das würde Trouble nicht zulassen. Sie legte Ians Ring auf den Tisch, dann holte sie ihr Cyberdeck und legte es auf ihren Schoß. Sie stöpselte das Glasfaserkabel in die Buchse hinter ihrem Ohr und das andere Ende in die Wandbuchse.

Es wurde Zeit, Informationen zu sammeln, und sie legte los. Die virtuelle Welt der Matrix entfaltete sich rings um sie, und sie ließ alle Zweifel und Ängste hinter sich. In der Matrix gehörte sie zu den Besten: selbstsicher, kompetent, unschlagbar. In der Matrix empfand sie keine Angst. Wenn Gallow in der Nähe war, würde sie die entsprechenden Informationen aufspüren.

Kurze Zeit später meldete Trouble sich ab und stöpselte das Kabel mit einem tiefen Seufzer aus. Es war nicht viel, aber sie hatte eine Spur entdeckt, die Talons Vermutung zu bestätigen schien. Knight Errant hatte eine verkohlte Leiche in einer Gasse gefunden und sie als eine der vielen Namenlosen abgehakt, die jeden Tag im Metroplex auftauchten. Der Unterschied bestand darin, dass bei der Routine-Autopsie kein einziger Hinweis darauf entdeckt worden war, was die Verbrennungen verursacht hatte, und der Dienst habende forensische Magier hatte den Fall als mögliches magisches Verbrechen eingestuft, vielleicht verübt durch eine Magier-

Gang oder auch einen freien Geist. Die verkohlte Leiche passte in das Schema der anderen von Gallow getöteten Opfer. Gleichermaßen bestürzend war der Umstand, dass der Mord nur ein paar Kilometer von ihrer Wohnung entfernt verübt worden war. War es möglich, dass Gallow sie belauerte? Der Geist hatte schon einmal versucht, sie gegen Talon auszuspielen. Er hatte sie als Geisel genommen, und Talon hatte, um ihr Leben zu retten, die Gelegenheit verstreichen lassen, ihn zu bannen. Trouble schauderte bei dem Gedanken an die brennende Berührung des Geistes.

Sie tippte Talons Nummer in das Telekom ein. Es klingelte ein paarmal, dann ertönte ein musikalischer Ton. »Die Nummer, die Sie gewählt haben«, verkündete eine angenehme synthetisierte Stimme, »ist vorübergehend nicht erreichbar. Wenn Sie eine Nachricht hinterlassen wollen, sprechen Sie nach dem Signalton.«

Trouble hinterließ eine kurze Nachricht, in der sie Talon bat, sie zurückzurufen. Sie fragte sich, warum er das Headkom abgeschaltet hatte. Bei seinem Abschied hatte er gesagt, er werde den Rest des Teams zusammentrommeln, also beschloss sie, zum *Avalon* zu fahren und selbst nachzusehen, was los war. Sie verstaute das Cyberdeck im Tragekoffer und schloss ihn.

Sie streifte gerade ihre Jacke über, als sie ein Klopfen an der Tür fast zu Tode erschreckte. Gott, ich bin wirklich nervös, dachte sie.

Es überraschte sie, wen sie bei ihrem Blick durch den Spion vor der Tür sah. Sie öffnete vorsichtig und bereit, jederzeit die Pistole in ihrem Schulterhalfter zu ziehen, wenn es sein musste.

Die rothaarige Frau rauschte an ihr vorbei und in ihre Wohnung, bevor Trouble sie aufhalten konnte.

»Ian schickt mich«, sagte Bridget.

»Was ist denn los?«, fragte Trouble. »Ist etwas passiert? Geht es ihm gut?«

»Ja, es geht ihm prächtig«, sagte Bridget, und ihr Blick fiel auf den Ring, der auf dem Tisch lag. Angesichts der Art und Weise, wie sie ihn anstarrte, fragte Trouble sich unwillkürlich, ob die andere Frau eifersüchtig auf ihre Beziehung mit dem Anführer der Knights war.

»Er hat dir das gegeben?«, fragte Bridget. Eigentlich war es keine Frage.

Trouble ärgerte sich über ihre Anmaßung und war mehr als nur ein wenig beunruhigt darüber, was sie zu dieser Frage veranlasste. »Ich wüsste nicht, was dich das angeht … ah!«

Sie keuchte, als Bridget sich unglaublich schnell bewegte, sie am Hals packte und sie mit unmenschlicher Kraft an die Wand nagelte. Trouble tastete nach ihrer Kanone, aber Bridget schlug sie weg wie ein Spielzeug. Sie fiel scheppernd zu Boden.

»Hervorragend«, sagte sie in einem heiseren Flüsterton. »Alles ergibt sich ganz von allein. Er war hier, nicht wahr?«

Trouble keuchte und wehrte sich. Sie konnte in Bridgets eisernem Griff kaum atmen. Wieso war sie so stark? War sie vercybert?

Trouble schüttelte den Kopf. »Nein«, keuchte sie. »Ian war nicht hier …«

»Nicht er«, zischte Bridget. »Talon.«

Dann sah Trouble das Funkeln in Bridgets Augen, spürte die Hitze ihrer Haut, die wie ein Fieber war, und die unmenschliche Kraft.

»O mein Gott«, flüsterte sie. »Gallow.«

»So ist es«, sagte Bridget, während sich ein boshaftes Lächeln auf ihrer Miene ausbreitete. »Er war hier, nicht wahr? Mein verehrter Schöpfer – ich kann seine Anwesenheit, seinen Gestank an dir spüren.« Bridget beugte sich weiter vor, sodass ihr Atem heiß über Troubles Gesicht strich. »Und du hasst ihn, nicht wahr?«, flüsterte sie grinsend.

»Fahr zur Hölle«, sagte Trouble, die sich immer noch wehrte.

Gallows Griff um ihre Kehle wurde fester, und vor ihren Augen verschwamm alles. »Jaaa«, sagte der Geist, das Wort genüsslich in die Länge ziehend. »Du hasst ihn. Du glaubst, du liebst ihn, aber du weißt, dass er deine Liebe nie erwidern kann, nicht so, wie du es gern hättest, nicht auf die Art, nach der du dich tief in deinem Inneren sehnst. Und das vergiftet diesen kleinen verborgenen Teil in dir, nicht wahr? Die Trennlinie zwischen Liebe und Hass ist so dünn ... Gib es zu. Ein Teil von dir hasst ihn, ein Teil von dir, um dessentwegen du dich schuldig fühlst.«

Trouble funkelte den Geist im Frauenkörper so trotzig an, wie sie konnte. »Nicht annähernd so sehr, wie ich dich hasse«, keuchte sie.

»Genau das wollte ich hören«, sagte Gallow. Dann beugte er sich vor und küsste Trouble. Bridgets Lippen waren so heiß, dass sie wie glühendes Eisen brannten. Trouble schrie auf, aber etwas Heißes, Trockenes, Brennendes drang in ihren Mund ein und erstickte ihren Schrei. Sie wehrte sich verzweifelt dagegen. Dann wehrte sie sich nicht mehr, während Gallow in Bridgets Körper langsam auf sie fiel und sie festnagelte. Bridgets Kleidung und Haare fingen an zu rauchen und gingen dann in Flammen auf. Trouble stieß den schlaffen, brennenden Körper von sich und ließ ihn zu Boden fallen, wo die Flammen ihn verzehrten.

Während das Feuer sich auf dem Teppich ausbreitete, hob Trouble gelassen den Koffer mit ihrem Cyberdeck und ihre Pistole auf, die zu Boden gefallen war. Sie schob die Kanone ins Halfter und ging zu Ians Ring. Als sie ihn sich über den Finger streifte, bewunderte sie sein Funkeln im Licht des Feuers, das allmählich auf den ganzen Raum übergriff. Sie öffnete die Tür und warf noch einen Blick zurück auf den brennenden Raum, während der

Rauchdetektor im Flur anschlug und Alarmsirenen zu heulen begannen.

»Ich hoffe, es wird dich glücklich machen, deine zukünftige Braut zu sehen, Ian«, sagte Gallow mit Troubles Stimme. »Es gibt noch vieles zu tun, und ich will das Finale nicht verpassen.«

Der Geist verließ das Haus und verharrte dann in der Nähe, um den Brand zu beobachten. Erst als die Feuerwehr eintraf, verabschiedete Gallow sich endgültig.

*

Talon ließ sich von Valkyrie nach Hause fahren, um dort ein paar Dinge zu holen, die er brauchte. Nachdem Aracos bestätigt hatte, dass die Luft rein war, ging er hinein und holte die Sachen. Wieder im Van, wies er Val an, Trouble abzuholen. Unterwegs zu ihrem Haus überprüfte er sein Headkom und fand dort eine Nachricht von ihr vor.

»Talon«, sagte ihre Stimme, »ich habe ein wenig gegraben und bin auf einen Bericht von Knight Errant gestoßen. Eine Frau namens Jane Doe ist vorgestern nicht allzu weit von meinem Haus entfernt in einer Gasse verbrannt. Sie haben den Fall als ungeklärtes Verbrechen abgelegt, wahrscheinlich mit magischem Bezug. Ruf mich zurück.«

Er gab den gedanklichen Befehl, die Nummer von Troubles Handy anzuwählen, und wartete. Es klingelte mehrmals, dann schaltete sich der Anrufbeantworter ein. Er legte auf, ohne eine Nachricht zu hinterlassen. Sie würden ohnehin gleich bei ihr sein.

»Heiliger Drek!«, sagte Hammer, als sie in Troubles Straße einbogen. Ihr Haus brannte lichterloh, und mehrere Feuerwehrwagen standen rings um das Gebäude, deren Besatzungen sich alle Mühe gaben, den Brand zu löschen. Es sah so aus, als hätten sie ihn eingedämmt und als seien nur die beiden obersten Etagen in Mitleidenschaft gezogen worden. Auf den Gehsteigen hatten sich Leute versammelt, und uniformierte Beamte von Knight Errant hielten sie zurück, um den Feuerwehrleuten Platz zu verschaffen. Es sah so aus, als seien die meisten Leute aus dem Bett gescheucht und gezwungen worden, das Gebäude fluchtartig zu verlassen.

Durch die Menschenmenge, die Barrikaden und die schaulustigen Fahrer, die sich die Hälse verrenkten, verlangsamte sich der Verkehr trotz der späten Stunde auf Schritttempo. »Bleib ruhig«, sagte Talon zu Val, als sie sich in den Verkehr einfädelten und langsam die Straße entlangkrochen. »Fahr einfach vorbei wie alle anderen auch und such ein paar Blocks entfernt einen Parkplatz.« Er lehnte sich zurück. »Ich sehe mir die Sache inzwischen aus dem Astralraum an.«

Talon ließ den Kopf zurücksinken und fiel rasch in Trance. Seine Astralgestalt verließ seinen Körper und den Van. Aracos folgte ihm.

Sie flogen zu dem Haus und durch die Wasserstrahlen der Feuerwehrschläuche. Als sie in Troubles Wohnung anlangten, traf es Talon wie ein elektrischer Schlag. Sie war schwer verkohlt, ein Totalverlust. Möbel und Geräte waren verbrannt und lagen in einem wässrigen Morast. Viel wichtiger war die Aura an diesem Ort, die unverkennbaren astralen Rückstände von Magie.

Er schwebte durch die zerstörte Tür und sah sich um. Aracos flog voraus, um nach Anzeichen für Gefahr Ausschau zu halten.

»Boss, hier drüben«, sagte Aracos. Talon überlief ein kalter Schauder, als er es ebenfalls sah. Auf dem Boden zusammengerollt, fast in fötaler Haltung, lag eine völlig verbrannte Leiche, bis zur Unkenntlichkeit geschwärzt und verkohlt.

»Ihr Geister«, stöhnte Talon, und eine schreckliche Angst regte sich in ihm. Er streckte eine unstoffliche

Hand aus und hielt seine astralen Finger ein paar Zentimeter über die Leiche. Die Aura kürzlichen und jähen Todes lag schwer im Äther und hing wie ein Schleier über dem ganzen Raum.

»Ist … sie es?«, fragte Aracos im Flüsterton.

»Ich weiß es nicht.« Talon zwang sich dazu, die Leiche genauer in Augenschein zu nehmen, wobei er betete wie schon lange nicht mehr. Ihm war schlecht, aber er zwang sich, näher an die Leiche heranzuschweben.

»Den Göttern sei Dank«, sagte er schließlich. »Ich glaube nicht, dass sie es ist.« Er zeigte auf Kopf und Hals. »Sieh selbst. Keine Datenbuchse.«

Das Feuer hatte das Fleisch fast völlig verbrannt, aber nirgendwo fand sich das Metall einer Datenbuchse oder ihrer Verdrahtung. Es konnte sich nicht um Trouble handeln.

»Wer ist es dann?«, fragte Aracos.

»Ich weiß es nicht, aber wir sollten es besser herausfinden.«

Talon warf noch einen raschen Blick auf den Rest der Wohnung, spürte jedoch nichts Ungewöhnliches. Die Schäden waren zu erheblich, um noch andere Erkenntnisse zu sammeln, vor allem nicht aus dem Astralraum.

Es blieb nichts mehr zu tun, also kehrten sie zum Van zurück, den Val ein paar Blocks entfernt geparkt hatte. Talon glitt wieder in seinen Körper und öffnete die Augen. Die anderen musterten ihn beklommen.

»Allem Anschein nach ist der Brand in Troubles Wohnung ausgebrochen«, sagte er. »Darin liegt eine Leiche, aber ich bin ziemlich sicher, dass es nicht Trouble ist. Ich habe keine Anzeichen für eine Datenbuchse oder andere Headware gesehen.«

»Wer ist es dann?«, fragte Boom. »Und wo ist Trouble?«

Talon schüttelte den Kopf. »Ich weiß es nicht. Vielleicht war der Brandstifter unachtsam. Bevor wir hergefahren sind, habe ich noch eine Nachricht von ihr erhalten. Sie muss angerufen haben, als wir gerade den Club verließen. Wahrscheinlich ist das Feuer erst danach ausgebrochen, weil die Nachricht nicht so klang, als schwebe sie in Gefahr.«

»Vielleicht hat Cross ihr einen Besuch abgestattet«, meldete Kilaro sich plötzlich zu Wort. »Vielleicht war es eine Bombe …«

»Es sah nicht so aus, als hätte es eine Explosion gegeben, nur einen Brand«, sagte Talon. »Ich glaube, wir haben mehr als nur ein Problem mit Ihrer Firma, Chummer.« Ein Blick auf Boom und Hammer verriet ihm, dass sie verstanden, was er damit sagen wollte. Ein Feuer passte ganz offensichtlich zu Gallows Stil.

»Was nun?«, fragte Val. »Wir sollten uns nicht zu lange hier aufhalten.«

»Du hast Recht«, sagte er. »Fahr nach Norden.«

»Wohin?«

»In die L-Zone. Ich kenne ein paar Leute, bei denen wir für eine Weile einen sicheren Unterschlupf finden können. Ich muss eine Menge Magie wirken.«

24

Gallow marschierte in Troubles Körper durch die dunklen Tunnel der Katakomben. Als er sich dem Eingang zu Mama Iagas Bau näherte, trat ein blasshäutiger, am ganzen Leib mit warzigen Beulen und Knochenauswüchsen bedeckter Troll aus den Schatten und versperrte ihm den Weg. Er trug grob zusammengenähte Lederkleidung und einen Harnisch über der gewaltigen Brust. Der Troll besaß keine sichtbaren Waffen, aber seine Größe und Kraft reichten aus, um den meisten Gegnern mit bloßen Händen ein Glied nach dem anderen ausreißen zu können.

»Geh zur Seite«, sagte Gallow. »Mama erwartet mich.«

Der Troll streckte eine riesige Pranke aus, doch Gallow lächelte giftig. Troubles Körper war augenblicklich in eine feurige Aura gehüllt. Der Troll stieß einen Schrei aus, der durch die Tunnel hallte, während er die verbrannte Hand zurückzog. Gallow funkelte ihn an. Der Troll schlurfte zur Seite und ließ Gallow durch die Tür und ins Allerheiligste seiner Gebieterin treten.

Als der Samtvorhang sich hinter Gallow schloss, sprach eine Stimme aus dem Schatten rings um den matt glühenden Kamin.

»Du hättest Albin nicht verletzten sollen, mein Lieber«, sagte Mama wie eine Mutter, die ein ungezogenes Kind schalt. »Jetzt muss ich ihn heilen, nachdem er Gelegenheit hatte, darüber nachzudenken, was passiert, wenn man mit dem Feuer spielt.«

»Er hätte mir nicht den Weg versperren sollen«, sagte Gallow.

»Er hat nur seine liebe alte Mutter beschützt«, sagte Mama, wobei sie sich ein wenig vorbeugte und dem matten Licht gestattete, ihr hageres, runzliges Gesicht zu beleuchten.

Als ob die alte Vettel Schutz brauchte, dachte Gallow. Er wusste besser als die meisten, wie mächtig Mama war. Einstweilen mochte sie über ihn gebieten, aber Gallow wusste, dass die Zeit kommen würde, wenn sie klären mussten, wer der Gebieter und wer der Sklave sein würde. Der Geist freute sich schon auf diesen Tag. Er hatte nicht die Absicht, diesen Kampf zu verlieren.

»Außerdem«, fuhr Mama fort, »hat Albin offensichtlich nicht dein neues ... Äußeres erkannt.« Sie lächelte und zeigte dabei ihre spitzen kleinen gelben Zähne. »Sehr nett. Ich glaube, es steht dir.«

»Das tut es, nicht wahr?« Gallow erwiderte das Lächeln. Er drehte sich links und rechts herum, um ihr Troubles Gestalt von allen Seiten zu zeigen. »Trotzdem steht es mir nicht so gut, wie mir Talons Körper stehen wird.«

»Bald, mein Lieber, sehr bald. Ist alles andere erledigt?«

»Mit O'Donnel und den Knights? O ja, viel besser, als ich dachte.« Gallow streckte die Hand aus und spreizte die Finger, sodass der Ring an Troubles Finger das Kerzenlicht reflektierte. »Allem Anschein nach ist der gute Ian ziemlich verzaubert von dieser hübschen jungen Dame.«

»Wunderbar«, sagte Mama, indem sie die knochigen Hände in der ghulischen Parodie mädchenhafter Schadenfreude zusammenlegte. »Und ich habe genau das richtige Geschenk für das glückliche Paar.«

Sie nahm einen kleinen Metallzylinder vom Tisch neben ihrem Sessel und hielt ihn Gallow hin. Er trat vor, um ihn ihr abzunehmen.

»Dieser Zylinder enthält den Katalysator für unsere kleine Pandora-Büchse«, sagte sie. »Sorge dafür, dass er richtig zum Einsatz gelangt, dann wird das Resultat der Aktionen O'Donnels und seiner kleinen Bande ihre kühnsten Träume noch um ein Vielfaches übertreffen. Ein Jammer, dass sie keine Gelegenheit mehr haben werden, die Früchte ihrer Arbeit zu sehen.«

»Und dann kann ich mir Talon holen?«, fragte Gallow.

»O ja, mein Lieber. Ich bin sicher, du wirst keine Schwierigkeiten haben, ihn zu finden. Tatsächlich bin ich sicher, dass er dich suchen wird.«

»Gut«, sagte Gallow.

»Niemand soll behaupten, ich gäbe mir nicht die größte Mühe, meine kleinen Jungen glücklich zu machen«, erwiderte Mama mit einem boshaften Grinsen. »Und jetzt begib dich zu ›deinem‹ Mann. Ich bin sicher, er kann es gar nicht erwarten, die gute Neuigkeit von seiner geliebten Braut zu erfahren.«

Ein träges Lächeln breitete sich über Troubles Miene

aus, dann verbeugte sie sich und zog sich aus dem Raum zurück.

Mama gackerte schrill vor sich hin. »Bald, sehr bald«, flüsterte sie in die Düsternis des Raumes. »Bald wird meine Zeit kommen.«

*

Das Lowell-Lawrence-Gebiet oder die ›L-Zone‹, wie sie von ihren Bewohnern genannt wurde, hatte schon bessere Zeiten erlebt, aber nicht in jüngster Vergangenheit. Die Gegend war seit fast hundert Jahren im Niedergang begriffen. Bei der Gründung des Bostoner Metroplex waren Gebiete wie der Rox und die L-Zone als aufwendig abgeschrieben worden. Es war zu schwierig, in ihnen das Gesetz zu hüten, und zu teuer, sie zu säubern. Sich selbst überlassen, zogen die Bewohner von Gegenden wie der L-Zone entweder fort oder gruben sich dort ein und versuchten, so gut wie möglich über die Runden zu kommen. Heimatlose, Obdachlose, illegale Einwanderer, Metamenschen und andere Ausgestoßene waren im Laufe der Jahre immer zahlreicher geworden. In dem Gebiet wohnte auch eine besonders große Anzahl von Orks, von denen die meisten aus vielen der ›netteren‹ Gegenden im Sprawl verjagt worden waren. Wegen ihrer größeren Geburtsraten und ihres schnelleren Heranreifens übernahmen die Orks rasch die Vorherrschaft in der L-Zone, was Ressentiments schürte und zur Bildung von Gangs, nächtlichen Schießereien und anderen Gewalttaten führte.

Talon kannte sich in der L-Zone nicht so gut aus wie im Rox, aber doch gut genug. Gegenden, die außerhalb des Metroplex – und außerhalb der Reichweite des Arms des Gesetzes – lagen, waren Zufluchtsorte für Shadowrunner. Talon und sein Team unterhielten ein Wohnhaus nur für Gelegenheiten wie diese. Sie hatten nichts gegen seine Benutzung durch Obdachlose und Leute von der Straße einzuwenden, weil eine dort ansässige

Gang dafür bezahlt wurde, dafür zu sorgen, dass ihr eigener Bereich sauber blieb und nicht von anderen bewohnt wurde. Das Team hatte mit arkanen Graffitis und durch das Ausstreuen von Gerüchten, dass mächtige Zauber Eindringlinge abhielten, für zusätzliche Sicherheit gesorgt. Natürlich waren diese Gerüchte sehr weit hergeholt, aber die meisten Leute in der Sechsten Welt waren nicht so töricht, sich mit einem Magier anzulegen, also hielten sie sich fern.

Talon hatte das Wohnzimmer als Arbeitsraum in Beschlag genommen und den Rest des Teams in die Küche und die beiden kleineren Schlafzimmer verbannt. Er fühlte sich ein wenig schuldig, weil er den größten Raum für sich beanspruchte, aber die Anforderungen seiner Arbeit ließen ihm nicht viel Spielraum. Boom und Hammer hatten ihm geholfen, das Zimmer auszuräumen und die offenen Durchgänge zur Küche und in den Flur mit Plastikmüllsäcken zu verhängen. Es war primitiv, reichte aber aus, unerwünschte Ablenkungen auszusperren und die anderen daran zu erinnern, draußen zu bleiben, solange Talon bei der Arbeit war. Die symbolischen Grenzen waren ebenso wichtig wie die tatsächliche Abgeschiedenheit.

Am liebsten hätte er das ganze Haus mit magischen Schutzvorrichtungen versehen, aber die Zeit drängte. Er machte sich sofort an die Arbeit und holte ein paar kleine Farbtöpfe und einen Kasten mit bunter Kreide aus seiner Arbeitstasche. Der etwa vier mal vier Meter messende Raum war für seine Zwecke kaum groß genug, aber er hatte keine Zeit, einen größeren zu suchen. Zuerst zeichnete er einen großen schwarzen Kreis, dann einen kleineren roten in den schwarzen. Zwischen die beiden Kreise malte er vier rote Dreiecke in Viertelkreisabständen. In jedes Dreieck kamen die jeweiligen mystischen Symbole der Macht und des Schutzes. Auf die Spitze jedes Dreiecks stellte er eine kleine weiße Kerze.

Er zog einen weißen Kreis innerhalb des roten, dann einen Kreis aus mystischen Runen in Rot und Weiß ringsherum. In die Mitte malte er einen weißen sechszackigen Stern, der so groß war, dass er sich hineinlegen konnte. Die oberste und unterste Spitze zeigten nach Osten und Westen, und er zeichnete magische Symbole an jede der sechs Spitzen. Zum Schluss malte er noch andere kleine Symbole mystischer Kraft entlang des Innenkreises. Bei der Arbeit konzentrierte er sich auf die subtilen Energien des Kreises und baute ihn als Ort der Kraft und Sicherheit für seine Magie aus.

Als er fertig war, trat Talon zurück und begutachtete sein Werk. Er überprüfte jedes Detail auf Fehler und Schwachstellen. Nachdem er sich vergewissert hatte, dass alles in Ordnung war, konnte er beginnen. Er trat in die Mitte des Kreises, schloss die Augen und entzündete die Kerzen mit einer Geste seiner Hand. Dann holte er eine kleine schwarze Haarlocke aus einem versiegelten Plastikbeutel. Es war ein Beweis großen Vertrauens, dass die anderen Mitglieder des Teams ihm etwas von sich gegeben hatten, damit er in einer Situation wie dieser unverzüglich magische Verbindung zu ihnen herstellen konnte. Troubles Haarlocke würde seine Verbindung zu ihr sein und ihm die Möglichkeit geben, seine Magie einzusetzen, um sie aufzuspüren.

Talon sammelte die Energien seines Zaubers und stimmte einen leisen Singsang an. Er konzentrierte seine Aufmerksamkeit auf die Haarlocke zwischen seinen Fingern, während er sich in Gedanken Troubles Bild vor Augen hielt. Dabei verdrängte er seine Besorgnis darüber, was ihr zugestoßen sein mochte, so gut es ihm möglich war. Wenn Gallow ihr etwas angetan hatte …

Talon konzentrierte sich wieder auf das Ritual. Er musste exakt arbeiten.

Nach mehreren Stunden Arbeit schob er den dunklen Plastikvorhang vor der Tür beiseite und ging in die Küche.

Boom saß auf einem Stuhl, starrte ins Leere und murmelte vor sich hin. Talon lächelte dünn, als ihm aufging, dass er genauso aussehen musste, wenn er sich mit jemandem über Headkom unterhielt oder in Trance war, um Magie zu wirken. Boom grüßte Talon mit einem Nicken. Dann blinzelte er ein paarmal und beendete sein Gespräch.

»Glück gehabt?«, fragte der Troll.

Talon schüttelte den Kopf und ließ sich auf einen Stuhl nieder. »Nein. Wo Trouble auch sein mag, sie ist hinter einer Schutzvorrichtung, die so stark ist, dass ich sie nicht durchdringen kann.«

»Du hast getan, was du konntest«, sagte Boom. »Wir müssen eben eine andere Möglichkeit finden. Ich habe mich auch umgetan, und es sieht ganz so aus, als hätte unser Freund Kilaro zumindest in einer Beziehung die Wahrheit gesagt. Vom Freund eines Freundes habe ich gehört, dass irgendwelche Runner vor kurzem auch einen Job gegen Cross erledigt haben. Allem Anschein nach haben sie einen Kanister mit einem Bio-Wirkstoff entwendet. Das könnte der Katalysator gewesen sein, den er erwähnt hat.«

»Hast du etwas über die Runner erfahren, die den Job ausgeführt haben?«

»Nur eine Sache: sie sind alle tot. Niemand weiß, wer es getan hat, aber auf der Straße heißt es, sie wären unachtsam gewesen und aufs Kreuz gelegt worden, wahrscheinlich von ihrem Johnson.«

»Und nichts darüber, wer es war?«, fragte Talon.

»Bis jetzt nicht, aber ich höre mich weiter um«, erwiderte Boom. »Vielleicht war es auch der Seraphim, der ein paar lose Enden verknüpft hat.«

»Ja, wie bei uns«, sagte Talon. »Es könnte jemand bei Cross gewesen sein, der die Rekrutierung übernommen hat. Cross wäre nicht der erste Konzern, der Runner für einen Job gegen den eigenen Konzern anwirbt, um ein anderes Projekt zu verschleiern.«

»Paranoia als Lebensmotto«, sagte Boom, dann wurde er wieder ernst. »Glaubst du, es könnte der Seraphim gewesen sein, der das Feuer in Troubles Wohnung gelegt hat? Ich meine, vielleicht waren sie hinter ihr her – sie hat einen von ihnen erledigt, und dann haben sie beschlossen, den ganzen Laden abzufackeln, um alle Spuren zu verwischen.«

»Könnte sein«, sagte Talon zögernd. »Ich weiß es nicht, aber irgendwas sagt mir, es war Gallow. Er ist wieder da. Ich weiß es einfach.«

»Gibt es eine Möglichkeit, es mit Sicherheit herauszufinden?«, fragte der Troll.

Talon nickte. »Ja, aber ich muss mich erst ausruhen, bevor ich es versuche.«

Boom legte ihm sanft eine Hand auf die Schulter. »Nur zu, mach ruhig ein Nickerchen«, sagte er. »Du nützt keinem was, wenn du dich überanstrengst. Ich behalte alles im Auge.«

Talon ging dorthin, wo sie ein paar Matratzen ausgebreitet hatten. Er ließ sich dankbar auf eine fallen, aber es dauerte eine ganze Weile, bis ihn der Schlaf übermannte.

*

Talon versuchte zu schlafen, aber sein Schlaf war unruhig. Schließlich wachte er nach einem neuerlichen Albtraum über Gallow und den Tod der Asphalt Rats in kalten Schweiß gebadet auf. Er stand auf und ging in die Küche, wo Boom und Val mitgebrachtes Essen auspackten. Alle ließen sich um den wackligen Tisch nieder, um sich bei einem Sandwich zu unterhalten. Nur Talon verzichtete, weil er glaubte, er könne mit leerem Magen besser arbeiten.

Roy Kilaro war in derselben gedämpften Stimmung wie in der Nacht zuvor. Der volle Ernst seiner Lage ging ihm offenbar gerade erst auf. Wahrscheinlich hatte er noch nie eine Gegend wie die L-Zone gesehen, außer vielleicht im Trid. Talon kam zu dem Schluss, wenn sie Kilaro noch eine Zeit lang bei sich behalten mussten, konnten sie ihn ebenso gut etwas Sinnvolles tun lassen. Außerdem würde ihn das von seinen Problemen ablenken.

»Was für ein Deck haben Sie?«, fragte er, indem er auf Kilaros Tragekoffer zeigte. Kilaro antwortete nicht sofort. Vielleicht fragte er sich, ob Talon die Absicht hatte, es ihm abzunehmen und zu verkaufen.

»Ein Cross der Babel-Serie«, sagte er schließlich.

»Nicht schlecht«, warf Val ein. »Können Sie damit umgehen?«

»Was glauben Sie denn? Schließlich habe ich herausgefunden, was mit Otabi vorging, oder nicht?«

»Je mehr ich darüber nachdenke«, sagte Boom, »desto mehr glaube ich, dass Sie alles darüber herausfinden sollten, Chummer. Zumindest sind Ihre Bosse zu dem Schluss gekommen, dass es in ihrem Interesse ist, wenn sie jemanden haben, dem sie alles anhängen können.«

»Vergessen Sie nicht, dass ich auch die Sache mit dem Pandora-Virus herausgefunden habe«, sagte Kilaro abwehrend.

»Ja, und den Seraphim direkt zu uns geführt haben«, knurrte Hammer.

»Ich hatte keine andere Wahl …«

»Es spielt keine Rolle, wie wir in diese Lage geraten sind«, warf Talon ein. »Wir müssen damit zurechtkommen. Ich bin froh darüber, dass Sie mit einem Deck umgehen können, Roy. Trouble ist nicht da, also brauchen wir Sie für die Datenbeschaffung.«

»Ich kenne ein paar andere Decker, Tal«, warf Boom ein, aber Talon schüttelte den Kopf.

»Nein, ich will nicht, dass noch jemand von dieser Sache erfährt. Nicht jetzt, da wir nicht wissen, was los ist und wem wir vertrauen können.«

»Heißt das, Sie vertrauen mir?«, fragte Kilaro.

Talon lachte kurz. »Im Leben nicht, Chummer, aber wenn Sie uns aufs Kreuz legen, gehen Sie mit uns unter. Das ist Grund genug, zu glauben, dass Sie es nicht tun werden. Alles, was darüber hinausgeht, müssen Sie sich verdienen.«

»Was ist mit der Signatur seines Decks?«, fragte Val.

»Wir haben Troubles Notfall-Tasche im Van«, sagte Talon, dann wandte er sich wieder an Kilaro. »Meinen Sie, Sie können ein paar der Chips in Ihrem Deck gegen einige von Troubles Ersatzchips austauschen und einige Sicherheitskopien ihrer Programme laden?«

Kilaro nickte. »Kein Problem, wenn die Chips kompatibel sind. Geben Sie mir einen Satz mikroelektronischer Werkzeuge und ein oder zwei Stunden Zeit, dann sollte ich mein Deck so verändern können, dass es in der Matrix keine Fingerabdrücke hinterlässt.«

»Sind Sie sicher?«, fragte Talon.

»Keine Sorge. Ich weiß alles über die Sicherheitsmaßnahmen in gesetzlich einwandfreien Decks im Gegensatz zu Cyberdecks aus den Schatten. Ich habe die Modifikationen schon oft gesehen. Das gehört mit zur Arbeit in meiner Abteilung. Ich weiß, was ich tue.«

»Hoffen wir es«, sagte Talon.

»Hinter welchen Informationen bin ich überhaupt her?«, fragte Kilaro.

»Zuerst müssen Sie alles darüber in Erfahrung bringen, was letzte Nacht in Troubles Haus vorgefallen ist. Wir müssen mehr darüber wissen, vor allem, wessen Leiche dort gefunden wurde. Das verrät uns vielleicht, wo sie sich jetzt befindet.«

»Was ist mit dem Pandora-Virus?«, fragte Kilaro.

»Das Virus ist anschließend an der Reihe. Finden Sie heraus, was Sie können, aber erst, nachdem Sie sich um die Vorgänge in Troubles Wohnung gekümmert haben. Boom, kannst du diskret mit ein paar Leuten reden ...«

»Augenblick mal«, sagte Kilaro. »Das Virus könnte Tausende – Zehntausende – umbringen! Und Sie erledigen ein paar Anrufe und lassen mich in der Matrix herumstöbern? Das ist alles?«

»Hören Sie, Chummer«, sagte Talon. »Wir haben nicht um diesen Run gebeten. Wir tun, was wir können, um dafür zu sorgen, dass niemand zu Schaden kommt, aber eines sollte Ihnen von Anfang an klar sein. Meine Loyalität gilt zuallererst den Mitgliedern meines Teams, und dazu gehört auch Trouble. Wenn sie unsere Hilfe braucht, muss der Rest des Plexes allein zurechtkommen. Außerdem könnte das Wesen, mit dem sie es zu tun hat, hundertmal schlimmer sein als Ihr Virus, wenn wir es nicht aufhalten, solange wir es noch können. Verstanden?«

»Was könnte schlimmer sein als dieses Zeug?«, fragte Kilaro.

»Ein Amok laufender freier Geist namens Gallow«, sagte Talon. »Er ist potenziell weitaus gefährlicher als jede Waffe. Er hat etwas mit Trouble angestellt, und ich will wissen, was.« Er wandte sich an Hammer, der den letzten Bissen seines Sandwiches mit einem ordentlichen Schluck aus einer Dose Mineralwasser herunterspülte.

»Hammer, rede mit Leuten aus Militärkreisen, denen du vertrauen kannst. Sieh zu, ob du in Erfahrung bringen kannst, wer ein solches Virus in die Finger bekommen hat und wer unmittelbar einen Verwendungszweck dafür hätte.«

»Das ist eine ziemlich umfangreiche Aufgabe«, sagte Hammer. »Mir fallen auf Anhieb ein Dutzend Leute ein, die nur zu gern etwas wie dieses Virus in die Finger bekämen, aber ich werde sehen, was sich machen lässt.«

Talon schob sein unberührtes Essen beiseite und erhob sich vom Tisch. »Ich mache in der Zwischenzeit einen Abstecher in den Astralraum und sehe, was ich sonst noch herausfinden kann«, sagte er. »Wahrscheinlich bin ich eine Weile unterwegs, also hast du das Kommando, Boom. Kilaro, fangen Sie mit der Arbeit an Ihrem Deck an. Val kann Ihnen dabei helfen.«

Val nickte und wischte sich den Mund mit einer Papierserviette ab, die sie zusammenknüllte und auf den Tisch warf. Sie stand auf und machte sich daran, den Werkzeugsatz zu holen, den sie brauchten, um die Veränderungen an Kilaros Deck vorzunehmen.

Talon schnappte sich ebenfalls seine Arbeitstasche und erhob sich, um in sein Zimmer zurückzukehren. Boom legte ihm eine riesige Pranke auf die Schulter und hielt ihn auf.

»Du willst mehr über diese Visionen von Jase herausfinden, nicht wahr?«, fragte er, obwohl es eigentlich keine Frage war.

»Boom, ich nütze keinem was, solange ich nicht weiß, was eigentlich los ist«, sagte Talon, »und ich bin mehr denn je davon überzeugt, dass diese ganze Sache irgendwie mit Gallow zusammenhängt. Vielleicht benutzt er etwas, das wie Jase aussieht, um mich in den Wahnsinn zu treiben, oder vielleicht ist es tatsächlich Jase, der mir irgendetwas sagen will. Was es auch ist, ich kann es nicht ignorieren. Mach dir keine Sorgen. Ich vergesse Trouble nicht, aber wir müssen wissen, wogegen wir antreten, wenn wir sie je finden wollen.«

Boom bedachte Talon mit einem schiefen Grinsen. »Hey, Chummer, ich wollte nicht mit dem magischen Experten streiten. Ich wollte nur den Plan kennen. Was es auch wert sein mag, ich glaube, du hast Recht. Wir alle machen uns Sorgen um Trouble, aber ich weiß, dass wir sie wiederbekommen.«

»Das hoffe ich von ganzem Herzen«, sagte Talon.

Das war nicht ganz richtig. Tief im Herzen *schwor* Talon, Trouble zu finden und Gallow aufzuhalten, koste es, was es wolle. Und wenn er sich dafür erneut dem Hüter der Schwelle stellen musste, war er dazu bereit.

25

Talon brauchte etwa eine Stunde, um den hermetischen Kreis nach seinen Vorstellungen umzugestalten. Dann ging er in die Küche, um noch einmal mit Boom Rücksprache zu halten, bevor er anfing.

»Wie kommen Kilaro und Val voran?«, fragte er.

»Wir sind fertig«, sagte Val, die gerade in die Küche kam, während sie sich die Hände an einem schmutzigen Lappen abwischte. »Wir haben alle nötigen Veränderungen an Kilaros Deck vorgenommen, und er hat sich eingestöpselt. Sieht bis jetzt ganz gut aus, aber ich werde ihn im Auge behalten, falls irgendwas schief geht.«

»Oder falls er beschließt, uns bei seinen Kumpeln vom Seraphim zu verpfeifen«, murmelte Boom.

»Glaube ich nicht«, sagte Val. »Er hatte bisher Gelegenheiten genug dazu, falls er es wirklich wollte. Nenn es ein Gefühl, aber ich glaube, er meint es aufrichtig. Sie haben ihn gewaltig aufs Kreuz gelegt, genau wie uns, vielleicht noch mehr. Er hat wirklich nicht darum gebeten. Wir wissen wenigstens einigermaßen, worauf wir uns einlassen.«

»Okay, behalt ihn im Auge«, sagte Talon. »Ich mache mich jetzt an die Arbeit. Ihr kennt die Routine.«

»Korrekt«, sagte Boom. »Hast du eine Ahnung, wie lange es dauern wird?«

»Eine Weile«, sagte Talon.

»Das ist sehr hilfreich«, sagte der Troll trocken.

»Es dauert mindestens ein paar Stunden«, sagte Talon. »vielleicht auch den ganzen Tag und die ganze Nacht. Ich weiß es nicht mit Sicherheit.«

»Viel Glück, Chummer.«

»Danke, alter Freund. Ich werde es brauchen.«

*

Talon schloss den Plastikvorhang hinter sich und stellte sich in die Mitte des magischen Kreises. Er konzentrierte sich, und die Kerzen um den äußeren Rand entzündeten sich und tauchten das Zimmer in einen goldenen Schein. Da Fenster und Türen verhangen waren, stellten sie die einzige Lichtquelle dar.

»Aracos«, formulierte er in Gedanken, und sein Geistverbündeter erschien in seiner Astralgestalt vor ihm: als silbergrauer Wolf, der scheinbar aus den Schatten zu kommen schien, um in den Kreis zu treten. Talon trug seinem Familiar auf, über ihn zu wachen, während er sich auf die Astralebene begab, und die anderen im Notfall zu alarmieren. Dann legte er sich in die Mitte des Kreises und atmete tief, da er sich vollkommen entspannte.

Kurz darauf fiel er in eine tiefe, angenehme Trance. Er konzentrierte sich darauf, die Metaebenen zu erreichen, um die Wahrheit hinter seinen Visionen zu ergründen. Diesmal würde ihn nichts von der Erreichung seines Ziels abhalten.

Das vertraute Gefühl der Schwerelosigkeit überkam ihn, als schwebe er in einer endlosen Leere. Dann sah er einen Stecknadelkopf aus Licht in der Ferne und bewegte sich darauf zu. Das Licht wurde immer größer und erleuchtete einen dunklen Tunnel, durch den er zum Licht schwebte. Schließlich konnte Talon die Umrisse einer Gestalt vor dem Hintergrund des strahlenden Leuchtens erkennen, eine schattenhafte Figur, die ihm den Weg zum Licht versperrte.

Der Hüter der Schwelle.

Bei seiner Annäherung trat der Hüter ihm entgegen, und seine Züge wurden klarer. Er erschien als Spiegelbild Talons und trug dieselbe Kleidung und hatte dieselbe Miene aufgesetzt.

»Stell die Frage erst, wenn du sicher bist, dass du auch die Antwort hören willst«, sagte der Hüter mit Talons

Stimme, dann gab es ein Tosen, und die Gestalt war von Flammen umgeben.

Diesmal zuckte Talon mit keiner Wimper und wich auch nicht zurück. Er starrte lediglich in das feurige Gesicht des Hüters.

»Ich will sie hören«, sagte er und trat kühn vorwärts. Er konnte die Hitze der Flammen spüren, ignorierte sie jedoch. Talon schwebte durch die brennende Gestalt, als sei sie nicht mehr als ein Hologramm, eine Illusion. Er spürte die Hitze zwar, aber sie verbrannte ihn nicht; er schwebte sofort weiter zum Licht, das sein Gesichtsfeld ausfüllte, und ließ den Hüter hinter sich. Für einen Moment war alles weiß, wie bei seinem Eintritt in die Metaebenen alles schwarz gewesen war, dann trübte sich das Licht.

Talon fand sich in einem Korridor aus roh behauenen Steinen wieder. Er maß vielleicht drei mal drei Meter und erstreckte sich in die Dunkelheit voraus. Hinter ihm befand sich eine massive Steinmauer, die unter seiner Berührung keinen Millimeter nachgab. Flackernde Fackeln säumten die Wände des Korridors in regelmäßigen Abständen. Sie erzeugten ein mattes Licht und ließen die Schatten an den Wänden tanzen und springen.

Talon schaute nach unten und sah, dass er die Kleidung trug, in der er seine Reise angetreten hatte, auch seine gepanzerte Jacke. Die Vorderseite seines Hemds war klamm und klebrig, und auf ihr war ein leuchtend roter Fleck. Er berührte ihn und führte dann die Finger an die Lippen.

Es war Blut, aber nicht seines. Er schien in keiner Weise verletzt zu sein. Er sah rasch nach Talonclaw und vergewisserte sich, dass der Dolch in der Scheide steckte und sicher am Gürtel befestigt war. Als er sein Halfter überprüfte, stellte er fest, dass seine Kanone fehlte. Talon vermisste sie nicht sonderlich. Die Magierklinge war auf der Astralebene die bei weitem überlegene Waffe.

Er ging den Korridor entlang und traf auf eine T-förmige Kreuzung. Der Korridor sah in beiden Richtungen gleich aus, also entschied Talon sich für die rechte Abzweigung. Ihm ging sehr bald auf, dass er sich in einem Labyrinth befand. Die Gänge zweigten regelmäßig ab und waren gewunden, und die Abzweigungen führten manchmal wieder zurück in denselben Korridor oder endeten in einer Sackgasse, was ihn zwang, zur letzten Abzweigung zurückzukehren und einen anderen Weg zu wählen. Die Wände sahen überall gleich aus, und Talon wusste nicht, ob er jemals den Weg zurück finden würde. Das Labyrinth schien sich unendlich weit zu erstrecken, und es gab keine Spur von etwas anderem. Er fragte sich, ob er in eine Falle geraten war.

Talon hatte noch nie gehört, dass jemand in der Lage war, etwas wie dies hier einzurichten, aber wer wusste schon, welche Fähigkeiten Gallow besaß? In der Sechsten Welt gab es mehr als genug Rätsel und Geheimnisse, und das schloss die Grenzen der Magie und magischer Wesen ein. Dieser Tage, wo die so genannte RGE aufgrund eines extremen positiven Ausschlags im Manniveau alle möglichen neuen metagenetischen Veränderungen hervorrief, stimmte das mehr denn je. Er hatte noch nie eine Metaebene wie diese gesehen. Tatsächlich war er nicht einmal sicher, auf welcher Metaebene er sich eigentlich befand.

Wie sollte er je den Rückweg finden, ohne eine Möglichkeit zu haben, festzuhalten, wo er bereits gewesen war? Er erinnerte sich an die Sage von Theseus, der seinen Weg mit einem Faden markiert hatte, den er von Ariadne bekommen hatte, als er in das Labyrinth eingedrungen war, um gegen den Minotaurus zu kämpfen. Aber Talon hatte keine Ariadne und auch keinen Faden …

Seine Hand wanderte zur Vorderseite seines Hemds. Er berührte den blutigen Stoff und wischte mit dem Finger über eine Wand, sodass ein auf dem dunklen Stein leuchtend roter Fleck zurückblieb. Er verzog das Gesicht und ging weiter, wobei er alle paar Meter ein blutiges Mal an der Wand hinterließ. Das half ihm, ein besseres Gefühl dafür zu bekommen, wo er bereits gewesen war, und ihm ging auf, dass er bereits mehr als einmal denselben Weg genommen hatte. Das gestattete ihm, neue Wege auszuprobieren. Das Blut vorne auf seinem Hemd schien nicht zu trocknen, obwohl er das Gefühl hatte, schon seit Stunden unterwegs zu sein.

Schließlich stieß er auf einen Raum, den ersten, welchen er in diesem Labyrinth zu Gesicht bekam. Er war quadratisch, maß ungefähr zehn mal zehn Meter und hatte weitere drei Türen, die herausführten. War dies der Mittelpunkt des Labyrinths oder nur ein Teil von ihm? Ihr Götter, hörte diese Sache denn nie auf?

Er fragte sich verzweifelt, ob er hier finden werde, was er suchte, verdrängte jedoch rasch den Gedanken, vielleicht nie mehr hier herauszufinden. Nicht wenige Magier hatten sich schon auf den Metaebenen verirrt, während der Körper in der physikalischen Welt ohne Nahrung und Wasser langsam starb. Manche wurden vermittels künstlicher Ernährung jahrelang am Leben erhalten, aber es waren nur unbeseelte Körper. Waren einige dieser Magier über Orte wie diesen gestolpert? War es möglich, dass es Orte auf den Metaebenen gab, von denen eine Rückkehr nicht möglich war?

Ich kann nicht ewig umherwandern, dachte Talon, aber das brachte ihn auf eine Idee. Mit dem Blut zeichnete er einen kleinen Kreis auf den Steinboden, dann trat er in die Mitte des Kreises, hob die Arme und intonierte mit kräftiger Stimme, wobei seine Worte in dem Labyrinth der Gänge absonderlich hallten:

»Ich suche einen Führer, der mir dabei hilft, durch diesen Garten der Verwirrung zu wandern«, sagte er. »Hört mich, Geister dieses Ortes. Schickt mir einen Führer, der mir den Weg weist!«

Talon blieb stumm stehen und lauschte angestrengt auf eine Antwort, während das Echo seiner Worte – »eist-eist-eist-eist« – durch die Korridore hallte und sich langsam verlor. Die Echos gingen in das Geräusch sich nähernder Schritte über, bis eine Gestalt durch eine der Türen trat. Sie war menschlich, kaum mehr als ein Mädchen und trug Straßenkleidung. Ihre kurzen Haare hatten einen lebendigen, fast neonartigen violetten Farbton. Sie trug ein eng sitzendes Concrete-Dreams-T-Shirt unter einer kurzen Kunstbaumwolljacke, schwarze Shorts über laufmaschige Netzstrümpfe und schwarze Kampfstiefel. Metall funkelte an Ohren, Nase und Augenbrauen. Sie kam Talon auf seltsame Weise bekannt vor, obwohl er nicht den Finger darauf legen konnte, wo er sie schon einmal gesehen hatte.

»Hallo, Talon«, sagte sie. »Du siehst aus, als hättest du dich verirrt.«

»Das habe ich«, gab er zu. »Ich könnte einen Führer gebrauchen.«

»Deshalb bin ich hier«, erwiderte sie. »Wir sind dir was schuldig.«

»Wie soll ich dich nennen?«, fragte Talon, indem er höflich davon Abstand nahm, nach dem Namen des Mädchens zu fragen. »Und wer ist ›wir‹?«

»Du kannst mich Vi nennen«, sagte sie, indem sie Talon bedeutete, zu ihm zu kommen. Er trat ein paar Schritte vor, und sie wandte sich derselben Tür zu, durch die sie gekommen war. Talon hielt den Atem an, als er das Logo auf der Rückseite ihrer Jacke sah. Sie wandte den Kopf und sah ihn über die Schulter an.

»Du bist …«, war alles, was er herausbekam.

Das Logo auf der Rückseite von Vis Jacke zeigte eine bösartig aussehende Ratte, die Helm und Brille trug und Motorrad fuhr. Es war das Zeichen der Gang der Asphalt Rats.

»Ja«, sagte sie. »Eine derjenigen, die du getötet hast.

Du musst nicht um Verzeihung bitten. Das hast du bereits getan. Damals in der Gasse, und wir haben dir verziehen. Wir hegen keinen Groll gegen dich. Der Aufenthalt hier ändert die Art, wie man Dinge sieht. Wie ich schon sagte, wir sind dir was schuldig.«

»Ich … danke dir«, endete Talon lahm, da er nicht wusste, was er sonst sagen sollte.

»Null Problemo«, bemerkte Vi. »Vielleicht dankst du mir nicht mehr, wenn das hier vorbei ist.«

Sie gingen weiter den Gang entlang, und Talon beschleunigte seinen Schritt, um sie nicht aus den Augen zu verlieren. Vi war zwar mindestens einen Kopf kleiner als Talon, bewegte sich aber sehr rasch. Andererseits konnte sie sich vermutlich so schnell bewegen, wie sie wollte, dachte Talon. Die Bewohner dieses Ortes waren nicht an die Gesetze der physikalischen Welt gebunden.

Er fragte sich kurz, ob er auch weiterhin seinen Weg markieren sollte, falls Vi nicht das war, was sie zu sein schien. Als er die Vorderseite seines Hemds berührte, hatte das Blut zu trocknen begonnen. Er hätte beinahe etwas zu Vi gesagt, überlegte es sich dann aber anders.

Vi führte ihn durch einen Irrgarten von Gängen, die so zahlreich waren, dass Talon sicher war, sich bei dem Versuch, allein den Rückweg zu finden, hoffnungslos verirrt zu haben. Das Licht wurde immer düsterer, während die Schatten immer bedrohlicher wurden. Tatsächlich schien den Schatten eine Bewegung innezuwohnen, die in keiner Beziehung zum Licht stand, als seien sie lebendig. Dann sah er ein weiteres düsteres Licht voraus.

Vi wurde langsamer und bedeutete ihm mit einer Handbewegung stehenzubleiben. »Da sind wir«, flüsterte sie.

»Wo ist ›da‹?«, fragte Talon, doch Vi zeigte auf das Ende des Tunnels.

Er öffnete sich zu einem steilen Abgrund, der bodenlos zu sein schien, so weit das Auge reichte, wenngleich von irgendwo in der Tiefe ein matter rötlicher Schein heraufleuchtete. Es handelte sich um einen gigantischen, aus dem massiven Gestein gehauenen Schacht, der Talons Schätzung nach dreißig bis vierzig Meter durchmaß. Andere Tunnel endeten hier, und aus manchen von ihnen sprudelte eine schmutzfarbene Flüssigkeit, die sich in der unermesslichen Tiefe verlor. In dem Schacht hingen Dutzende kleiner Metallkäfige, jeder an einer schweren Kette, die sich nach oben in die Dunkelheit erstreckte, und jeder in einer etwas anderen Höhe als alle übrigen. In jedem Käfig kauerte eine Gestalt. Die Käfige umflatterten Kreaturen, die Gargylen ähnelten, dämonische Gestalten aus demselben Stein wie die Wände, mit gewundenen Hörnern, Fledermausflügeln und in scharfen Krallen endenden Händen und Füßen. Manche hatten sich auf einem Käfig niedergelassen und klammerten sich an die Kette, während andere bis auf das Flügelschlagen in der feuchtheißen Luft völlig lautlos umhersegelten.

»Willkommen in der Hölle«, sagte Vi.

26

Talon nahm den sonderbaren Ausblick in sich auf, zu dem Vi ihn geführt hatte.

»Deswegen bist du gekommen«, sagte sie, indem sie auf einen der Käfige etwa in der Mitte des Schachts und fünf, sechs Meter über ihnen zeigte.

Talon sah zu ihm auf.

»Ihr Götter, Jase!«, flüsterte er. Er wandte sich an Vi. »Wie …?«

»Das fragst du mich? Du bist der Magier. Du bist gekommen, um ihn zu suchen, und jetzt hast du ihn gefunden. Jetzt musst du nur noch zu ihm gelangen. Ich wünschte, ich könnte dir dabei helfen, aber ich kann nichts mehr für dich tun.«

»Du hast schon mehr als genug getan«, sagte Talon. »Von nun an liegt es an mir.« *Schade, dass ich nicht fliegen kann*, dachte er mit einem Blick in den Abgrund. Er versuchte mit seiner ganzen Willenskraft, sich vom Boden zu erheben, aber nichts geschah. Er versuchte es mit einem Levitationszauber, aber auch damit hatte er keinen Erfolg. Es sah so aus, als müsse er dies auf die harte Tour angehen.

Er zog Talonclaw und nahm die Klinge zwischen die Zähne. Dann berührte er den Kristallklauenanhänger an seinem Hals und schickte ein stummes Gebet zu allen Göttern, als er ins Leere sprang. Er packte die Kette des am nächsten hängenden Käfigs und kletterte daran empor, was sofort die Aufmerksamkeit der über ihm kreisenden Gargyle erregte. Einer von ihnen legte die Flügel an und schoss auf Talon herab, als dieser gerade auf den ersten Käfig kletterte. Einige der Käfiginsassen schrien auf und eilten zu den Gitterstäben, als sie ihn sahen, während andere ihm keine Beachtung schenkten und auf dem Boden oder an die Gitterstäbe gelehnt liegen blieben.

Als der Gargyl kreischend heranschoss, sprang Talon auf das flache Dach eines anderen Käfigs. Er landete mit dumpfem Krachen und hielt sich an der Kette fest, um nicht herunterzufallen. Der ins Leere stürzende Gargyl kreischte vor Wut und schraubte sich für einen neuerlichen Versuch wieder in die Höhe, während Talon Hand über Hand an der Kette emporkletterte. Als der Gargyl heranrauschte, streckte Talon eine Hand aus und konzentrierte sich auf einen Manablitz-Zauber, doch wiederum geschah gar nichts. Verdammt! Seine magischen Fähigkeiten waren auf dieser speziellen Metaebene offenbar sehr begrenzt.

Der Gargyl schlug im Vorbeiflug mit den Krallen nach Talon und hinterließ drei blutende Kratzer auf Arm und Schulter. Während er sich mit einer Hand an der Kette festhielt, packte Talon mit der anderen den Dolch und wartete auf den nächsten Anflug des Gargyls. Er betrachtete die anderen Gargyle, die über und unter ihm kreisten. Warum griffen sie nicht ebenfalls an? Dann stürzte sich die Kreatur kreischend auf ihn. Im letzten Augenblick stieß Talon seinen Dolch aufwärts und versenkte ihn tief in dem steinernen Fleisch. Als er die Klinge mit einem Ruck herausriss, geriet der Gargyl ins Trudeln und stürzte in die Tiefe. Mit einer Grimasse schob Talon sich die Klinge zwischen die Zähne und kletterte weiter.

Als er hoch genug war, sprang er zum nächsten Käfig. Er schnappte nach der Kette, verfehlte sie aber, verlor das Gleichgewicht und glitt über die Kante. Im Fallen tastete er nach dem oberen Käfigrand, bekam ihn zu fassen und klammerte sich aus Leibeskräften daran fest, um nicht in den unter ihm gähnenden Abgrund zu stürzen. Seine Bemühungen, sich auf das Käfigdach zu ziehen, versetzten den Käfig in eine leichte Schaukelbewegung.

Plötzlich spürte er, wie von einer Seite des Käfigs Hände nach ihm griffen. Er schaute auf und sah ein verrunzeltes uraltes Gesicht mit schmutzigem weißem Haar, aber es ließ sich unmöglich sagen, ob die Gestalt männlich oder weiblich war. Sie trug Lumpen und griff mit langen knochigen Fingern nach Talon.

»Bitte«, krächzte sie, »hilf mir!«

Talon kämpfte den in ihm aufsteigenden Abscheu nieder, stieß sich ein wenig von dem Käfig ab und zog sich aufs Dach, während er das inständige Flehen ignorierte. Er warf sich flach nieder, als ein Gargyl herabsauste und ihn um wenige Zentimeter verfehlte. Mit einer Hand packte er die Kette und zog sich in den Stand hoch. In der anderen Hand hielt er Talonclaw und wartete auf den nächsten Angriff des Gargyls. Als es so weit war, duckte er sich, führte einen Aufwärtshieb und traf den ledrigen Flügel. Auch dieser Gargyl geriet ins Trudeln und stürzte ab. Talon kletterte wieder an der Kette empor.

Jases Käfig war der nächste. Talon konnte ihn darin kauern sehen. Jase schien Talon nicht wahrzunehmen und auch sonst nichts, was rings um ihn vorging. Als Talon hoch genug geklettert war, schwang er an der Kette hin und her, um genügend Schwung zu holen. Dann segelte er durch die Luft.

Etwas traf ihn mit voller Wucht mitten im Sprung. Einer der anderen Gargyle hatte das Schicksal seiner Artgenossen miterlebt, abgewartet und zugeschlagen, als Talon am verwundbarsten war. Der Möglichkeit beraubt, seinen Sprung abzuschließen, schlang Talon einen Arm um den Hals des Gargyls und hielt sich mit aller Kraft daran fest. Die Kreatur versuchte ihn abzuschütteln, aber Talon war zu schwer für ihn.

Die beiden stürzten auf einen der Käfige, und der Gargyl kreischte und schlug mit den Flügeln. Talon spürte, wie ein Flügelschlag seine Wange aufriss und der nächste in seinen Oberschenkel schnitt. Er setzte sein größeres Gewicht ein und warf den Gargyl auf den Rücken, um dann mit Talonclaw zuzustoßen. Der verzauberte Dolch durchdrang den Körper des Gargyls und schnitt in das Käfigmetall. Die Kreatur heulte einmal auf, schauderte und lag dann still.

»Tal?«, ertönte eine Stimme aus dem Käfig.

»Jase!«, rief Talon, indem er sich über eine Seite herabbeugte.

»Tal, den Göttern sei Dank.« Es war Jason Vale, der zu ihm hochsah. Sein Gesicht war schmutzig und sein dunkles Haar zerzaust, aber die grün-goldenen Augen und die Miene waren so, wie Talon sie in Erinnerung hatte. Freudentränen glänzten in seinen Augen.

»Du hast mich gehört«, sagte er. »Du hast mich endlich gehört.«

»Halt aus, Jase«, sagte Talon. »Ich hole dich hier raus.« Er meinte, was er sagte, obwohl er keine Ahnung hatte, wie er das anstellen sollte. Die Käfige schienen keine

Schlösser, ja nicht einmal Türen zu haben. Sie waren aus einem Stück, als seien sie so geschmiedet worden. Aber er musste handeln. Es war nur eine Frage der Zeit, bevor er erneut angegriffen würde. Dann hörte er ein seltsames Geräusch, und als er sich umdrehte, sah er von der Käfigoberfläche Rauch aufsteigen und hörte ein Zischen. Er hob den Kadaver des Gargyls hoch und sah, dass einige Blutstropfen rauchten und sich wie Säure in das Käfigmetall fraßen.

Er schaute auf seine Brust und sah, dass der Blutfleck getrocknet war und schrumpfte. Er strich mit der Hand über die Wunde, die ihm der erste Gargyl zugefügt hatte, und schmierte mehr Blut auf das Käfigmetall. Es zischte und rauchte wie zuvor, und Talon lächelte.

»Stell dich an die Seite des Käfigs, Jase!«, rief er. Dann zog er eine dünne Linie mit seinem Blut über das Käfigdach, einen Kreis mit einem Durchmesser von etwa einem Meter. Die Linie rauchte und fraß sich durch das Metall. Augenblicke später fiel die herausgeätzte Metallplatte laut scheppernd auf den Käfigboden. Talon streckte eine Hand hinunter in den Käfig, und Jase hielt sie fest. Er spürte eine Woge durch seinen Körper branden, als er Jase aus dem Käfig auf das Dach zog. Tränen liefen ihm über die Wangen und brannten dort, wo der Gargyl ihn geschnitten hatte.

»Wir müssen von hier verschwinden«, sagte Talon. »Bist du stark genug, um zum nächsten Käfig zu springen?«

»Es gibt einen anderen Weg nach draußen«, sagte Jase. »Vertraust du mir?«

Talon schaute in die dunkelgrünen Augen und erinnerte sich an die Zeit, als Jase ihm als leuchtender Engel das Leben gerettet hatte.

»Mit meinem Leben«, sagte er.

»Dann spring.«

»Was?«

»Nimm meine Hand und spring. Das ist der einzige Weg.« Jase reichte Talon die Hand, der sie nahm und festhielt.

»Ich liebe dich«, sagte Talon und sprang ins Nichts. Gemeinsam fielen sie hinunter in den bodenlosen Abgrund. Im Fallen schaute Talon nach oben und sah, dass die Eisenkäfige sich wie seltsame mechanische Blumen öffneten und die Insassen ebenfalls ins Nichts sprangen, die kreischenden Gargyle als Verfolger dichtauf.

Sie schienen eine Ewigkeit zu fallen. Die Seiten des Schachts wichen einer endlosen Dunkelheit, die sie umgab, und nur ein schwacher rötlicher Schein weit unter ihnen spendete ein wenig Licht. Talon hörte die seltsamen Schreie der Gefangenen und ihrer Verfolger in der Ferne hallen. Jase drückte seine Hand ein wenig zur Beruhigung, aber der Wind heulte zu laut für ein Gespräch.

Plötzlich spürte Talon, wie sich etwas in der Dunkelheit bewegte, eine gewaltige Präsenz, als schiebe sich ein Wal im Wasser vorbei. Eine Bö eiskalten Windes rauschte vorbei, und ein Triumphgeheul erscholl, das seinen Astralkörper schaudern ließ.

Rings um sie hallte eine Stimme. »Frei! Endlich frei! Der Ghostwalker ist zurückgekehrt!«

Talon erhaschte einen flüchtigen Blick auf knochenweiße Schuppen und spürte das Rauschen mächtiger Schwingen, dann verabschiedeten sich seine Sinne unter dem Ansturm eines blendenden Lichts so rot wie Blut.

*

Talons Bewusstsein von der physikalischen Welt kehrte langsam zurück.

»Talon?«

Er hörte jemanden wie aus großer Entfernung seinen Namen rufen.

»Talon, kannst du mich hören?«

»Hmmm?« Er öffnete die Augen und war schlagartig wach, als er das vertraute Gesicht sah, das sich über ihn beugte.

»Jase! Du … du bist hier. Ich habe dich gefunden!« Talon streckte die Hand nach Jase aus, doch die Hand fuhr durch seinem Körper hindurch. Da bemerkte er, dass Jase transparent wirkte und ein paar Zentimeter über dem Boden schwebte.

»Du bist ein Geist«, sagte Talon zögernd.

»So sieht es aus«, sagte Jase, wobei er seine Hände von allen Seiten betrachtete. »Aber so sollte es wohl auch sein. Schließlich bin ich gestorben.«

»Jase, ich …«, begann Talon.

Jases geisterhafte Gestalt hob eine Hand. »Nein, ich zuerst, Talon«, sagte er. »Es tut mir so Leid, dass ich dich im Stich gelassen habe.«

»Du hast mich im Stich gelassen?«, sagte Talon. »Jase, ich habe dich sterben lassen!«

»Du konntest nichts tun. Ich hätte vorsichtiger sein müssen. Ich habe es gehasst, dich allein zu lassen, aber es sieht so aus, als hättest du ein paar Freunde gefunden.«

Talon folgte Jases Blick und sah Aracos in Wolfsgestalt auf den Hinterpfoten hocken und den Geist aufmerksam beobachten.

»Ist das … er?«, fragte Aracos argwöhnisch.

»Aracos, das ist Jason Vale«, sagte Talon. »Jase, das ist mein Familiar Aracos.«

»Keltisch für ›Falke‹«, sagte Jase und lächelte dann. »Es ist mir ein Vergnügen, dich kennen zu lernen, Aracos, auch wenn die Umstände ein wenig sonderbar sind.« Aracos neigte den Kopf in Jases Richtung, rührte sich ansonsten aber nicht.

Talon wandte sich wieder an Jasons Geist. »Du sagtest, du hättest seit einer Weile versucht, mit mir Kontakt aufzunehmen. Wie lange schon, und warum bist du erst jetzt zu mir durchgedrungen?«

»Schon sehr lange«, sagte Jase, »aber das ist eine lange Geschichte.«

Talon hob die Hand. »Ich sollte zuerst nach den anderen sehen«, sagte er. Er ging zur Tür, wobei er kaum wagte, Jase aus den Augen zu lassen, damit er nicht wie eine Fata Morgana verschwände. Er schob den Plastikvorhang zur Seite.

»Boom, Hammer, Val, ist jemand da?«

Einen Augenblick später erschien Hammer in der Tür, die Ingram in der Hand und zu allem bereit. »Willkommen zurück, Boss«, begann er. »Kilaro hat einiges ...« Als er die geisterhafte Gestalt Jason Vales erblickte, hielt er mitten im Satz inne. »Wer ... was ist das?«

»Hol die anderen«, sagte Talon, »dann versuche ich es zu erklären.«

Kurze Zeit später hatte sich das gesamte Team um den wackligen alten Küchentisch versammelt. Roy Kilaro sah mit seinen dunklen Augenringen müde aus, strahlte aber eine Aura der Zufriedenheit aus. Val sah auch nicht so aus, als habe sie viel geschlafen. Die neue Wendung der Ereignisse schien sie aus der Fassung zu bringen und mehr als nur ein wenig zu verblüffen. Keinem von ihnen fiel es leicht, sich an die Vorstellung zu gewöhnen, dass der Geist von Talons vor langer Zeit gestorbenem Jugendfreund hier bei ihnen war und mit untergeschlagenen Beinen am Tisch in der Luft ›saß‹. Das Team hatte schon viele seltsame Dinge in der Erwachten Welt gesehen, aber dies war für alle etwas Neues.

Infolge des Anstiegs des Magieniveaus, der Hysterie ob der Rückkehr des Halleyschen Kometen und der RGE waren dies sonderbare Zeiten für die Bewohner der UCAS, dachte Talon. Offenbar waren davon auch Shadowrunner nicht ausgenommen.

Jase sah sich die Gruppe an und wirkte dabei so befangen, wie dies einem Geist überhaupt möglich war. »Ich nehme an, Talon hat euch allen erzählt, wie ich ... gestorben bin. Was ihr nicht wisst, ist, was danach passiert ist. Mehr als alles andere wollte ich Talon helfen und bei ihm bleiben. Ich glaube, das gab mir eine Art Anker, einen Halt auf der physikalischen Ebene. Trotzdem wurde mein Astralkörper durch die Metaebenen an diesen Ort gezogen, wo Talon mich gefunden hat, in einen Käfig gesperrt, aus dem ich nicht ausbrechen konnte.«

»Wer hat dich dort eingesperrt?«, fragte Talon. »Diese Kreaturen, die ich gesehen habe?«

Jase schüttelte den Kopf. »Nein, das waren nur so eine Art Aufseher, glaube ich. Ich habe eine Frau gesehen, wenn man sie so nennen kann, die in den Katakomben unter Boston lebt. Ich hatte ein paarmal mit ihr zu tun …«

»Mama Iaga«, sagte Talon sofort, und Jases Augen weiteten sich.

»Du kennst sie?«

»O ja. Wir hatten auch schon mit ihr zu tun. Bei unserer ersten Begegnung sagte sie, sie würde dich kennen. Ich wusste nur nicht, wie gut. Warum hat sie deine Seele eingesperrt? Und warum hat sie dich in einem Käfig gehalten?«

»Das weiß ich nicht. Sie hat es mir nie gesagt. Sie sagte nur, ich sei sehr wertvoll für sie. Ich habe versucht, dich zu rufen, aber ich wusste nicht, ob du mich überhaupt hören konntest. Ich vermag nicht zu sagen, wie lange ich dort war. Die Zeit vergeht anders auf den Metaebenen.«

»Fast fünfzehn Jahre«, sagte Talon leise.

»Fünfzehn Jahre …«, murmelte Jase. »Du bist zehn Jahre älter, als ich es am Tag unserer ersten Begegnung war.«

»Das liegt fast mein halbes Leben zurück«, sagte Talon.

Jase warf Talon einen wehmütigen Blick zu, bevor er mit seiner Erzählung fortfuhr. »Aus irgendeinem Grund habe ich mich in letzter Zeit stärker gefühlt, und das hat mir Mut gemacht. Ich habe all meine Kräfte mobilisiert, um zu Talon durchzudringen, aber meine Verbindung zur physikalischen Welt war flüchtig und verwirrt. Es war schwer, etwas zu übermitteln.«

»Du hast ständig versucht, mir etwas zu sagen«, sagte Talon.

»Ja. Auf den Metaebenen geht irgendwas vor, etwas verändert sich. Ich weiß nicht, was es ist, aber ich glaube, Mama Iaga weiß Bescheid. Sie wartet seit einiger Zeit darauf und hat irgendeinen Plan. Ich glaube, ich bin Teil dieses Plans, aber ich weiß es nicht mit Sicherheit. Sie hat davon gesprochen, dass ›die Toten wiederkommen‹.«

»Das könnte stimmen«, sagte Kilaro. »Etwa um die Zeit, als Talon von … wo auch immer zurückkehrte, gab es eine Live-Übertragung in der Matrix aus DeeCee, die von einer Art Massenhalluzination berichtete. Die Leute sagten, sie sähen Dinge aus diesem astralen Loch in der Nähe des Watergate-Hotels kommen, wo Dunkelzahn gestorben ist. Manche sagten, sie hätten einen Drachen aus dem Spalt kommen und davonfliegen sehen, und andere sagten, sie hätten andere Wesen gesehen, zum Beispiel eine Horde Geister. Die Kameras der Nachrichtensender haben aber nichts aufgezeichnet.«

Talon machte plötzlich einen benommenen Eindruck. »Ein Drache«, sagte er, indem er sich an Jase wandte. »Bei unserem Fall meine ich gespürt zu haben, wie auf den Metaebenen etwas an uns vorbeigerauscht ist – etwas Großes.«

Jase nickte. »Ich habe es auch gespürt.«

»Dann geschieht es wirklich – was Mama Iaga vorausgesehen hat.«

»Großartig«, sagte Hammer. »Als hätten wir nicht schon genug Probleme mit Gallow und diesem Virus-Drek.«

»Gallow?« Jase sah Hammer durchdringend an, dann wieder Talon. »Ihr kennt Gallow?«

»Ja«, sagte Talon. »Kennst du ihn auch?«

»Das ist ein an Mama Iaga gebundener Geist. Sie hat ihn eine Zeit lang in einem der Käfige gefangen gehalten. Er ist ein sehr mächtiger Geist.«

»Ihr Götter«, seufzte Talon. Mama kontrollierte Gallow. Das bedeutete, der Geist war nicht nur auf seine Rache aus. Es gab einen anderen Grund, hinter allem musste noch etwas anderes stecken. Er glaubte zu wissen, was es war, und ein kalter Schauder überlief ihn.

»Was ist mit dem Virus?«, fragte Talon Kilaro.

»Ich habe mich umgetan«, sagte Kilaro. »Cross sucht ganz eindeutig nicht danach, unabhängig davon, was sie an anderslautenden Erklärungen abgeben mögen. Wie es aussieht, haben sie ihre eigenen Leute gegen das Virus immunisiert und sich auf eine Belagerung vorbereitet. Sie haben Knight Errant über den Diebstahl informiert, aber KE ist derzeit schon mit dem Versuch überlastet, die Sicherheit angesichts allem anderen aufrechtzuerhalten, was hier sonst noch auf den Straßen abläuft.«

»Ihr Götter«, sagte Talon, »ist heute der Tag? Der Jahrestag des Erwachens?«

Kilaro nickte. »Sie waren über vierzehn Stunden weg, Talon. Wir haben den vierundzwanzigsten Dezember. Heute Abend läuft im ganzen Metroplex jeder nur denkbare Drek ab. Praktisch jede dieser Veranstaltungen wäre ein erstklassiges Ziel für Terroristen wie Alamos 20K oder Human Nation.«

»Und wir haben keine Möglichkeit, in Erfahrung zu bringen, wer das Virus besitzt und was die Betreffenden damit vorhaben«, sagte Talon. »Wir müssen versuchen, Trouble zu finden.«

»Aber was ist mit dem Virus?«, sagte Kilaro. »Pandora könnte Tausende umbringen ...«

»Augenblick mal«, unterbrach ihn Jase. »Sagten Sie Pandora?«

»Ja. Das ist der Codename des Virus«, sagte Talon. »Warum?«

»Wegen etwas anderem, das Mama gesagt hat. Sie hat angekündigt, ›die Büchse der Pandora in der Nacht des Kometen zu öffnen‹. Ich wusste nicht, wovon sie redete, aber könnte es einen Zusammenhang geben?«

»Vielleicht haben Gallow und Mama das Virus«, sagte Hammer. »Sie hat auf jeden Fall die Beziehungen, um Runner für die Beschaffung angeheuert zu haben.«

»Das macht es umso vordringlicher, dass wir Trouble finden«, sagte Talon, »und ich glaube, ich weiß auch, wie.«

27

Ich dürfte das eigentlich nicht machen«, sagte Lt. John Brady von Knight Errant zu Boom.

Brady schaltete die Leuchtröhren in dem sterilen Raum aus Weiß und Chrom ein. »Es ist gegen die Vorschriften, und bei allem, was sonst noch so an Drek läuft ...«

»Keine Sorge, Chummer«, sagte Boom glatt. »Wir sind wieder draußen, bevor es jemandem auffällt. Ich weiß das wirklich zu schätzen.« Es war erst fünf Uhr nachmittags, aber am Heiligabend tat bei KE nur eine Rumpftruppe Dienst.

»Tja, nach allem, was letzten Sommer im Rox abgelaufen ist, bin ich Ihnen noch was schuldig«, sagte Brady. »Aber beeilen Sie sich, okay?« Boom, Talon und Val folgten ihm eine Reihe von in der Wand eingelassenen Stahlschubladen entlang, wobei Brady hin und wieder stehen blieb und einen Blick auf die Namensschilder warf.

»Das ist sie.« Er zog die lange Stahlschublade heraus und betrachtete die in schwarzes Plastik gehüllte Gestalt.

»Fröhliche Weihnachten«, sagte er, obwohl niemand über seinen Friedhofshumor lachte.

»Ich hasse Leichenschauhäuser«, sagte Val mit einem Schauder, als der Lieutenant ging und sie allein ließ. Sie schlug die Arme um ihre Brust, und ihre Blicke irrten umher, als befürchte sie, eine Horde Geister könne jeden Augenblick angreifen.

Talon verstand, wie sie sich fühlte. Leichenschauhäuser waren schon für gewöhnliche Leute unheimlich genug, aber für Erwachte Wesen noch erheblich unangenehmer. Die Tatsache, dass so viele der hier aufbewahrten Toten eines gewaltsamen Todes gestorben waren, machte die emotionalen Eindrücke und den Nachhall der Geister noch viel stärker.

Talon fragte sich kurz, ob Vals Unbehagen etwas mit ihren eigenen latenten magischen Fähigkeiten zu tun hatte. Sie hatte diese Fähigkeiten als Teenager verloren, als sie beschloss, sich als Rigger vercybern zu lassen. Wie Talon war sie in einer konservativen religiösen Umgebung aufgewachsen, aber sie entwickelte erst Furcht vor ihren magischen Gaben, nachdem sie sie bereits durch die Cyber-Implantate und eine starke Sim-Abhängigkeit verstümmelt hatte. Talon wusste, dass es Zeiten gab, in denen sie das bereute. Vielleicht erinnerten sie Augenblicke wie dieser schmerzhaft daran.

Boom bewachte die Tür, während Talon den Reißverschluss des Leichensacks öffnete. Darin lag die verbrannte Leiche, die er in den Ruinen von Troubles Wohnung gesehen hatte. Er warf einen Blick auf den Totenschein, der mit Magnethaltern an der Schublade befestigt war, aber er verriet sehr wenig. Die Leiche trug die Bezeichnung ›Jane Doe #12-61-754‹, und als Todesursache waren Verbrennungen in Verbindung mit einer Rauchvergiftung angegeben. Der Autopsiebericht erwähnte keine äußeren Anzeichen für Gewaltanwendung, also war der Fall als nachrangig eingestuft worden.

Talon holte tief Luft, um sich zu wappnen, bevor er die

Augen schloss und sein Bewusstsein für die Astralebene öffnete. Die Atmosphäre des Leichenschauhauses legte sich auf ihn wie ein Leichentuch, so bedrückend wie der Gestank nach Desinfektionsmitteln und Chemikalien und der Anflug von Verwesung. Aracos und Jase waren in der Nähe, für die physikalische Welt unsichtbar.

Talon schaute auf die Leiche, und seine mystischen Sinne suchten nach einem Hinweis in den abklingenden Rückständen der Aura dieser Frau. Er bewegte die Hände über ihrem Körper, als könne er mit ihnen Zeitschichten abtragen, um so zu finden, was er suchte. Dann entdeckte er es.

»Da ist es«, murmelte er. »Ein ganz schwacher Rückstand einer astralen Signatur. Gallow war hier.«

Er griff in seine Jacke und holte eine kleine Plastiktüte heraus, die eine Pinzette und eine kleine Glasphiole enthielt. Mit der Pinzette klaubte er ein wenig verbrannte Haut von der Leiche und ließ sie in die Phiole fallen. Val wurde ein wenig grün im Gesicht und wandte sich ab.

»Gallow ist selbst nicht stofflich geworden, als wir ihm zum ersten Mal begegnet sind«, sagte er langsam, während er die Leiche inspizierte. »Er hat Besitz von Wirtskörpern ergriffen – zuerst von diesem Gang-Mitglied, dann von Anton Garnoff. Es sieht so aus, als wäre dies auch ein Wirtskörper von ihm gewesen, den er dann wie ein altes Kleidungsstück abgelegt hat.«

»Heißt das, Gallow hat Besitz von Trouble ergriffen?«, fragte Boom leise.

Talon verschloss die Phiole. »Das wäre möglich.«

Val schauderte trotz der Lederjacke, die sie trug. In dem Raum war es kalt, aber nicht kälter als das Dezember-Wetter draußen.

»Ist schon gut, Val«, sagte er. »Ich bin fertig. Wir können jetzt gehen.«

»O Gott«, flüsterte sie, »irgendwas stimmt hier nicht, Talon, wir müssen sofort von hier weg!«

Talon und Boom sahen mit Entsetzen, was dann geschah.

»Val!«, sagte Talon. »Deine Augen!« Kleine Blutstropfen quollen aus den Augenwinkeln und liefen ihr wie rote Tränen die Wangen herunter.

»Sie sind hier«, flüsterte Val, und Talon spürte, wie sich die Astralebene mit einem Wirbel aus Bewegung und Energie zu füllen schien.

»Wer ist …«, begann er, doch weiter kam er nicht, da eine knochige Hand seinen Arm packte. Talon fuhr herum und sah, dass die verkohlte Leiche sich halb aus dem Leichensack aufgerichtet hatte und ihn festhielt. In ihren Augenhöhlen brannte ein unnatürliches Licht wie das blasse Violett einer UV-Lampe.

»Heiliger Drek!«, entfuhr es Talon. Er versuchte sich loszureißen, aber der Leichnam hielt seinen Arm mit unmenschlicher Kraft fest. Bevor er die Magierklinge an seiner Hüfte ziehen konnte, flog Aracos heran und zerkratzte der Leiche das verkohlte Gesicht, woraufhin sich ihr Griff lockerte. Talon zog seinen verzauberten Dolch und spürte die magische Kraft durch seinen Arm rauschen, als er seine Magie mit derjenigen des Dolchs vereinte und zustieß. Die Klinge versank bis zum Heft in dem verkohlten Fleisch. In einem lautlosen Schrei riss der Leichnam den Mund auf, während er gleichzeitig wie eine wilde Bestie mit knochigen Händen nach ihm schlug und krallte.

Talon riss die Klinge heraus, als Boom herbeieilte und der Leiche einen Rückhandschlag mit solcher Wucht verpasste, dass sie gegen die nächste Wand geschleudert wurde. Talon hörte ein Knirschen, aber der Leichnam rappelte sich wieder auf. Jase und Aracos fielen über ihn her und attackierten den Astralkörper des Leichnams. In Verbindung mit dem durch Talonclaw angerichteten Schaden war das zu viel, und der Astralkörper verblasste und verschwand. Die verkohlte Leiche brach zusammen und war wieder nichts weiter als ein Leichnam. Kaum lag der still, als Talon Fäuste von innen gegen die geschlossenen Stahlschubläden hämmern hörte.

»Lasst uns von hier verschwinden!«, sagte er zu den anderen. Boom packte Valkyrie am Arm, und sie liefen aus dem Raum und zum Notausgang. In der Eingangshalle begegneten sie Lt. Brady.

»Hey! Was ist denn in Sie gef…?«, rief Brady ihnen nach, wurde jedoch vom Aufschrei eines Labortechnikers unterbrochen, der mehrere animierte Leichen aus dem Schauhaus kommen sah.

»Heiliger Drek!«, fluchte Brady und griff nach seiner Dienstwaffe. Der Gebäudealarm jaulte los, als Boom den Notausgang aufstieß und die drei zu ihrem Van rannten. Boom stieg mit Val hinten ein, und Talon glitt auf den Fahrersitz, während er sich wünschte, sie hätten Hammer mitgenommen, weil der Ork der bessere Fahrer war.

Talon ließ den Motor an und fuhr vom Parkplatz. »Wie geht es ihr?«, fragte er mit einem Blick in den Rückspiegel.

Boom schüttelte den Kopf. »Ich weiß es nicht. Sie blutet immer noch. Val, kannst du mich hören?«

»Mein Kopf tut weh«, murmelte sie, während sie mit fahrigen Bewegungen das Blut von ihren Wangen wischte, was Boom ebenfalls versuchte.

»Keine Sorge«, sagte Talon. »Wir fahren zu Doc.«

Kurze Zeit später platzten sie durch den Vordereingang von Docs Klinik am Rande des Rox. Hilda sah auf. Sie war gerade damit beschäftigt, einen jungen Ork zu zügeln, der von irgendwelchen Drogen ausgeflippt war.

»Wir brauchen Hilfe!«, sagte Talon.

»Bringt sie in Raum drei!«, sagte Hilda. »Ich bin sofort bei euch!« Sie drückte dem Ork ein Narkosepflaster auf den Hals, und sein Widerstand ließ allmählich nach.

Sie brachten Valkyrie in den Untersuchungsraum, wo Boom sie sanft auf den Untersuchungstisch legte.

Augenblicke später kamen Doc und Hilda herein, die beide ziemlich erschöpft aussahen. Doc begann sofort mit der Untersuchung. Er leuchtete ihr mit einer kleinen Taschenlampe in die Augen, während Hilda Puls und Blutdruck maß.

»Was ist passiert?«, fragte Doc.

»Das wissen wir nicht«, sagte Talon, »aber ich glaube, es hat mit Magie zu tun. Ihre Aura ist irgendwie in Aufruhr, aber ich habe so etwas noch nie zuvor gesehen.«

Doc runzelte die Stirn. »Magie, ganz toll. Was es auch ist, es scheint umzugehen, weil ich in diesem Monat schon mehr als zwei Dutzend Patienten mit einer Vielfalt absonderlicher Symptome behandelt habe, für die ich keine Erklärung habe.«

»Können Sie irgendwas für sie tun?«, fragte Talon.

»Ich werde tun, was ich kann«, sagte Doc, »aber ich kann Magie nicht von einem Loch im Boden unterscheiden. Könnten Sie bleiben? Sie könnten mir vielleicht helfen.«

Talon zögerte, hin- und hergerissen zwischen seiner Verpflichtung Val gegenüber und dem Wissen, dass die Frist für Trouble und einen großen Teil der Bostoner Bevölkerung ablief.

Val musste seinen Gesichtsausdruck richtig interpretiert haben. »Geh nur«, sagte sie, indem sie sich ein wenig aufrichtete. »Ich komme schon zurecht. Tut mir Leid, dass ich euch nicht ... oh!« Sie keuchte und sank zurück, eine Hand auf die Augen gedrückt.

Talon berührte sie sanft am Arm. »Wir kommen wieder, so schnell wir können«, sagte er, dann wandte er sich an Doc MacArthur. »Passen Sie gut auf sie auf.«

Kurz darauf saßen Boom und Talon im Van und fuhren nach Nordwesten zu ihrem Unterschlupf.

»Was, zum Teufel, läuft eigentlich ab, Talon?«, fragte Boom.

»Erinnerst du dich noch an Dr. Gordon, den Doc,

zu dem Mama Iaga uns bei Gallows erstem Auftritt geschickt hat? Als sie sagte, sie hätte ganz eigene Gründe, uns zu helfen?«

»Ja«, sagte der Troll. »Der Typ hatte nicht nur eine Schraube locker.«

»Vielleicht, aber ich muss dauernd daran denken, was er uns erzählt hat. Er sagte: ›Das Erwachen ist noch längst nicht vorbei – tatsächlich hat es gerade erst begonnen.‹ Ich glaube, was gerade vorgeht, ist das, worauf Mama gewartet hat. Sie macht uns jetzt seit über einem Jahr Schwierigkeiten, seit ich nach Boston gekommen bin. Diese Sache hat sich schon lange angekündigt.«

»Glaubst du, die Probe, die du von der Leiche genommen hast, wird dir dabei helfen, Gallow und Trouble zu finden?«, fragte Boom.

»Ich hoffe es, Chummer, weil ich glaube, dass unsere Zeit langsam abläuft.«

*

Al sie in ihren Unterschlupf zurückkehrten, berichteten Talon und Boom, was im Leichenschauhaus vorgefallen war.

Kilaro hörte aufmerksam zu und sagte dann: »Dasselbe passiert auch in anderen Städten. Die Nachrichten sind voll davon. Zuerst dachten sie, es wäre irgendeine komische neue Krankheit, aber jetzt vergleichen sie es mit den Geschehnissen am Goblinisierungstag. Diesmal hat es in DeeCee damit begonnen, dass Leute von mysteriösen Symptomen befallen wurden. In den Nachrichten heißt es, einige dieser Leute verwandelten sich.«

»Sie verwandeln sich?«, fragte Talon. »In was?«

Kilaro zuckte die Achseln. »Das weiß niemand. Es ist wieder so wie bei der Goblinisierung, aber diesmal sind nicht nur Menschen betroffen. Es wird gemeldet, dass auch Metamenschen unter … was auch immer leiden.«

»Drek«, fluchte Hammer. »Da draußen wird Chaos herrschen. Das nackte Chaos.«

»Verfolgen Sie weiter die Nachrichtensender«, sagte Talon zu Kilaro. »Und sehen Sie nach, ob die Schatten-Server mehr darüber zu berichten haben als die regulären Medien.«

Er wandte sich an Hammer. »Bist du bereit?«

»Mir wäre es lieber, wenn wir ein paar von Vals Drohnen als Rückendeckung hätten«, sagte Hammer, »oder wenigstens die Zeit, uns eine Minikanone zu besorgen, aber ich schätze, ich bin so bereit, wie es nur möglich ist. Das heißt, sobald du mir sagst, wohin wir gehen.«

»Das werde ich bald herausfinden«, erwiderte Talon. »Wünsch mir Glück.«

28

Talon kehrte in den Raum zurück, wo er seinen hermetischen Kreis gezeichnet hatte, und zog den dunklen Plastikvorhang zu, um sich von der Außenwelt abzuschotten. Er überprüfte den Kreis noch einmal, um sich zu vergewissern, dass jedes Symbol, jedes Zeichen am richtigen Ort und unbeschädigt war, bevor er mit dem Ritual begann, den Fetzen verbrannter Haut mit dem Geist zu verbinden, der den dazugehörigen Körper einmal bewohnt und dann zerstört hatte. Bei diesem Ritual konnte er sich keinen Fehler erlauben.

Ebenfalls anwesend war Jase, dessen Astralkörper in Talons Nähe schwebte.

»Weißt du«, sagte Talon, »bevor du mich damals gefunden hast, dachte ich wegen der Dinge, die ich aufgrund meiner Magie gesehen und gespürt habe, ich sei verrückt. Jetzt stellt sich dieses Gefühl wieder ein. Dinge kommen aus den Metaebenen zu uns, die Toten werden lebendig und ... du ... tauchst wieder auf. Es ist, als würde die ganze Welt verrückt. Was geschieht mit uns allen? Wo wird das alles enden?«

»Das weiß ich nicht«, sagte Jase. »Ich wünschte, ich wüsste es. Tatsächlich weißt du wahrscheinlich mehr über Magie als ich. Ich hatte die Kunst erst ein paar Jahre ausgeübt, als wir uns kennen lernten, du hingegen mittlerweile dein halbes Leben. Ich habe den Eindruck, dass du ein verdammt guter Magier bist, Talon. Ich wusste schon immer, dass es so kommen würde.«

»Danke«, sagte Talon mit einem Blick auf Jases geisterhafte Gestalt. Unwillkürlich stieß er einen tiefen Seufzer aus. »Ihr Götter, Jase, das ist so verrückt. Ich ... ich habe ein Gefühl, als fiele alles auseinander und als müsste ich mit untergehen, wenn ich mich auch nur für einen Augenblick ausruhe. Und dass du hier bist ...«

»Ich weiß«, sagte Jase. »Überleg mal, wie es für mich ist. Ich kann mich noch daran erinnern, wie ich in deinen Armen gestorben bin, und jetzt bin ich hier und weiß nicht mal, was ich eigentlich bin. Bin ich der echte Jason Vale oder ein Geist oder nur eine Erinnerung, die in den Stoff gewickelt ist, aus dem die Geister sind? Ich meine, ich komme mir real vor, aber wie lange wird das dauern? Wie lange kann ich so existieren?«

»Das weiß ich nicht«, sagte Talon kopfschüttelnd. »Aber ich verspreche, dass ich dich diesmal nicht so verlieren werde wie beim letzten Mal.«

»Du hast vielleicht keine Wahl in dieser Sache, Tal. Die hat niemand von uns, wenn der Zeitpunkt gekommen ist.«

Talon lächelte schwach. »Jase, wenn mich mein Leben als Shadowrunner irgendwas gelehrt hat, dann, dass wir auch in scheinbar aussichtslosen Situationen bestehen können – wenn wir es versuchen.«

»Ich wünschte, ich könnte dir helfen«, sagte Jase.

Talon erhob sich und staubte sich die Hände ab. »Du solltest besser deine Kräfte schonen. Wir wissen nicht, wie kräftezehrend rituelle Magie für dich sein würde. Außerdem habe ich bereits alle Hilfe, die ich brauche.«

Er rief Aracos, und sein Geistverbündeter tauchte neben ihm in der Gestalt eines silbergrauen Wolfs auf und nickte mit dem Kopf.

»Bist du bereit?«, fragte Talon, und Aracos nickte erneut. »Jase, achte ein wenig darauf, was im Astralraum vorgeht, in Ordnung?«

Talon hob eine Hand, und die um den Kreis aufgestellten Kerzen flammten auf. Er nahm ein Stück verbrannte Haut zwischen die Finger und konzentrierte sich auf den damit verbundenen Geist, während er die Worte seines Zaubers intonierte.

*

»Bist du so weit?«, fragte Ian O'Donnel Trouble eine Stunde später, als sie zum letzten Mal ihre Ausrüstung überprüfte.

Sie schenkte ihm ein strahlendes Lächeln, während sie den Rucksack schloss und sich erhob. »Alles klar«, sagte sie. »Ich habe alles überprüft. Deine Leute haben erstklassige Arbeit mit dem Freisetzungsmechanismus geleistet.«

»Tja, wir haben auch reichlich Übung mit solchen Dingen«, sagte Ian mit mehr als nur einer Andeutung von Ironie in seinem Tonfall.

»Das wird bald ein Ende haben«, sagte Trouble, indem sie die Arme um ihn legte. »Wenn diese Elfen-Delegation im Dunkelzahn-Institut eintrifft, um sich in ihren so genannten ›guten Taten‹ zu sonnen, werden sie feststellen, dass dort ein ganz anderer Empfang auf sie wartet.«

»Ja«, sagte Ian. »Und der wird Eindruck auf sie machen, so viel ist sicher. Ich hoffe nur ...«

»Was?«

»Ich hoffe nur, dass es reicht. Ich wollte es vor den

anderen nicht sagen, aber manchmal frage ich mich, ob wir irgendwas damit erreichen, wenn wir ein Aufruhrbekämpfungsgas freisetzen, damit die Elfen und ihre Freunde sich eine Zeit lang die Seele aus dem Leib kotzen. Vielleicht hattest du Recht, Ariel, als du all dem hier den Rücken gekehrt hast.«

Sie presste ihm einen Finger auf die Lippen, um ihn zum Schweigen zu bringen. »Nein, mein Lieber, du hattest die ganze Zeit Recht. Natürlich können wir mit unseren Handlungen etwas bewirken. Wir müssen nur daran glauben. *Du* musst daran glauben.«

»Gott«, sagte er, während sich ein Lächeln über sein Gesicht ausbreitete. »Was würde ich nur ohne dich anfangen? Du bist eine Quelle der Kraft für mich.« Er zog sie in eine innige Umarmung.

Rory MacInnis steckte den Kopf zur Tür herein. »Wir sind so weit, Sir«, sagte er zu Ian.

»Ich bin gleich da«, sagte Ian, dann wandte er sich wieder an Ariel. Er sah ihr tief, fast bedauernd in die Augen. »Wir sollten gehen.«

»Ich bin bereit«, sagte sie. »Mehr als bereit, mein Schatz.«

Es war ein kleines Team, das nur aus O'Donnel, MacInnis, einer Frau namens Colleen und Trouble bestand. Sie fuhren über den Fluss nach Cambridge, wo Ian sie in irgendwelche alten U-Bahn-Tunnel führte, welche unter jenem Teil des Metroplex verliefen, der nicht mit den Katakomben auf der anderen Seite des Flusses verbunden war. Ian trug den Rucksack mit der Virenbombe, während sie durch die Tunnel zum Dunkelzahn-Institut für Magische Forschung marschierten.

Das Institut war mit Mitteln aus dem Testament des Drachen als private Stiftung gegründet worden, die der reinen Erforschung der Künste der Magie diente und Erwachte Anliegen unterstützte. Eines der Mitglieder des Verwaltungsrats, Cormac MacKilleen, stammte aus

Tir na nÓg. Zwar kursierten Gerüchte, dass McKilleen bei der Tir-Regierung in Ungnade gefallen sei und seine Stellung am Institut ihn in den Augen der herrschenden Danaer-Familien zu einem Exilanten mache, aber er war noch immer ein Propaganda-Werkzeug des Elfen-Regimes. Zu Ehren des Jahrestags des Erwachens hatten die Herrscher von Tir na nÓg dem Institut eine Reihe keltischer Artefakte geschenkt, die Teil des kulturellen Erbes Irlands waren, das jetzt eine noch keine fünfzig Jahre alte von Elfen regierte Nation war. Tir na nÓg stand es nicht zu, sie zu verschenken, was der Grund dafür war, warum die Knights ihr Missfallen dadurch zum Ausdruck bringen wollten, dass sie in allen dieselbe Übelkeit wachriefen, die Tir na nÓg in ihnen weckte.

Der alte Zugang zu den Tunneln war Jahre vor der Errichtung des Instituts geschlossen worden, aber eine kleine, an der richtigen Stelle angebrachte Sprengladung würde die Schicht aus Metall und Beton beseitigen, die den Tunnel von der Außenwelt trennte. Diese Öffnung würde es dem Virus, das sie in ihren Besitz gebracht hatten, ermöglichen, sich im ganzen Institut und in den umliegenden Häuserblocks auszubreiten, bis der Sauerstoff in der Luft das Virus schließlich neutralisierte. Das war mehr als ausreichend, um ihren Standpunkt deutlich zu machen und den Sidhe eine bleibende Erinnerung an ihren Besuch in Boston zu vermitteln.

Einige Ratten quiekten und huschten auseinander, als die Lampen der Gruppe Licht in die dunkle Kammer warfen, die Ian ausgewählt hatte. Er ließ den Rucksack langsam zu Boden gleiten, und sie machten sich an die Arbeit, wobei sie ständig auf der Hut blieben, während sie im grellen Halogenlicht ihrer Taschenlampen schufteten. Ian erledigte den größten Teil der Arbeit selbst. MacInnis und Trouble halfen ihm dann und wann, hauptsächlich dadurch, dass sie ihm das richtige Werkzeug reichten, während Colleen Wache hielt.

Während Ian arbeitete, sah Gallow ihm eifrig durch Troubles Augen zu. Der Geist spürte eine schwache Berührung seiner Aura, die sich um diejenige der Frau gelegt hatte. Seine astralen Sinne konnten schwache Anzeichen für eine Kraft ausmachen, die durch den Äther nach ihm griff. Es war wie eine leichte Berührung, wie ein dünner Faden aus Magie, der eine Verbindung von jemandem in weiter Ferne zu ihm herstellte. Dieser Faden schmeckte nach einer bekannten Kraft, und Gallow konnte sich ein breites Grinsen nicht verkneifen. Sollten die anderen glauben, dass es die Zufriedenheit über ihr Vorhaben war. Gallow wusste, in Wahrheit grinste er, weil Mama Iaga Recht behalten hatte. Talon hatte ihn gefunden und würde zu ihm kommen, wie sie gesagt hatte.

Gallow brauchte sich nur entsprechend vorzubereiten und abzuwarten.

*

Aus einer Wohnung in der L-Zone tastete Talon mit seinen Sinnen hervor und schmiedete die Verbindung zwischen dem Bestandteil von Gallows aufgegebenem Wirtskörper und Gallows Geist, der sich irgendwo in der Stadt verborgen hatte. Er sponn den Faden der Verbindung, stärkte ihn mit der Kraft seines Willens und zusätzlicher Energie, die er von Aracos bezog. Dann sah er den Faden vor sich, der sich wie ein geisterhafter Haltestrick zu Gallow erstreckte. Er hielt den Faden fest im Griff seines Willens und begann mit dem Wirken des Zaubers. Seine Energien breiteten sich über den Faden aus wie eine Schwingung auf einer Violinsaite, aber Talon war beständig auf der Hut vor der Gefahr eines Rückschlags oder eines jähen Angriffs aus der Astralebene.

Der Zauber breitete sich aus, und in einer blitzartigen Erkenntnis wusste Talon plötzlich, wo Gallow sich befand. Er hielt sich in den Tiefen der Katakomben auf, wo sie den Geist bei ihrer ersten Begegnung gestellt hatten, aber in einem anderen Bereich der Tunnel. Während er sich weiterhin auf den Zauber konzentrierte, ging Talon zur Tür und öffnete den Plastikvorhang. Die anderen warteten in der Küche auf ihn.

»Ich habe ihn gefunden«, sagte er. »Es geht los.«

*

Gallow spürte die Berührung von Talons Zauber und wehrte sich nicht dagegen, da der Magier, der ihn erschaffen hatte, versuchte, ihn wiederzufinden. Es war so leicht, dachte der Geist, der spürte, wie der Zauber auf seiner Aura spielte wie ein schwaches Aufflackern von Hitze und Licht. Jetzt wusste Talon Bescheid. Er würde sich auf den Weg machen. Gallow warf einen Blick nach oben in den offenen Schacht, wo Ian O'Donnel arbeitete.

»Wie lange noch?«, fragte Trouble, und Ian sah nach unten.

»Ich bin fast fertig«, sagte er, während er sich mit dem Ärmel Schweiß und Staub von der Stirn wischte. Gallow schob alle Gefühle der Dringlichkeit und auch das Verlangen beiseite, Ian zu schnellerer Arbeit anzuhalten. Geduld, dachte er. Genieße den Augenblick. Aber die Augenblicke verstrichen viel zu langsam, bis O'Donnel schließlich seine Arbeit beendet hatte, den Schacht herunterkletterte und die letzten zwei Meter nach unten sprang.

»Erledigt«, verkündete er stolz. »Ein Jammer, dass wir nicht warten können, bis die Vorstellung anfängt.«

Trouble glitt geschmeidig in seine Arme. »Tja, das hängt ganz davon ab, was du erleben willst«, sagte sie in verruchtem Tonfall und zog ihn zu einem Kuss an sich.

Rory, der sie beobachtete, kicherte vor sich hin. »Nehmt euch ein Zimmer, ihr beiden. Wir müssen verschwinden.« Als die zwei Turteltauben ihn ignorierten, lachte er, bevor er Ian auf die Schulter klopfte. »Hey, Boss, wir haben noch reichlich Zeit für …«

Rory und Colleen keuchten, als Trouble Ian losließ und ihr Boss zu Boden sank, die Augen starr und geweitet, den Mund zu einem stummen Schrei aufgerissen, aber vollkommen reglos.

»Was zum …?«, sagte Rory und griff nach seiner Kanone.

»Es tut mir Leid«, gurrte Trouble, »aber hier endet eure Nützlichkeit für mich.«

Kaum hatte Trouble geendet, als sie von einer Flammenaura umhüllt war, die den Raum in ein höllisches Licht tauchte. Sie zeigte auf Colleen, und die Finger ihrer linken Hand öffneten sich wie eine Blüte. Ein Flammenstrahl schoss aus ihrer Aura und bespritzte die junge Frau wie ein Wasserschlauch, sodass Haare und Kleidung sofort Feuer fingen. Colleen kreischte, warf sich auf den Boden und wälzte sich in dem Versuch hin und her, die Flammen zu ersticken.

Rory gab einen Schuss auf Trouble ab, doch Überraschung und Furcht ließen ihn sein Ziel verfehlen. Die Kugel prallte als Querschläger von einer der Wände ab. Bevor er besser zielen und einen zweiten Schuss abgeben konnte, war die feurige Frau bei ihm und hatte ihn gepackt. Er schrie auf, als Troubles Berührung sein Handgelenk und seine Kehle wie Brandeisen versengten. Einen Augenblick später war der Raum vom Gestank verbrannter Haut und Kleidung sowie versengten Haaren erfüllt.

Trouble warf den Kopf in den Nacken und lachte, während Rory verzweifelt versuchte, sich aus ihrer Umklammerung zu entwinden. Sie lockerte sie so weit, dass er ihr entgleiten konnte, und er taumelte rückwärts zu Boden, während seine Brandwunden rote Tränen weinten. Er tastete nach der Kanone, die er hatte fallen lassen.

Gallow gab ihm keine Gelegenheit, sie zu benutzen. Trouble holte einmal tief Luft und atmete einen Feuerstrahl aus, der den gequält aufschreienden Rory einhüllte. Die Flammen verbrannten seine entblößte Haut und setzten seine Kleidung in Brand, und die Hitze war so groß, dass er zu Gallows Bedauern nicht lange genug lebte, um noch große Schmerzen zu verspüren. Der Geist wandte sich Colleen zu, die sich gerade vom Boden erhob, nachdem es ihr gelungen war, die Flammen an ihrer Kleidung zu ersticken. Sie war mit blutenden Brandwunden und Schmutz bedeckt, und ihre Haare waren zum größten Teil weggesengt.

»Nein, bitte ...«, flehte sie, während sie versuchte, auf Händen und Knien davonzukriechen und Gallow sich ihr langsam näherte. »... Bitte nicht.« Sie erspähte ihre Kanone nicht weit entfernt auf dem Boden und hechtete danach. Gallow hätte sie daran hindern können, sparte sich aber die Mühe. Als sie die Waffe aufhob und herumfuhr, um sie auf Trouble zu richten, beschrieb Gallow eine verächtliche Geste mit der Hand. Plötzlich war die Kanone in Colleens Händen glühend rot, und sie ließ sie fallen, da sie ihre Hand verbrannte.

Dann war Trouble bei ihr. Die Flammenaura erlosch, als sie mit einer Hand Colleens Kehle umschloss und sie mit unglaublicher Kraft auf die Knie zwang. Colleen packte die Hand um ihre Kehle, aber ihre Gegenwehr war schwach und nicht der Rede wert für die unmenschliche Kreatur, die von Troubles Körper Besitz ergriffen hatte. Tränen des Grauens liefen Colleen über das Gesicht, als sie Trouble in die Augen sah.

»Bitte«, flüsterte sie noch einmal hilflos, während Gallow einen Seufzer des Entzückens ausstieß und Troubles Hand noch fester um Colleens Kehle schloss. Das Zischen brennenden Fleisches ertönte, dann flackerten die Flammen um Troubles Körper erneut auf. Colleen stieß einen gurgelnden Schrei aus, der plötzlich abbrach, als

Gallow ihr Genick wie einen trockenen Zweig brach und die schwelende Leiche zu Boden sinken ließ. Trouble wandte sich zu dem hilflos daliegenden O'Donnel um, der zwar noch lebte, aber durch die Kraft des Geistes gelähmt war.

»Ian, mein armer Schatz«, gurrte Gallow mit Troubles Stimme, indem sie sich bückte, um ihm in die Augen zu schauen. »Du warst so erfüllt von deinem kleinen Anliegen, dass du nie auf den Gedanken gekommen wärst, du könntest nur ein Bauer in einem viel größeren Schachspiel sein, nicht wahr? Du hättest es nie für möglich gehalten, dass deine kostbare kleine Ariel dich verraten könnte.«

Ein Gurgeln ertönte, als Ian seine Stimme wiederzufinden versuchte, es aber nicht schaffte. Er konnte Trouble lediglich mit flehenden, verwirrten Augen ansehen. Gallow badete in den Wellen der Furcht und der Schmerzen, die von O'Donnel ausgingen, da ihm angesichts Troubles Verrat das Herz brach.

»Du wirst niemals ein freies Irland sehen, fürchte ich«, fuhr Gallow fort, »aber das wird auch sonst niemand. Du und deinesgleichen müsst eine wichtige Lektion lernen, Ian. Wir leben in der Sechsten Welt. Die Zeit von dir und deinesgleichen ist vorbei. Dies ist jetzt unsere Zeit und unsere Welt. Es ist eine Welt der Magie, und es wird nicht mehr lange dauern, bis sich niemand mehr an die Zeit erinnert, als es anders war. Ich würde dir mit Freuden alles darüber erzählen, aber ich habe noch ein paar andere Dinge zu erledigen, also lasse ich es dabei bewenden.«

Gallow streckte die Hand aus und strich zärtlich über Ians Wange. Er wimmerte ob der Hitze von Troubles Berührung.

»Leb wohl, mein Schatz«, sagte Gallow, als der Anführer der Knights of the Red Branch in Flammen aufging. Er hatte seine Stimme so weit wiedergefunden, dass er schreien konnte, dann schlug er schwach um sich, bevor er wieder auf den Boden sank. Eine Wolke aus fettigem schwarzem Rauch stieg zur Decke auf und erfüllte den Raum mit Nebel und dem Gestank nach verbranntem Fleisch. Gallow betrachtete das Schauspiel ein paar Augenblicke, bevor er sich anderen Dingen zuwandte.

Er kletterte den Schacht empor zu der Stelle, wo Ian die Virenbombe befestigt hatte, und nahm ein paar Veränderungen vor. Dann griff er in Troubles Tasche und holte einen kleinen Zylinder heraus, der den Katalysator von Mama Iaga enthielt. Binnen weniger Minuten war der Katalysator an der Bombe befestigt und verwandelte das Pandora-Virus in eine tödliche Bio-Waffe. Die Besucher des Dunkelzahn-Instituts würden bald sterben sowie alle anderen, die sich in der unmittelbaren Umgebung des Instituts aufhielten.

Gallow warf noch einen Blick auf den schwach leuchtenden Faden im Astralraum, der sich von seiner Aura bis zu Talon erstreckte. Jetzt brauchte er nur noch zu warten.

29

Hammer übernahm das Steuer des Vans; sie rasten in Richtung Cambridge, wobei Talons Zauber ihnen den Weg wies. Talon wünschte sich, sie hätten Val dabei. Hammer hatte Recht damit, dass einige ihrer Drohnen ein großer Schritt in Richtung Chancengleichheit gewesen wären. Außerdem wünschte er, sie hätten Gelegenheit gehabt, zusätzliche Rückendeckung anzuwerben, aber dafür blieb keine Zeit mehr. Er konnte sich auf Hammer und Boom verlassen, aber Kilaro hatte in seinem ganzen Leben noch keine Waffe in der Hand gehabt. Wie immer würde Aracos' magische Hilfe zur Verfügung stellen, aber Jase war eine unbekannte Größe. Selbst Jase wusste nicht, welche Fähigkeiten er in seinem Zustand als Geist noch hatte.

Talon hatte nicht gewollt, dass er mitkam, aber Jase hatte darauf bestanden. »Was soll ich sonst tun?«, fragte er. »Hier in eurem Unterschlupf herumspuken?«

Talon wollte Jase keiner Gefahr aussetzen, aber als Jase entgegnete, dies beruhe auf Gegenseitigkeit, gab Talon nach. Außerdem hätte er Jase ohnehin nicht daran hindern können, ihnen zu folgen. Als Geist konnte er sich schneller bewegen als ihr Van und Schritt mit ihnen halten, wohin sie auch fuhren.

Talon dankte den Göttern, dass nur wenig Verkehr herrschte, während sie die Massachusetts Avenue in Cambridge entlangfuhren. Dann sah er die unverkennbaren Blaulichter einiger Streifenwagen Knight Errants, die an verschiedenen Stellen am Straßenrand parkten.

»Sie haben Straßensperren errichtet«, sagte Hammer, der die Streifenwagen ebenfalls gesehen hatte. »Was, zum Teufel, ist da los?«

»Bieg an der nächsten Querstraße links ab«, sagte Talon. »Wir stellen den Van ab und gehen durch die Katakomben. Gallow befindet sich eindeutig unter der Erde.«

Roy Kilaro saß hinten im Van und beschäftigte sich mit einem Taschencomputer. »Die Polizei ist mit allen verfügbaren Einheiten angerückt«, sagte er. »Sie fordert sogar Verstärkung von der örtlichen Konzernsicherheit an. Es sieht so aus, als hätten die Vorgänge in DeeCee und der ganze Rummel im Zusammenhang mit dem Jahrestag des Erwachens alle ziemlich nervös gemacht.«

»Vielleicht hat es auch etwas mit dem Pandora-Virus zu tun«, sagte Boom.

Kilaro schüttelte den Kopf. »Pandora kann unmöglich das bewirken, worüber hier berichtet wird. Das Virus ruft Symptome wie eine sich rasch entwickelnde Grippe hervor. Wenn man den Katalysator hinzufügt, sterben die Betroffenen. In diesem Fall würden die Leute auf den Straßen umfallen wie die Fliegen. Sie würden es nicht mal ins Krankenhaus schaffen.«

Hammer fuhr in eine Seitenstraße und fand einen geeigneten Parkplatz. Sie stiegen aus, und Talon führte die Gruppe durch Gassen und Seitenstraßen, um nicht die Aufmerksamkeit der Polizei zu erregen. Angehalten und verhört zu werden hätte ihnen jetzt gerade noch gefehlt.

Talon führte sie in eine dunkle Sackgasse und blieb kurz vor dem Ende stehen. »Hier ist es«, sagte er, indem er auf ein kleines, klobiges Gebäude zeigte. Der Eingang war mit massiven Bauplastikplatten verrammelt, aber das verblasste ›T‹-Logo der Massachusetts Bay Transit Authority war auf einer Seite und über der Tür immer noch zu erkennen.

Boom und Hammer machten sich rasch daran, eines der Plastikpaneele zu entfernen, das mit einem Knacken so laut brach, dass man es um den ganzen Block hören konnte, doch niemand kam, um der Ursache des Lärms auf den Grund zu gehen. Die Runner schlüpften durch die schmale Öffnung, obwohl Boom einige Mühe hatte, sich hindurchzuquetschen.

Hinter dem Eingang lag im Dunkel und unter einer dicken Staubschicht die alte U-Bahn-Station. Talon knipste eine Taschenlampe an, um den Weg zu beleuchten, während sie die geborstenen Betonstufen hinabstiegen. Hammer und Boom brauchten das Licht im Grunde nicht. Ihre metamenschlichen Augen passten sich mühelos der Düsternis an. Auch Aracos und Jase waren mit ihren astralen Sinnen nicht darauf angewiesen, Talon und Kilaro hingegen schon. Sie sprangen über die verrosteten Drehkreuze zum Bahnsteig und gingen dann weiter in den eigentlichen U-Bahn-Tunnel.

»Ich dachte, diese Tunnel wären nach dem Erdbeben versiegelt worden«, sagte Kilaro, als ihm die vielen großen Risse in den Betonmauern auffielen.

»Das sind sie auch«, bestätigte Talon. »Tatsächlich ist dieser Tunnel einige hundert Meter weiter in dieser Richtung eingestürzt.« Er zeigte mit der Taschenlampe in den Tunnel. »Die Metroplex-Verwaltung hat den größten Teil des alten T-Systems geschlossen und unter Verwendung modernster Baumaterialien neue Tunnel in größerer Tiefe anlegen lassen. Doch nach dem Erwachen und dem Goblinisierungstag haben viele Obdachlose und Metamenschen hier unten und in anderen Teilen des alten Untergrundsystems Zuflucht gesucht. In einigen Bereichen haben sie den Schutt weggeräumt und in anderen die aufgegebenen Tunnel und Stationen übernommen. Die Schuttmassen, die diesen Tunnel versperrt haben, wurden zum Teil beseitigt.«

Als sie das Gebiet erreichten, wo der Tunnel eingestürzt war, verhielt es sich tatsächlich so, wie Talon erläutert hatte. Der größte Teil war noch durch Trümmer gesperrt, aber ein Fußweg war durch die Halden aus Beton, Stein und Stahl geräumt worden. Das Loch war gerade groß genug für Boom, und er grunzte ein wenig, als er sich auf der anderen Seite nach draußen zwängte.

Kilaro strich auf seinem Weg hindurch mit der Hand über die Seitenwand des Durchgangs. »Sehr glatt«, sagte er. »Als hätten sie sich einen Weg hindurchgeschweißt. Was haben sie benutzt?«

»Magie«, sagte Talon.

Hammer und Boom übernahmen die Führung. Talon und Kilaro folgten, und die Geister blieben im Astralraum der näheren Umgebung. Für das weltliche Auge waren sie unsichtbar, aber wegen seiner Bindung mit Aracos wusste er, dass sie da waren. Er spürte darüber hinaus auch die alte Verbindung mit Jase, dieselben Bande, die sie vom Augenblick ihrer ersten Begegnung an zusammengeschweißt hatten.

»Jetzt ist es nicht mehr weit«, sagte Talon zu seinen Begleitern. »Passt auf. Hier unten müssen wir praktisch auf alles gefasst sein.«

Sie folgten Talons Anweisungen und nahmen eine

Abzweigung vom Haupttunnel. Dieser Seitentunnel führte unmerklich abwärts und beschrieb dann eine Biegung, wodurch nicht zu erkennen war, was sich dahinter befand. Talon deckte den Lichtstrahl der Taschenlampe größtenteils ab, um zu vermeiden, dass jemand oder etwas ihn sah. Der Lichtstrahl reichte gerade aus, um ihm zu zeigen, was direkt vor ihm lag. Es war mehr als wahrscheinlich, dass Gallow wusste, dass sie kamen. Wenn er Talons Zauber gespürt hatte, erwartete er sie sicher bereits.

Hammer bedeutete ihnen stehen zu bleiben, während er vorsichtig einen Schritt weiter ging. Er neigte den Kopf und lauschte nach etwas, das keiner der anderen hören konnte.

»Macht euch bereit«, sagte er, indem er einen Schritt zurückging. »Wir bekommen Gesellschaft.«

Dann hörte Talon das Geräusch, welches Hammers besseres Gehör aufgeschnappt haben musste. Es war ein leises quiekendes Rascheln, das stetig lauter wurde.

»Teufelsratten!«, rief Boom, als ein lebender Teppich aus gesprenkelter Haut und leuchtend roten Augen um die Ecke bog. Quiekend stürmten die Biester auf die Eindringlinge in ihrer unterirdischen Domäne los. Teufelsratten waren eine Erwachte Variante der gemeinen Norwegischen Ratten, die Städte in der ganzen Welt plagten. Anders als ihre normalen Vettern waren Teufelsratten haarlos und mit runzligen, schlaffen grau-rosa Hautlappen bedeckt. Mit einer Länge von einem Meter waren sie viel größer als gewöhnliche Ratten, und sie hatten ein erheblich bösartigeres Naturell.

Hammer und Boom schossen in die vorderen Reihen der heranstürmenden Kreaturen, und lautes schmerzerfülltes Kreischen antwortete ihnen, als die 9-mm-Kugeln ihr Ziel trafen. Doch die nachfolgenden Ratten kletterten in ihrer Raserei einfach über ihre gefallenen Artgenossen hinweg. Talon sprach die Worte eines Zaubers und zeigte auf die Spitze der wogenden Masse der Ratten. Ein Flammenstrahl schoss aus seiner ausgestreckten Handfläche und bestrich die vordersten Ratten der Horde. Zwar verbrannten zahlreiche Teufelsratten, aber die überlebenden stürmten unverdrossen weiter.

Zwei von ihnen durchbrachen die von Hammer und Boom gehaltene Linie und stürzten sich auf Kilaro, der eine erschoss, während die andere auf seine Brust sprang und ihn umwarf.

»Hilfe!«, schrie er, als die bösartige Ratte mit ihren scharfen Zähnen nach ihm schnappte.

»Es sind zu viele!«, brüllte Hammer, während er fortfuhr, die Biester niederzumähen.

»Aracos, hilf mir!«, rief Talon in Gedanken seinem Familiar zu. Wenn sie die Teufelsratten weiter wie bisher bekämpften, würden sie verlieren – es gab Dutzende von ihnen. Er konzentrierte sich auf den Kristallanhänger an seinem Hals und fühlte dessen kühles, kraftvolles Pulsieren; dann spürte er, wie sich Aracos' Kraft zu seiner gesellte, da er an einem weiteren Zauber arbeitete. Mehrere Teufelsratten sprangen ihm entgegen, als würden sie von der Kraft der konzentrierten magischen Energien angelockt.

»Schließt die Augen!«, rief er den anderen zu.

Er breitete die Arme aus, und eine Kugel aus Licht erschien zwischen seinen ausgestreckten Händen. Das Licht war blendend und so grell wie die Sonne, und es erleuchtete den ganzen Tunnel. Vor Schmerz und Furcht quiekend und kreischend, flohen die Ratten augenblicklich vor der Lichtquelle, rannten den Weg zurück, den sie gekommen waren, und sprangen durch kleine Löcher und breitere Spalten in den Wänden. Talon senkte die Hände, und das Licht trübte sich.

Boom half Kilaro auf. »Gute Arbeit«, sagte er zu Talon.

»Es wird sie nicht ewig abhalten«, bemerkte Talon. »Wir müssen sehen, dass wir vorankommen.«

Sie eilten den Tunnel entlang und um die Biegung. Voraus tauchte ein schwaches, flackerndes Licht auf. Talon sah Hammer und Boom an, die nickten, und alle stürmten mit den Waffen im Anschlag dem Licht entgegen.

Der Tunnel führte zu einem alten unterirdischen Bahnsteig. Als sie dort ankamen, schoss mit lautem Tosen ein Flammenstrahl über ihre Köpfe hinweg.

»Runter!«, rief Talon. Sie standen auf den verrosteten Schienen, tief genug, dass Talon aufrecht stehen konnte, ohne vom Feuer erfasst zu werden. Boom und Hammer mussten in die Hocke gehen, und Kilaro duckte sich und bedeckte den Kopf mit den Händen. Die Flammen strahlten eine glühende Hitze ab, die jedoch keinen Schaden anrichtete. Als die Flammen einen Augenblick später erloschen, sahen sie Trouble am Rande des Bahnsteigs stehen, die auf sie herabgrinste. Talon wechselte auf astrale Wahrnehmung und sah, dass die Aura rings um ihren Körper nicht ihr gehörte. In ihr loderten geisterhafte Flammen triumphierenden Hasses und pulsierten mystische Kräfte.

»Hallo, Vater«, höhnte Gallow. »Du hast lange gebraucht, um hierher zu kommen. Die gute Trouble hat dich vermisst.«

Der Geist sprang vom Bahnsteig und landete geschmeidig wenige Meter vor ihnen auf dem Kies. Trouble trug eine Kanone an der Hüfte, aber Gallow brauchte keine Waffen. Er schaute an Talon vorbei, und seine astralen Sinne nahmen die Geister wahr, die im Astralraum schwebten.

»Interessante Gesellschaft, in der du dich befindest, Talon. Dieser Geist da muss mein Ersatz sein. Wie es scheint, haben deine Fähigkeiten abgenommen, nachdem du mich beschworen hast. Und was haben wir da? Einen Geist in der Gestalt des lieben, verschiedenen Jason Vale oder …«

Ein träges Lächeln breitete sich über Troubles Züge aus. »Ah, der richtige Jason Vale! Wie prächtig! Hallo, Jason. Ist mir ein Vergnügen, dich kennen zu lernen. Ich bin Gallow, der Geist, den Talon beschworen hat, um deinen Tod zu rächen. Wie passend, dass ich jetzt Gelegenheit habe, deine Existenz abermals zu beenden.«

Jases Augen weiteten sich, während sein Blick ungläubig zwischen Talon und Gallow hin und her irrte. Talon spürte, wie sein Gesicht vor Wut und Scham glühend heiß wurde.

»Du bedrohst niemanden«, sagte Talon und trat vor. »Gib Trouble frei.«

Gallow lachte nur, ein kalter Laut, der durch den Tunnel hallte. »Warum sollte ich? Ich weiß, dass du mich vernichten willst, Vater. Aber wenn du es versuchst, wirst du nur dem Körper der guten Ariel Schaden zufügen. Klebt nicht schon genug Blut an deinen Händen?«

Er warf einen Blick auf Aracos und Jase. »Außerdem, wenn du mich angreifst, was wird dann aus dem Geist deines Freundes, hm? Oder aus ihnen?«, sagte er, indem er auf den Rest des Teams zeigte. »Kannst du mich daran hindern, sie zu vernichten?«

»Was willst du?«, fragte Talon zähneknirschend, da er bereits die Antwort kannte.

»Das ist einfach: dich. Ich will, dass du dich mir bereitwillig übergibst, ohne Widerstand. Lass mich deinen Körper übernehmen, dann gebe ich Trouble frei und behellige diese Versager nicht, die du deine Freunde nennst.«

»Talon, tu es nicht!«, rief Jase, der jetzt für alle zu sehen und zu hören war. »Er lügt!«

»Trau ihm nicht, Talon!«, fügte Aracos hinzu, aber Talon achtete nicht auf sie.

»Schwöre es bei deinem wahren Namen«, sagte Talon.

Gallow lächelte triumphierend. »Ich schwöre bei meinem wahren Namen, dass ich deine Freunde nicht angreifen werde.«

»Oder ihnen in irgendeiner Weise Schaden zufüge«, sagte Talon.

»Oder ihnen in irgendeiner Weise Schaden zufüge.« Gallow nickte mit Troubles Kopf. »Sind wir uns also einig?«

Talon warf einen Blick auf Jase, der ihn flehentlich erwiderte. Dann wandte er sich wieder Trouble zu, einem seiner Freunde.

»Ja«, sagte er.

»Ja!«, brüllte Gallow.

Augenblicklich war Trouble in eine feurige Aura gehüllt, die nach Talon leckte. Etwas wie ein Gesicht erschien in den Flammen, und Gelächter hallte durch die Tunnel, als Gallow Anstalten machte, in Besitz zu nehmen, was ihm gehörte.

»Nein!«, rief Jase. Mit einer Schnelligkeit, wie sie nur einem Geist möglich war, sprang er die Flammen an, die nach Talon griffen, rang mit ihnen und zerrte Gallow von seiner Beute weg.

»Jase, nicht!«, schrie Talon, aber es war zu spät.

Gallow brüllte vor Wut und bäumte sich auf, da er mit Jases Geist rang. »Der Eid wurde gebrochen!«, kreischte er. »Tötet sie alle, aber überlasst *ihn* mir.«

Das Quieken und Trippeln kam plötzlich aus allen Richtungen, als Teufelsratten aus dem Tunnel und in den Bahnsteig gelaufen kamen und die Shadowrunner angriffen.

Boom und Hammer eröffneten das Feuer und deckten die anstürmenden Ratten mit 9mm-Kugeln ein, doch wie schon zuvor trampelte die nächste Welle über die blutigen Kadaver der toten Ratten hinweg und stürmte weiter. Kilaro zog seine Waffe und schoss einer der Ratten in den Hals, gerade als sie vom Bahnsteig auf die Schienen springen wollte.

Talon zog seinen verzauberten Dolch, während sich Aracos ins Getümmel stürzte, um Jase beizustehen, der nun, da der Geist sich von seiner Überraschung erholt hatte, Gallows Macht eindeutig unterlegen war.

»Wie passend«, knurrte Gallow hämisch. »Ich kann diese Schwächlinge vernichten, bevor ich dich in Besitz nehme. Bist du bereit, Jase zum zweiten Mal sterben zu sehen, Talon?«

Gallows Flammen umzingelten Jase wie Ranken und umschlossen seine Astralgestalt. Jase wehrte sich, als Gallow zudrückte, und schrie vor Schmerzen.

»Lass ihn in Ruhe!« Talon stach mit seiner Klinge nach Gallow. Der Geist tänzelte beiseite, und Talonclaw zuckte ins Leere.

Hier in seinem Heimatrevier hatte Gallow alle Vorteile auf seiner Seite. In seiner wahren Geistgestalt war er ein Wesen aus Quecksilber und Schatten, unglaublich schnell, zu schnell für Talon. Aber wenn Talon versuchte, ihn auf der Astralebene zu bekämpfen, musste er seinen Körper der Gnade der Teufelsratten und allen anderen Trümpfen überlassen, die Talon vielleicht noch im Ärmel hatte.

Er stach nach Gallow, doch der Geist tänzelte mühelos außer Reichweite, während er den sich wehrenden Jase immer noch festhielt. Talon wusste, dass er keine andere Wahl hatte, als in den Astralraum zu wechseln.

Er rief Aracos über ihre geistige Verbindung. »Werde stofflich und schütze meinen Körper, Aracos. Ich hole mir Gallow.«

Talon dachte schon, dass Aracos widersprechen wolle, doch dann tauchte ein silbergrauer Wolf neben Talon auf und versenkte seine Zähne in eine der quiekenden Teufelsratten. Er schüttelte die Ratte so heftig, dass ihr Genick brach, bevor er sie losließ und die nächste schnappte. Talon sank auf dem Kies in die Knie und legte seinen Körper ab wie ein Gewand, als sein Geist in den Astralraum entschwebte. Talonclaw leuchtete in seiner Hand und der Kristall Dragonfang an seiner Kehle.

»Nett von dir, meinen Besitz zu räumen, bevor ich dort einziehe«, sagte Gallow, als Talon im Astralraum auftauchte. »Bist du gekommen, um dir die Todeszuckungen deines Liebsten anzusehen?« Feurige Ranken legten sich enger um Jase. Er wehrte sich gegen sie, konnte sich aber nicht daraus befreien.

Talon umkreiste den Feuergeist mit seiner Magierklinge in der Hand. »Hör schon auf, Gallow. Du willst mich. Lass es uns beenden, wenn du den Mumm hast, es mit mir aufzunehmen.«

Der Hass, den Gallow ausstrahlte, war wie eine Hitzewelle aus einem Hochofen. »Auf diesen Augenblick habe ich gewartet«, sagte er. »Keine Bauern mehr, keine weiteren Ablenkungsmanöver.« Er schleuderte Jases Astralgestalt beiseite, doch Talon wagte es nicht, Gallow auch nur für einen Moment aus den Augen zu lassen, um sich zu vergewissern, dass mit Jase alles in Ordnung war.

»Heute werde ich der Herr!«, bellte er und wogte Talon mit all seiner Kraft entgegen.

Talon begegnete dem Angriff von Gallows ganzem Zorn. Die Flammen konnten ihm in seiner Astralform nichts anhaben, aber die Schmerzen durchfuhren ihn dennoch wie ein glühender Speer. Er wehrte sich und stieß Talonclaw tief in die Gestalt des Geists. Gallow heulte vor Wut und Schmerz.

Sie rangen miteinander. Gallow spie Flammen und krallte in elementarer Wut nach Talon, während dieser mit seinem Dolch zustieß und Gallows Essenz zusetzte. Talon war geschickt im astralen Kampf, und seine Klinge war eine hervorragende Waffe, aber Gallows Zorn verlieh ihm eine unglaubliche Willenskraft. Talon kam es so vor, als seien seine Hiebe nicht mehr als Insektenstiche für den Geist.

Mit einer übermenschlichen Willensanstrengung gelang es ihm, sich aus dem brennenden Griff des Geists zu lösen und etwas Abstand zwischen sich und Gallow zu bringen, der sich wie eine Kobra auf ein rasches Zustoßen vorzubereiten schien.

»Jetzt, Magier«, dröhnte er mit einer Stimme wie ein tosender Hochofen, »wirst du gleich mir gehören, mit Leib und Seele!«

Als Gallow gerade vorwärts schnellen wollte, wurde er rücklings von starken, drahtigen Armen umklammert, die ihn festhielten.

»Hast du nicht etwas vergessen?«, sagte Jase.

»Jase!«, rief Talon in dem Versuch, seinen Freund von dessen Vorhaben abzuhalten. Aber Jases Geist hielt den tobenden Elementar trotz der damit verbundenen Schmerzen fest.

»Verschwinde, Talon«, sagte Jase. »Beeil dich! Ich kann ihn nicht lange halten!«

»Ich werde dich töten!«, tobte Gallow, der sich wie ein Wahnsinniger in Jases Griff wand.

»Tut mir Leid, aber dafür ist es ein wenig zu spät.« Jase packte noch fester zu. »Talon, bitte, vertrau mir – GEH!«

Talon sah den Geist seiner großen Liebe noch einen langen Augenblick an, bereit, sich auf Gallow zu stürzen und Jase zu retten, dann warf er einen Blick auf die Schienen im Tunnel, wo seine Freunde gegen die Horde Teufelsratten kämpften. Zwei der Ratten schienen sich auf Trouble stürzen zu wollen, die ohnmächtig auf dem Boden lag. Mit einem letzten Blick auf Jase kehrte er in seinen Körper zurück und schlug die Augen auf, als Aracos gerade einer weiteren Teufelsratte den Garaus machte.

Talon eilte zu Trouble. Er trat eine der Ratten so fest, dass sie ein paar Meter weit flog, und stach der anderen Talonclaw in den Schädel. Er spürte Knochen unter seiner Klinge brechen, als die Teufelsratte mit einem letzten Quieken ihr Leben aushauchte.

»Trouble! Wach auf! Wir brauchen dich!« Er umschloss ihr Gesicht mit einer Hand. »Komm schon, Trouble. Wach auf!«

»Nein!«, rief Gallow, der immer noch vergeblich versuchte, sich aus Jases Griff zu lösen.

Troubles Augenlider flatterten, und sie sah Talon an. »Hi«, sagte sie benommen.

»Hi«, sagte er und erhob sich dann. Trouble rappelte sich auf und griff nach ihrer Kanone, als sie das Quieken der Teufelsratten hörte.

»Du bist erledigt, Gallow«, sagte Jase gerade. »Du hast deinen Wirt verloren und keine Aussicht auf einen neuen. Wie lange hältst du es ohne Wirt aus?«

»Lange genug, um dich zu erledigen!« Mit einer letzten gewaltigen Kraftanstrengung riss Gallow sich los und manifestierte sich über dem Bahnsteig als lodernder Feuerball. In seinem Zentrum war eine vage humanoide Gestalt zu erkennen, deren rote schuppige Haut in den Flammen glänzte.

»STIRB!«, rief der Geist, indem er sich auf Talon warf.

Talon spürte die Hitze von Gallows Flammen, dann hörte er Flügelschlag; ein goldener Falke attackierte den Geist mit Schnabel und Krallen. Talon taumelte zurück, während Jase Gallow in die andere Richtung zog und Aracos gegen den tobsüchtigen Elementar half.

»Jetzt, Talon!«, rief Jase, und Talon warf sich förmlich vorwärts.

»Talons Hass«, redete er den Geist mit dessen wahren Namen an, »du bist nicht mehr!« Dann stach er Gallow seinen Dolch direkt in dessen feuriges Herz. Ein Aufschrei ertönte, der an Talons Geist und Seele zerrte, dann explodierte Gallow. Die Wucht der Explosion erfasste Talon und schleuderte ihn gegen den Bahnsteig. Talonclaw entglitt seiner Hand, und er landete auf der Seite. Ihm war plötzlich kalt, und er wusste, dass Gallow ihn schwer verbrannt hatte. Während ihm schwarz vor Augen wurde, spürte er eine Hand sanft über seine Wange streichen.

»Jetzt weiß ich, warum ich hier war«, sagte Jase. »Hierfür und um dir zu sagen, dass du dir deine Kräfte für die Lebenden sparen sollst, Talon. Gallow ist tot. Es ist vorbei, und wir können beide unseren Weg fortsetzen. Mir bleibt nur noch eines zu tun. Leb wohl.«

Talon streckte zitternd eine Hand aus und spürte, wie er sanft geküsst wurde. Dann fiel er in Ohnmacht.

30

Das Bewusstsein kehrte langsam zurück. Das Erste, was Talon wahrnahm, war eine Hand, die sanft über sein Gesicht strich. Er rührte sich und schlug die Augen auf.

»Jase?«, murmelte er.

»Ich glaube, er kommt zu sich«, sagte jemand, und Talon schaute in ein verschwommenes, ihm unbekanntes Gesicht. Als das Bild vor seinen Augen klarer wurde, erkannte er, dass es das Gesicht eines jungen Mannes, vermutlich Mitte zwanzig, war. In seinen langen Haaren, die aus dem Gesicht gekämmt und im Nacken zu einem Zopf geflochten oder zu einem Pferdeschwanz zusammengefasst waren, tanzten goldene Lichter. Seine Augen waren dunkelblau, und in ihren Tiefen glomm es silbern. Er trug Straßenkleidung, unter anderem ein T-Shirt mit einem komplizierten keltischen Knoten als Muster unter einer braunen Lederjacke, und er schenkte Talon ein strahlendes Lächeln.

»Wer?«, stammelte Talon, als er Anstalten machte, sich aufzurichten.

»Erkennst du mich nicht, Boss?«, fragte der junge Mann mit noch breiterem Lächeln. Talon schaute tief in die dunkelblauen Augen und sah seinen Familiar darin.

»Aracos«, hauchte er, »aber wie …« Dann spürte er die Leere in sich und dass die unterschwellige Spannung nicht mehr da war, die es dort seit der ersten Beschwörung seines Verbündeten gab. »Du bist frei, nicht wahr?«

Aracos nickte. »Es ist passiert, als du ohnmächtig warst. Ich dachte, du wärst tot. Ich bin zu dir gegangen und habe mir gewünscht, ich hätte menschliche Hände, und plötzlich hatte ich welche. Ich habe einen Zauber gewirkt, um dich zu heilen. Hätte ich gewusst, dass ein menschlicher Körper so nützlich sein kann, hätte ich dich längst gebeten, mir einen zu geben.«

»Jase … Jase ist nicht mehr da«, sagte Talon.

»Ja.«

»Das ist in Ordnung«, sagte er und glaubte es auch. »Am Ende war er bei mir. Er will, dass ich glücklich bin. Er will, dass ich lebe.«

Aracos nickte, während er Talon dabei half, sich aufzurichten. Tote Teufelsratten lagen überall auf den verrosteten Schienen, und in den Wänden waren Einschusslöcher von Kugeln, die zum Teil durch Blutspritzer miteinander verbunden waren. Trouble lag nicht weit entfernt auf dem Boden.

»Trouble!«, sagte er, doch Aracos legte ihm eine Hand auf die Schulter.

»Schon gut, sie lebt«, sagte er. »Ich habe ihre Wunden geheilt. Sie wird sich erholen.«

»Den Göttern sei Dank«, sagte Talon und lächelte schwach. »Aber wenn du jetzt frei bist, warum bist du dann immer noch hier? Warum bist du nicht gegangen?«

»Das fragst du? Du hast mich hierher beschworen, Talon. Du hast mir in dieser Welt das Leben geschenkt, und du warst ein Freund, kein Gebieter. Ich will dich nicht verlassen.«

Talons Lächeln verblasste rasch, als er sich daran erinnerte, was alles passiert war.

Er hörte, dass Trouble sich rührte, und beugte sich über sie. »Hey, wie geht's dir?«, sagte er, als sie die Augen öffnete.

»Was ist passiert?«, fragte sie, während sie sich aufrichtete. Plötzlich weiteten sich ihre Augen, als sie sich erinnerte. »Gallow! Er …«

»Gallow gibt es nicht mehr«, sagte Talon. »Es ist alles vorbei.«

»Na ja, noch nicht ganz, Chummer«, sagte Boom vom Rand des Bahnsteigs über ihnen. »Wir haben noch ein anderes kleines Problem. Es sieht so aus, als wäre in einem Wartungsschacht oberhalb dieser Station eine Bombe mit dem Pandora-Virus angebracht, und der Countdown läuft.«

»Hilf uns rauf«, sagte Talon, indem er dem Troll eine Hand entgegenstreckte, der ihn und Trouble gleichzeitig mit jeweils einer Hand nach oben hievte. Aracos ging einfach durch die Luft zum Bahnsteig, als erklimme er eine Treppe.

Hammer stand unter einer kreisförmigen Öffnung in der Decke, und nicht weit entfernt lagen drei verkohlte Leichen. Trouble warf einen Blick auf sie und stöhnte. »O mein Gott! Ian!«

Sie lief zu einer der Leichen und sank auf dem Beton in die Knie. Sie streckte eine zitternde Hand aus und zog sie dann ruckartig zurück, während sie zu schluchzen anfing. Hammer ging zu ihr und legte ihr einen massigen Arm um die Schultern.

»Hey, Mädchen«, sagte er sanft. »Du konntest nichts dafür. Es ist nicht deine Schuld.«

Roy Kilaro kletterte mit Hilfe Booms hinauf in den Schacht. Mehrere lange Minuten war das einzige Geräusch im Tunnel Troubles Schluchzen, dann rief Kilaro aus dem Schacht herunter. »Ich kann die Bombe nicht entschärfen! Der Zünder ist mit einem speziellen Code gesichert! Ich wage nicht, daran herumzuspielen, weil ich die Explosion auslösen könnte.«

Talon kniete sich neben Trouble und Hammer auf den Bahnsteig.

»Trouble, hast du eine Erinnerung an die Zeit, als du von Gallow besessen warst?«, fragte er leise.

Sie schüttelte den Kopf und wischte mit dem Handrücken Tränen fort. »Nein, es ist alles weg. Ich kann mich noch erinnern, dass ich in meiner Wohnung war. Dann bin ich hier aufgewacht, und Talon hat mit Gallow gekämpft und dann …« Sie starrte auf Ian O'Donnels verkohlte Leiche und unterdrückte ein neuerliches Schluchzen.

»Wir haben weniger als fünf Minuten auf der Uhr!«, rief Kilaro.

»Trouble, wir brauchen deine Hilfe. Kilaro kann die Virenbombe nicht entschärfen«, sagte Talon. »Wenn wir sie nicht unschädlich machen, werden eine Menge Leute sterben, darunter auch wir alle. Wir brauchen dich.«

Trouble warf noch einen Blick auf die Leichen. Dann schloss sie die Augen und holte tief Luft.

»Ich verstehe«, sagte sie, als sie die Augen wieder öffnete. »Schafft mich da rauf.«

»Okay, Kleiner«, rief Hammer Kilaro zu. »Du kannst jetzt nach unten kommen.«

Kilaro sprang aus dem Schacht, und Boom beförderte Trouble hinauf. Talon und Aracos schauten ihr hinterher, als sie im Schacht verschwand.

»Können wir irgendwie helfen?«, rief Talon.

Sie sah zu ihm herunter. »Hast du Gallow getötet?«, fragte sie.

»Ja.«

»Das reicht mir«, sagte sie und verschwand dann außer Sicht. Eine gespannte Stille senkte sich über sie, während Trouble sich an die Arbeit machte und die anderen warteten.

Schließlich wandte Talon sich an Aracos. »Können wir etwas tun, um das Virus einzudämmen, falls es freigesetzt wird?«

»Vielleicht mit Hilfe eines Luftgeists«, sagte Aracos.

Talons Blick richtete sich für einen Moment nach innen, als er in sich nach den Verbindungen zu den Geistern suchte, über die er gebot, doch er fand nur Leere.

»Verdammt«, murmelte er. »Sie sind weg.« Es würde viel zu lange dauern, einen neuen Elementar für diese Aufgabe zu beschwören. »Ich gehe nicht davon aus, dass du in den letzten Minuten neue Zauber aufgeschnappt hast«, sagte er zu Aracos.

»Leider nein. Wir müssen womöglich ganz schnell verschwinden. Vielleicht sollten du und die anderen für alle Fälle schon mal vorgehen.«

»Nicht mehr nötig«, sagte Trouble über ihnen. Dann kroch sie aus dem Schacht. Die Bombe baumelte an einer über die Schulter geworfenen Schlinge. Ein Paneel war geöffnet, Drähte in vielen verschiedenen Farben baumelten daraus hervor. Die winzige LCD-Anzeige auf der Seite zeigte, dass der Countdown bei knapp unter einer Minute gestoppt worden war. Trouble reichte Talon die Bombe, der sie vorsichtig entgegennahm.

»Die zerbrochenen Träume eines guten Mannes«, sagte sie mit einem bedauernden Blick darauf.

»Es tut mir Leid«, sagte Talon, und Trouble sah ihn mit Tränen in den Augen an.

»Es ist nicht deine Schuld«, sagte sie. »Ich glaube, er hat immer gewusst, dass er für die Sache sterben würde. Ich wünschte nur, er wäre nicht mit der Vorstellung gestorben, dass ich ihn verraten habe. Wozu Gallow mich gezwungen haben muss ...«

Talon reichte die Bombe an Hammer weiter und nahm Trouble in die Arme. »Ich glaube, er weiß, dass es in Wirklichkeit nicht du warst. Eigentlich bin ich mir dessen sogar sicher. Wenn ich bei alledem etwas gelernt habe, dann, dass die Leute, denen etwas an uns liegt, irgendwo dort draußen sind und über uns wachen.«

31

Mama Iaga wartete ungeduldig in ihrem Bau unter den Straßen der Stadt. Während sie am Feuer saß und sich wärmte, spürte sie die Wellen der Magie, die sich über das Land ausbreiteten, spürte die Angst und die Verwirrung, die sie auslösten. Bald würden diese Gefühle in Wut umschlagen, wenn die Leute auf das einschlagen würden, was sie nicht verstanden.

Sie warf einen Blick auf die antike Uhr auf dem Kaminsims, deren leises Ticken sowie das Prasseln des Feuers die einzigen Geräusche in dem Raum waren. Die Minuten verstrichen, und die vereinbarte Zeit kam und ging. Mama griff mit ihren mystischen Sinnen aus, welche sogar denjenigen der meisten Magier in der Stadt weit überlegen waren. Sie spürte die wachsende Kraft der Magie, wie sie hier und da gewisse Leute berührte und lange schlummernde Befehle tief in ihren genetischen Codes weckte, Befehle, die noch aus einer Zeit uralter Legenden stammten. Obwohl die Verwirrung sich ausbreitete und die Furcht wuchs, konnte sie spüren, wie der Augenblick verstrich.

Wo ist mein Opfer?, fragte sie sich. Wo ist der Augenblick, der diesen Ereignissen meinen Stempel aufdrückt und mir die Woge der Macht und der Gefühle zuträgt?

Da war nichts.

Die Virenbombe hätte mittlerweile explodieren müssen. Sie hätte die Kräfteverschiebung spüren müssen. Konnte Gallow sie betrogen haben? Nein, das war unmöglich. Sie hielt den Geist in unzerbrechlichen Banden und war seine uneingeschränkte Gebieterin. Gallow konnte sie unmöglich wissentlich verraten haben, aber vielleicht hatte er versagt. In diesem Fall würde er für die Gelegenheit, die sie damit verpasst hatte, wahrhaftig büßen.

Sie erhob sich steif aus ihrem Sessel und ging näher

ans Feuer. Ihre Finger bewegten sich in der warmen, unbewegten Luft, während sie Worte in einer Sprache murmelte, die schon alt war, als die Geschichte der Welt noch nicht geschrieben worden war. Sie starrte ins Feuer.

»Ich befehle dir, Talons Hass«, rief sie ihren Diener, wobei sie Gallows wahren Namen nannte, um ihn zu sich zu holen. »Erscheine vor mir!«

Sie breitete die Arme aus, als sie den Ruf beendete, aber da war wieder nichts außer dem Prasseln des Feuers und dem Ticken der Uhr. Gallow erschien nicht und beantwortete auch nicht ihren Ruf.

Vernichtet, dachte Mama. Die einzig mögliche Erklärung dafür, dass Gallow nicht erschien, war die, dass jemand ihn vernichtet hatte. Jemand, der seinen wahren Namen kannte, denn das war der einzige Weg, wie man so einen Geist zerstören konnte.

»Vernichtet!«, kreischte sie, wobei sie die Uhr vom Kaminsims stieß. Sie flog auf den Steinboden, wo sie zerbrach. Winzige Zahnräder und Federn flogen mit einem jämmerlich klingenden Sirren in alle Richtungen.

Sie hatte so sorgfältig geplant, diese ganze Phase schon so lange in allen Einzelheiten kommen sehen! Gallow musste seinem Beschwörer in die Hände gefallen sein, dem Magier namens Talon. Mama hatte ihn unterschätzt, aber diesen Fehler würde sie nicht noch einmal machen.

»O nein«, murmelte sie. »Ich kümmere mich um dich, kleiner Magier, und dann wirst du dir wünschen, nie geboren zu sein.«

Ein Holzscheit knackte im Feuer, und die Flammen loderten hoch empor und glühten in ihrem Zentrum hell auf.

Gallow?, dachte sie, als sie eine Präsenz in den Flammen spürte. Doch es war nicht der Feuergeist. Es war etwas, jemand anders. Die Flammen loderten noch höher, und eine Gestalt bildete sich aus ihnen, strahlend hell in einem Licht, das schmerzhaft anzuschauen war.

Mama schirmte ihre dunklen Augen mit einer knochigen Hand ab, während sie in das vertraute Gesicht des Geistes blinzelte, der vor ihr auftauchte.

»Nein, das kann nicht sein!«, sagte sie.

»Aber es ist so«, sagte der Geist Jason Vales. »Du hast es versucht und bist gescheitert. Die Seelen, die du eingesperrt hast, sind frei, und mit der Ankunft des Kometen sind noch viele andere Geister in diese Ebene gelangt. Die meisten werden bleiben, und die Lebenden werden sich zu gegebener Zeit mit ihnen auseinander setzen müssen. Andere von uns sind dagegen bereit weiterzuziehen, nachdem wir noch eine letzte Aufgabe erfüllt haben.«

»Arroganter Bengel!«, sagte Mama, die drohend ihren Gehstock in seine Richtung schwang. »Glaubst du etwa, du könntest mir Vorschriften machen? Weißt du, wer ich bin?«

»Ja, jetzt schon«, erwiderte Jase. »Die Zeit für deine Rache ist vorbei. Du hast keinen Platz mehr in dieser Welt. Du gehörst in die letzte Welt, Mama Iaga, und ich bin gekommen, um dich nach Hause zu bringen.«

»Pah! Du kannst mir nichts befehlen! Zurück in deinen Käfig, Junge!« Sie zeigte mit ihrem Stock auf Jase und sprach einige harsche, gutturale Worte. Dann weiteten sich ihre Augen vor Überraschung und Furcht, als nichts geschah.

»Meine … meine Kräfte!«

»Gibt es nicht mehr«, sagte Jase. »Du hast nach der Macht gegriffen und bist gescheitert. Jetzt ist die Zeit gekommen, all dem ein Ende zu bereiten.«

Die Flammen im Kamin loderten auf, und Mama konnte überall in den Schatten ringsumher bewegte Gestalten sehen. Sie glitten auf sie zu, finster und stumm.

»Nein!«, rief sie. »Das lasse ich nicht zu!«

Die Schatten erhoben sich überall rings um sie, und Mama konnte ihre Augen sehen, die im von Jason erzeugten Licht schwach glühten.

»Neeeeeiiiiin!«, rief sie, als die Schatten nach ihr griffen. Sie zerrten sie zum Feuer, während sie um sich trat und schrie. Ihr Gehstock fiel vergessen zu Boden, als die Schatten sich zusammenzogen.

»Sei dankbar, dass du die Möglichkeit hast, den Frieden zu finden, den du anderen verwehrt hast«, sagte Jason. »Wäre es nach mir gegangen, ich wäre nicht so gnädig gewesen.«

Ihre einzige Antwort bestand aus einem unartikulierten Kreischen, als die Schatten sie ins Feuer zogen. Dann verblasste Jase ebenfalls, und das Licht, das ihn einhüllte, verlosch.

Die Flammen im Kamin explodierten mit einem Geräusch wie ein Schrei aus den Tiefen der Seele. Sie tosten durch den unterirdischen Raum wie eine reinigende Fackel, verwandelten alles darin in geschwärzte Asche, säuberten Wände und Boden von dem Makel, der sich dort aufgebaut hatte, und ließen sogar die große Metalltür schmelzen, die in Mama Iagas Domäne führte.

Als es ihren treuen Dienern schließlich gelang, die Tür aufzubrechen, und sie es wagten, den Raum zu betreten, fanden sie leere, geschwärzte Räume vor, in denen es nur noch Asche und Grabesstille gab.

*

Am nächsten Abend stand Talon mit Boom in einer Gasse vor dem *Avalon* und sah eine dunkle Limousine vorfahren, deren grelles Scheinwerferlicht in der Dunkelheit blendete. Ein Mann stieg aus, dessen Silhouette im grellen Halogenlicht deutlich hervortrat. Er ging auf Talon und Boom zu, blieb aber kurz vor ihnen stehen. Die beiden Shadowrunner gingen ihm entgegen.

Es war Gabriel, der Seraphim-Agent, dem sie zum ersten Mal in der Kipprotormaschine von Cross Technologies begegnet waren. Er trug einen dunklen Trenchcoat, der ohne Zweifel mit Panzerung gefüttert war und mehr als eine Waffe verbarg. Seine blonden Haare waren untadelig frisiert, und er trug trotz der abendlichen Düsternis eine dunkle Sonnenbrille. Talon bezweifelte nicht, dass Gabriels Augen in der Lage waren, sich an beliebige Lichtverhältnisse anzupassen.

»Haben Sie die Ware?«, fragte Gabriel.

Boom schnallte einen prall gefüllten Rucksack ab und hielt ihn Gabriel hin, was diesen dazu veranlasste, eine blasse Augenbraue über den Rand seiner Sonnenbrille hochzuziehen. Der Rucksack war leuchtend violett und mit Bildern von Zeichentrickfiguren bedruckt. Die bunten Bänder überall ließen keinen Zweifel daran, dass der Rucksack eigentlich für ein junges Mädchen gedacht war. Als Boom Talon den Rucksack zum ersten Mal präsentierte, hatte er erklärt, dass niemand in so einem albernen Behältnis ein bedeutendes Konzerngeheimnis vermuten würde. Talon hatte zustimmen müssen, und der Ausdruck auf Gabriels Gesicht war unbezahlbar.

»Sie haben das vereinbarte Honorar?«, fragte Boom.

Gabriel griff langsam in die Brusttasche seines Mantels und zückte einen schlanken Plastikstab. Er hielt ihn mit der einen Hand hin und griff mit der anderen nach dem Rucksack. Nachdem beide Gegenstände den Besitzer gewechselt hatten, überprüfte Boom den Inhalt des Kredstabs, während Gabriel den Rucksack öffnete, um hineinzuschauen. Er schien mit dem Inhalt zufrieden zu sein und schloss ihn wieder. Als Boom ebenfalls seiner Zufriedenheit mit der Bezahlung Ausdruck verlieh, warf Gabriel sich den Rucksack über eine Schulter. Talon gab sich alle Mühe, bei dem Anblick nicht in lautes Gelächter auszubrechen.

»Ich hoffe, wir begegnen uns nie wieder«, sagte Gabriel kühl, bevor er sich auf den Rückweg zum Wagen machte.

»War uns ein Vergnügen, Geschäfte mit Ihnen zu

machen«, erwiderte Boom gut gelaunt. »Fröhliche Weihnachten!«

Sie sahen zu, wie Gabriel den Rucksack im Kofferraum der Limousine verstaute und dann einstieg. Der Fahrer fuhr den Wagen rückwärts aus der Gasse, dann schoss er davon in die mondhelle Nacht.

Talon und Boom kehrten in Booms Büro zurück, wo Roy Kilaro wartete.

»Wissen Sie, wir hätten einen Handel abschließen können, um Sie wieder bei der Firma unterzubringen«, sagte Talon. »Die Wiederbeschaffung des Virus hätte Ihnen vermutlich einige Bonuspunkte eingebracht, vielleicht sogar eine Beförderung oder die Gelegenheit, für den Seraphim zu arbeiten.«

Kilaro schüttelte den Kopf. »Das glaube ich nicht. Ich habe einen Eindruck gewonnen, wie die Firma tatsächlich vorgeht, und ich denke nicht, dass ich dorthin zurück will. Außerdem würde man mir nie wieder vertrauen. Der Firma wäre besser gedient, wenn man dafür sorgen könnte, dass ich niemals Gelegenheit erhielte, mit meinem Wissen irgendetwas anzustellen. Im Augenblick garantiert dieses Wissen meine Sicherheit, weil Cross mich lieber völlig vergessen würde. Ich glaube, für Roy Kilaro ist es das beste, wenn er weiterhin vermisst bleibt.« Er lächelte dünn. »Was andererseits Kilroy betrifft …«

Trouble lehnte lässig an der Wand, die Arme vor der Brust verschränkt. »Mir gefällt, wie skrupellos er denkt. Er hat Potenzial«, sagte sie. »Er hat das meiste selbst erledigt, als wir im Cross-System waren, um seine Akte und andere Informationen zu löschen. Und ich finde, es ist eine nette Zugabe, dass die Firma eine Stiftung mit einer beachtlichen Einlage gegründet hat, die sich um die Rehabilitation Dan Otabis und aller anderen Firmenangestellten mit einem SimSinn-Problem kümmert. Die Presseverlautbarung, die an alle Nachrichtensender geschickt wurde, bedeutet, dass Cross die Sache nicht rückgängig machen wird. Wisst ihr, mit ein wenig Übung und einem richtigen Cyberdeck könnte dieser Bursche in der Matrix ganz groß rauskommen.«

»Wenn Trouble der Ansicht ist, Sie haben, was dazu nötig ist, reicht mir das«, sagte Talon. »Wir könnten von Zeit zu Zeit einen zusätzlichen Decker brauchen – das heißt, wenn Sie Interesse haben.«

Kilroy lächelte. »Es wäre mir eine Ehre.«

»Und ich kenne einen Haufen Leute, die immer gute Matrix-Talente suchen«, sagte Boom, »also kann ich Sie so lange beschäftigen, wie Sie wollen. Sie werden Kreds brauchen, um sich Ihre neuen Spielzeuge zuzulegen. Trouble hat einen teuren Geschmack. Besser, Sie schreiben den Wunschzettel für die nächsten Weihnachten gleich jetzt!«

Sie feierten besinnlich in jener Nacht, obwohl es an diesem Weihnachten des Jahres 2061 allerorten sehr interessante Dinge gab – der Spektraldrache, der durch den Riss in DeeCee gekommen war, und die Welle der Veränderungen, die sich über die Welt ausbreiteten. Die Wissenschaftler nannten es RGE, ›Rezessive Genetische Expression‹. Für die meisten Leute war es eine neue Welle der ›Goblinisierung‹, obwohl ganz anders als an dem Tag vor fast vierzig Jahren, als die Leute sich in Orks und Trolle verwandelt hatten. Einige der veränderten Leute entwickelten seltsame körperliche Merkmale, während manche auf andere Weise betroffen waren.

Val gehörte zu jenen letzteren. Wenngleich körperlich unverändert, erklärte Doc, sie sei von der RGE betroffen.

»Ich musste ihre kybernetischen optischen Implantate entfernen«, erläuterte er. »Es war höchst erstaunlich Ihre biologischen Augen haben sich irgendwie regeneriert. Die einzige Erklärung, die mir einfällt, ist Magie. Körperlich ist sie bei bester Gesundheit, daher werde ich sie entlassen.«

Vals Augen waren tränennass, als sie ihre Freunde begrüßte. Das kühle Blau ihrer kybernetischen Augen war dem warmen Braun gewichen, mit dem sie geboren war.

»Ich habe einen Teil zurückbekommen«, sagte sie in ehrfürchtigem Tonfall zu Talon.

»Zurückbekommen?«, fragte er.

»Meine Magie. Ich habe einen Teil davon wieder, zumindest ein wenig.«

Talons Augen weiteten sich vor Staunen. Sie hatte ihre magischen Gaben vor Jahren durch den Missbrauch von Sims und die Implantation von Cyberware verloren. Sie lachte und nickte, als sie seine staunende Miene sah. »Es ist wahr«, versicherte sie. »Ich kann wieder sehen, ich meine, wirklich sehen.«

Talon umarmte sie und gratulierte ihr. Er versprach, sofort damit zu beginnen, ihr beizubringen, wie sie ihr wiedergewonnenes Sehvermögen nutzen und begreifen konnte, was sie sah. Val hatte keine Angst mehr davor, wie auch die Anleitung eines wunderbaren, freundlichen Mannes Talon gelehrt hatte, dass er sich vor seinen Fähigkeiten nicht zu fürchten brauchte.

Dieser Tage brachte die Erinnerung an Jase eine Flut von Wärme mit sich anstatt den alten schmerzhaften Stich. In vielerlei Hinsicht war auch Talon wieder in der Lage zu sehen. Die letzte Begegnung mit Jase hatte ihm die Möglichkeit gegeben, zu tun, was zuvor unmöglich gewesen war: wirklich Lebwohl zu sagen.

Er hatte die Vergangenheit losgelassen. Jetzt konnte er damit beginnen, in die Zukunft zu sehen.

Von **SHADOWRUN™** erschienen in der Reihe
HEYNE SCIENCE FICTION & FANTASY:

1. Jordan K. Weisman (Hrsg.): *Der Weg in die Schatten* · 06/4844

TRILOGIE GEHEIMNISSE DER MACHT

2. Robert N. Charrette: *Laß ab von Drachen* · 06/4845
3. Robert N. Charrette: *Wähl deine Feinde mit Bedacht* · 06/4846
4. Robert N. Charrette: *Such deine eigene Wahrheit* · 06/4847

5. Nigel Findley: *2 X S* · 06/4983
6. Chris Kubasik: *Der Wechselbalg* · 06/4984
7. Robert N. Charrette: *Trau keinem Elf* · 06/4985
8. Nigel Findley: *Schattenspiele* · 06/5068
9. Carl Sargent: *Blutige Straßen* · 06/5087

TRILOGIE DEUTSCHLAND IN DEN SCHATTEN

10. Hans Joachim Alpers: *Das zerrissene Land* · 06/5104
11. Hans Joachim Alpers: *Die Augen des Riggers* · 06/5105
12. Hans Joachim Alpers: *Die graue Eminenz* · 06/5106

13. Tom Dowd: *Spielball der Nacht* · 06/5186
14. Nyx Smith: *Die Attentäterin* · 06/5294
15. Nigel Findley: *Der Einzelgänger* · 06/5305
16. Nyx Smith: *In die Dunkelheit* · 06/5324
17. Carl Sargent/Marc Gascoigne: *Nosferatu 2055* · 06/5343
18. Tom Dowd: *Nuke City* · 06/5354

19. Nyx Smith: *Jäger und Gejagte* · 06/5384
20. Nigel Findley: *Haus der Sonne* · 06/5411
21. Caroline Spector: *Die endlosen Welten* · 06/5482
22. Robert N. Charrette: *Gerade noch ein Patt* · 06/5483
23. Carl Sargent/Marc Gascoigne: *Schwarze Madonna* · 06/5539
24. Mel Odom: *Auf Beutezug* · 06/5659
25. Jak Koke: *Funkstille* · 06/5667
26. Lisa Smedman: *Das Luzifer Deck* · 06/5889
27. Nyx Smith: *Stahlregen* · 06/6127
28. Nick Polotta: *Schattenboxer* · 06/6128
29. Jak Koke: *Fremde Seelen* · 06/6129
30. Mel Odom: *Kopfjäger* · 06/6130
31. Jak Koke: *Der Cyberzombie* · 06/6131
32. Lisa Smedman: *Blutige Jagd* · 06/6132
33. Jak Koke: *Bis zum bitteren Ende* · 06/6133
34. Stephen Kenson: *Technobabel* · 06/6134
35. Lisa Smedman: *Psychotrop* · 06/6135
36. Stephen Kenson: *Am Kreuzweg* · 06/6136
37. Michael Stackpole: *Wolf und Rabe* · 06/6137
38. Jonathan Bond/Jak Koke: *Das Terminus-Experiment* · 06/6138
39. Lisa Smedman: *Das neunte Leben* · 06/6139
40. Mel Odom: *Runner sterben schnell* · 06/6140
41. Leo Lukas: *Wiener Blei* · 06/6141
42. Stephen Kenson: *Ragnarock* · 06/6142
43. Lisa Smedman: *Kopf oder Zahl* · 06/6143
44. Stephen Kenson: *Zeit in Flammen* · 06/6144